새움클래식 001

Dr. Jekyll & Mr.Hyde by Robert Louis Stevenson

지킬 박사와 하이드 씨

로버트 루이스 스티븐슨

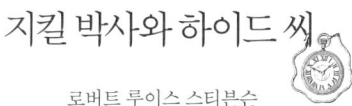

차례

지킬 박사와 하이드 씨   7
악마의 호리병   133
시체 도둑   191
마크하임   229

R. L. 스티븐슨의 생애   264
작품연보   279
옮긴이의 말   280

일러두기
1. 이 책은 Barnes & Noble books(1994) 「Dr. Jekyll & Mr. Hyde」를 원본으로 번역했습니다.
2. 스티븐슨의 중편 「지킬 박사와 하이드 씨」와 단편 「악마의 호리병」, 「시체 도둑」, 「마크하임」을 함께 수록했습니다.
3. 번역은 우리말에 맞는 매끄러운 번역을 원칙으로 삼았습니다.
4. 본문 하단의 * 표시는 역자의 각주입니다.
4. 인명 및 지명 등의 고유명사는 외래어표기법에 따랐습니다.
5. 독자의 이해를 돕기 위해 일부 단어에 한자어나 영어를 병기하였습니다.

지킬 박사와 하이드 씨

문에 얽힌 이야기

변호사 어터슨 씨는 결코 가볍게 웃는 법이 없는 엄격한 용모의 사람이었다. 그는 거의 말이 없어서 대화 도중에는 당혹감을 불러일으킬 정도였다. 정서적인 면으로 돌려 말하면, 야위고 키만 훌쩍 클 뿐 무미건조하고 따분한, 그럼에도 불구하고 어쨌든 사랑스런 그런 사람이었다.

어터슨의 인간적인 매력은 친구들과의 모임에서 와인을 마실 때 그의 눈을 통해 확실하게 드러났다. 정말이지 말하는 걸로는 거의 드러나지 않는 그의 매력은, 저녁 식사 후의 얼굴에 드리우는 침묵뿐만 아니라 일상을 통해 더 많이 나타났다. 그는 항상 절제된 생활을 했다. 혼자 있을 때는 귀한 와인을 절제하고 진을 마셨고, 오페라를 좋아했지만 지난 이십 년 동안 극장 가는 것을 자제했다. 하지만 그렇다고 해서 남들에게까지 자제를 강요하진 않았다. 자신에겐 엄격했지만, 다른 사람들에겐 너그러웠다고나 할까. 다른 사람이 욕심에 눈이 뒤집혀 나쁜 짓을 저지르는 걸 볼 때면, 그들을 그렇게까지 몰고 간 극한의 감정이 도대체 무엇일까를 심각하게 궁금해하면서, 그 사람들을 탓하기보다는 오히려 뭔가 도울 방법이 없나를 더 고민했다. "난 카인의 이단에 귀 기울이겠네." 그는 솔직하게 말하곤 했다. "내 동생이 제 스스로 악마에게 영혼을 팔아버린다 해도, 난 내버려둘 걸세." 그런 성격 때문에 어터슨은 존경을 받기 위해 타락해가는 사람들을 위해 선을 베푼다거나 하는 따위의 일은 하지 않았다. 그의 변호사 사무실로는 이런저런 문제로 많은 사람들이 찾아왔지만, 어터슨은 그들의 행실을 결코 바꿀 생각이 없었다.

어터슨은 감정의 기복이 거의 없었으므로 그런 방식으로 사는 것이 조금도 불편하지 않았으리라는 점은 의심의 여지가 없다. 또한 그의 친구 관계 역시 원만해 별로 눈에 띄는 변화가 없었고 다른 사람에겐 너그러웠다. 어터슨은 우연히 알게 된 친구들과 함께 있는 것을 즐겼고 가까이엔 가족과 친척, 그리고 오랜 벗들이 있었다. 그가 누군가를 좋아하면, 그 마음은 담쟁이덩굴처럼 시간과 함께 서서히 풍성해져 갔다. 그가 뭔가 이용할 목적으로 다른 사람에게 접근한다는 것은 상상할 수도 없었다. 그래서 자신의 먼 친척이자 인근 마을에서 잘 알려진 리처드 인필드와 친분을 나누고 있는 것에 대해 궁금해할 어떠한 이유도 없었다. 정작 많은 사람들이 수수께끼처럼 생각했던 것은 이 두 사람이 상대방의 무엇에 호감을 느끼고 있는지, 아니 호감을 느끼고 있기는 한 건지, 그리고 그들이 서로에게 무슨 할 말이 있는 것인지, 하는 것들이었다. 두 사람이 일요일에 나란히 산책하는 걸 본 사람들은 그들이 아무 말 없이 습관적으로 지루하게 걷고 있다고 생각했고, 아마 그때 아는 사람이라도 나타나준다면 '지루했는데 구해줘서 고맙다'며 만세라도 부를 것이라고 생각했다. 그럼에도 불구하고, 그 두 사람은 둘만의 나들이를 아주 소중하게 생각하고 있었다. 그들은 아름다운 보석처럼 그 시간을 귀하게 여겼으며, 하던 일을 제쳐놓고, 때로는 업무상 걸려오는 전화까지 무시한 채 산책을 나갔다.

그날 그들은 우연히 런던 번화가의 좁은길을 산책하고 있었다. 그다지 길지 않은 그 길은 주중에는 상인들과 손님들로 북적댔지만 일요일만큼은 조용했다. 그곳에 있는 상인들은 모두 성공한 편이었다. 하지만 그들 모두는 더 큰 성공에 대한 야심으로 가득 차 있었다. 그들은 남자를 유혹하기 위해 치장하는 여인들처럼 벌어들인 돈을 외부 장식에 쏟아부었다. 큰길을 따라 줄지어 서 있는 가게들은 웃음 띤 여성 판매원들처럼 손님들에게 손짓했다. 일요일엔 화려한 상점들의 매력이 드러나지 않고, 거리는 한산한 듯 보였지만, 그때조차도 그 길은 침체되고 지저분한 주변 거리와는 대조적으로 마치 숲 한가운데 활활 타오르는 불꽃처럼 돋보였다. 밝고 산뜻하게 채색된 덧문들과 잘 닦여 광채가 나는 놋쇠 문고리들, 그리고 깨끗한 거리와 유쾌한 선율 등은 지나가는 이들의 이목을 한순간에 사로잡았다.

큰길을 따라 남쪽으로 걸어내려가다 보면, 막다른 골목길이 하나 보였다. 좁은길과 큰길이 만나는 모퉁이에서 동쪽으로 두 집만 지나면 나오는 그 골목길 어귀에는, 을씨년스러운 이층짜리 건물이 길 쪽으로 머리를 쑥 내밀고 들어서 있었다. 그 건물의 앞쪽에는 창문 하나 없이 문 하나만 덩그러니 있었는데, 그 문 위로 밋밋한 벽이 돌출되어 있었다. 그 건물은 오랫동안 방치된 듯 지저분했고, 칠까지 군데군데 벗겨진 빛바랜 문에는 초인종은커녕 노크를 할 만한 고리쇠 장식마저도 달려 있지 않았다.

어깨가 축 늘어진 노숙자들이 현관 지붕 아래의 공간에 끼리끼리 모여 앉아, 문에 성냥을 그어서 불을 켜고 있었다. 어린 아이들은 계단에 앉아 소꿉장난을 하고 있었고, 그보다 조금 더 큰 아이 하나는 작은 칼로 문틀의 문양을 긁어내고 있었다. 하지만 수십 년간 아무도 이런 불청객들을 몰아내려고 한다거나 그들이 엉망으로 만들어놓은 건물을 수리하려고 시도조차 하지 않았다.

인필드와 어터슨 변호사는 좁은길 건너편에 있었다. 그들이 막다른 골목 어귀에 다다랐을 때, 인필드가 지팡이를 들어 문을 가리키며 말했다. "저 문 본 적이 있으세요?" 어터슨이 고개를 끄덕이자, 인필드가 계속 말을 이었다. "저 문만 보면 예전에 있었던 이상한 일이 생각납니다."

"그래?" 어터슨의 목소리가 어딘지 모르게 바뀌었다. "그게 뭔가?"

"바로 이 골목길이었어요." 인필드가 대답했다.

그날 난 멀리 여행 갔다가 집으로 돌아오고 있었는데, 새벽 세 시쯤 되었을까요? 정말 칠흑 같은 어둠이 짙게 깔린 겨울이었습니다. 난 런던 외곽에서 여기를 통과해가는 중이었죠. 거짓말 하나 안 보태고 가로등 외에는 아무것도 안 보였습니다. 그 시간 사람들은 모두 잠들어 있었고, 가로등은 마치 장례 행렬처럼 길게 늘어서 있었죠. 한마디로 평일의 텅 빈 교회같이 적막하기 그지없는 길이었어요. 난 도움을 청할 경찰이라도 어디 없을까, 하는 마음이 간절하게 들기 시작했습니다. 그때 갑자기 두 사람의 모습이 멀리 보였습니다. 한 명은 동쪽을 향해 가뿐하게 걸어가는 키가 작은 남자였고, 다른 한 명은 교차로를 힘껏 뛰어가고 있는 여덟에서 열 살쯤 되어 보이는 어린아이였습니다. 그런데…… 그 두 사람이 점점 가까워지더니 결국 저 길모퉁이에서 부딪쳤습니다. 그리고 뒤이어 끔찍한 일이 일어났습니다. 남자가 갑자기 그 여자아이를 아무렇지도 않다는 듯 짓밟고 지나가는 것이었습니다. 그 소녀는 땅바닥에 쓰러져서 비명을 질렀죠. 그 끔찍한 광경을 생각하면 비명 소리 따위는 아무것도 아니었습니다. 그 남자는 사람이 아닌 것 같았어요. 잔인하기 그지없는 괴물의 모습 그대로였죠.

나는 그 사내에게 멈추라고 손짓하며 뛰어갔습니다. 그리고 그 남자를 붙잡아서 아이가 소리를 질렀던 곳으로 데려갔죠. 거기에는 벌써 많은 사람들이 모여 웅성거리고 있었습니다. 차분한 표정의 그 남자는 의외로 아무 저항도 하지 않았습니다. 그런데 그의 혐오스러운 눈빛과 마주친 순간, 난 오래달리기라도 한 것처럼 진땀이 났습니다. 거기 모여 있는 사람들은 그 소녀의 가족들이었죠. 잠시 후 그 자리에 의사가 나타났습니다. 소녀는 그 의사에게 왕진을 요청하러 갔다 오는 길이었던 거죠. 의사는 아이의 상태가 그렇게 나쁘진 않지만, 공포에 질려 있다고 했습니다. 그걸로 그 사건이 대충 끝났다고 생각하실지 모르겠지만, 그 후로 이상한 상황이 계속됐습니다. 그 남자를 처음 봤을 때 내가 그랬던 것처럼, 그 소녀의 가족들 역시 그를 봤을 때 강한 혐오감을 느꼈죠. 가족으로서 당연한 일이었을 거예요. 그런데 의사의 경우에는 좀 이상한 구석이 있었습니다. 심한 에든버러 억양이 남아 있는, 감수성이 풍부해 보이는 사람이라는 것 외에는 별 특징도 없고 나이도 가늠하기 어려운 평범한 의사였어요. 그런데 그가 새파랗게 질린 얼굴로 그 사내를 노려보면서 당장이라도 죽여버릴 것처럼 흥분하고 있었던 거예요. 그래요. 그 의사도 우리들하고 똑같은 감정을 느끼고 있었던 거지요. 난 그가 맘속으로 무슨 생각을 하고 있는지 알 수 있었습니다. 그도 역시 내가 뭘 생각하는 지를 알았겠지만 말입니다. 괴물 같은 사내였지만 죽일 수는 없고, 우린 하는 수 없이 차선을 선택했습니다. 우리들이 붙들려온 그 사내에게 말했어요. 이 일을 대문짝만하게 떠벌려서, 런던 거리 어디에서나 너의 이름이라면 사람들이 치를 떨게 할 수도 있다. 만약 네게 친구라도 있다면, 그들이 너에게 철저히 실망하도록 만들어버리겠다. 그렇게 말하며 우리는 흥분해서 그를 위협하며 몰아세우기도 했지만, 여자들만큼은 그로부터 좀 떨어져 있게 했습니다. 왜냐하면 여자들이 더 길길이 날뛰고 있었으니까요.

난 사람들이 증오에 가득 찬 얼굴로 그렇게 한 사람을 둘러싸고 있는 광경은 한 번도 본 적이 없습니다. 그 사내는 음산한 웃음을 띤 채 사람들 한복판에 서 있었습니다. 그는 놀란 것 같기도 했지만, 전혀 안 그런 척하고 있었죠. 사탄의 모습 그대로였습니다. 그가 말했죠.

"당신들이 이 사건으로 돈 좀 벌어보겠다는 모양인데, 그럼 그렇게 하는 수밖에 없군. 나도 신산데. 좋게 해결합시다. 자, 얼마면 되겠소?" 그래서…… 우린 그를 몰아붙여서 100파운드나 되는 돈을 아이의 가족에게 배상하도록 했습니다. 그 사내는 어떻게라도 간단히 해결하려고 안간힘을 썼지만, 호락호락 물러설 우리가 아니었죠. 그리고 마침내 그 사내가 우리의 요구를 받아들였습니다. 그 다음 일은 돈을 받아내는 것이었죠. 그가 우리를 데리고 어디로 갔을 것 같습니까? 바로 저 문이었습니다. 그는 열쇠를 휙 꺼내들고는 안으로 들어갔어요. 그리고 얼마 안 되어서, 금 10파운드 정도와 코츠은행 계좌가 있는 개인수표 한 장을 가지고 나왔어요. 그 수표는 소지자에게 지불하도록 되어 있었는데, 거기에 참 말하기 난처한 사람의 서명이 있었습니다. 사실 이게 내 이야기의 요점인데…… 그 서명의 주인은 유명인사에다가, 신문 지상에도 자주 오르내리는 분입니다. 엄청난 액수의 수표였지만, 만일 그 서명이 진짜라면, 그 유명인에게 그 정도 액수는 아무것도 아니었죠. 나는 거리낌없이 사내에게 그 사실을 짚고 넘어갔습니다. 못 믿겠다고 말했죠. 현실적으로 누군가가 새벽 네 시에 저런 으스스한 문으로 들어가서 다른 사람이 서명한 100파운드에 달하는 수표를 가지고 나오는 일은 없다, 라고요. 그렇지만 그는 개의치 않으며 비웃었죠. "걱정 마시오." 그러면서 말을 잇더군요. "내가 은행문이 열릴 때까지 기다렸다가 수표를 현찰로 바꿔 드리지." 그래서 의사와 아이의 아빠, 그리고 나와 친구들은 이곳을 떠나 동틀 때까지 내 방에서 시간을 보냈습니다. 다음 날 모두들 아침을 먹은 후, 우리들은 다 함께 은행으로 갔습니다. 난 그 수표를 은행 직원에게 내보이며, 수표가 위조된 것임에 틀림없을 거라고 말했죠. 그런데 내가 의심했던 모든 정황에도 불구하고, 그 수표는 진짜였습니다.

"저런…… 쯧쯧." 어터슨은 혀를 찼다.

"저와 똑같은 생각을 하시는군요." 인필드가 말했다. "예, 안타까운 얘기죠. 그 사내는 아무하고도 잘 지낼 수 없는 자였습니다. 진짜 빌어먹을 놈이었죠. 그런데 수표를 써준 사람은 부유하고, 매사에 반듯한 유명인사였습니다. 그리고 더 심각한 것은 그가 당신의 선량한 고객들 중 하나라는 것입니다. 아마도 공갈 때문이겠죠. 한 정직한 사람이 젊은 시절의 잘못된 모험으로 인해 너무 비싼 대가를 치르고 있는 것이죠. 공갈의 집 (그렇게 해서 내가 이 집에 붙인 이름입니다) 뭐, 그것 가지고는 설명이 다 안 되지만 말이죠." 자신이 한 말을 곰곰이 되새기듯 하며 인필드가 덧붙였다.

인필드가 상념에서 깨어난 것은, 어터슨의 다소 갑작스런 질문 때문이었다. "인필드, 그 수표를 서명한 사람이 혹시 여기 사나?"

"저런 곳에 살 것 같습니까? 말도 안 되죠." 인필드가 대답했다. "언젠가 우연히 그 사람의 주소를 알게 된 일이 있었죠. 여기서 아주 가까운 곳에 살고 있어요."

"이 집에 대해서 그 사람에게 물어본 일은 없나 보군, 안 그래?" 어터슨이 말했다.

"네, 그게 좀 망설여져서." 그가 대답했다. "저는 질문을 많이 하는 걸 좋아하지 않아요. 제가 판검사 행세를 할 수는 없는 일 아닙니까. 일단 질문을 하나 하기 시작하면, 그게 꼬리에 꼬리를 물거든요. 산 꼭대기에 조용히 앉아 있는 걸 한번 상상해 보십시오. 돌 하나가 굴러내려가기 시작합니다. 그게 다른 돌을 쳐서 굴러떨어지는 돌이 점점 많아지죠. 그리고 오래지 않아 한평생 걱정 없이 살아온 한 점잖은 노인이 자신의 뒤뜰에서 날아오는 돌에 머리를 맞는 겁니다. 그 가족은 사람들이 수군대는 걸 피하기 위해 이름까지 바꿔야 할지도 모르죠. 그럴 수는 없는 겁니다. 이런 일에 있어서 제게는 신조가 하나 있어요. '문제가 수상쩍을수록, 묻는 것을 삼가라.'"

"좋은 신조군." 어터슨 변호사가 말했다.

"그렇지만 이 집에 대해서는 제가 좀 더 알아본 게 있습니다." 인필드가 말을 이었다. "사실 이곳은 집 같은 분위기는 나지 않습니다. 일단 이 문이 유일한 통로인데도, 이 문을 드나드는 사람이 전혀 없어요. 유일하게 드나드는 사람이라고는 내가 궁금하게 생각하는 그 사내인데, 아주 가끔 옵니다. 일층에는 막다른 골목 쪽으로 나 있는 세 개의 창문이 있습니다. 모두 다 하늘 쪽을 향해서 열리게 되어 있죠. 그나마도 항상 닫혀 있습니다. 깨끗하긴 하지만요. 그리고 굴뚝이 하나 있는데, 항상 연기가 모락모락 납니다. 다시 말하면, 누군가 살고 있다는 뜻이죠. 건물들이 다닥다닥 붙어 있어서, 어디가 건물의 시작이고 어디가 끝인지 확실히 말할 수는 없지만 말입니다."

그 두 사람은 그곳을 떠나 얼마간 아무 말 없이 걸었다. "인필드," 마침내 어터슨이 입을 열었다. "자네 신조는 참 좋군."

"예, 제 생각에도 그렇습니다." 인필드가 받아넘겼다.

"그렇다 해도 한 가지 궁금한 게 있네." 어터슨 변호사가 말을 이었다. "아이를 짓밟은 그 사내의 이름을 알 수 있을까?"

"음." 인필드가 말했다. "그 이름을 말하면 앞으로 무슨 일이 생길지 알 수 없지만…… 하이드란 사내였습니다."

"흠," 어터슨이 말했다. "어떤 사람으로 보이던가?"

"그게, 묘사하기가 쉽지 않습니다. 뭔가 그의 외모에는 이상한 점이 있어요. 불쾌한 무언가요. 아주 혐오스럽기도 하고. 전 사람들이 그렇게까지 싫어하는 남자를 한 번도 본 적이 없습니다. 그런데, 왜 그러냐고 묻는다면, 잘 모르겠어요. 그는 어딘가 분명히 비정상입니다. 정확히 어디라고 말할 수는 없지만, 어딘가 비뚤어졌다는 느낌이 강하게 들어요. 정말 정상적인 외모에서 벗어나는 사람이었습니다. 이렇게밖에는 말할 게 없군요. 제가 좀 횡설수설했는데, 정리해서 말하자면 그를 묘사하는 것은 불가능하다는 겁니다. 하지만 그건, 제가 기억을 못 해서가 아니에요. 지금 이 순간에라도 그가 나타나면 금방 알아볼 수는 있거든요."

어터슨은 얼마간 다시 아무 말 없이 걸었다. 뭔가 심각하게 고민하고 있는 것이 분명했다. "그가 열쇠로 문을 연 게 확실해?" 마침내 그가 물었다.

"어휴, 선생님." 인필드가 불시에 질문을 받고 놀라며 말했다.

"자넬 못 믿어서 그러는 게 아니네." 어터슨이 말했다. "열쇠에 대해 자꾸 묻는 게 이상해 보이겠지, 알고 있네. 사실 그 서명인의 이름을 내가 묻지 않는 것은 이미 그게 누군지 알고 있기 때문이야. 리처드, 자네 이야기는 아주 인상적이었어. 혹시라도 불명확한 부분이 있었다면, 지금 바로잡아주게나."

"정확히 얘기하라고 미리 말씀하셨을 수도 있잖아요." 인필드가 약간은 뚱해하며 말했다. "그렇지만, 시시콜콜한 것까지도 정확하게 말씀드렸습니다. 그 남자는 열쇠를 갖고 있었어요. 그리고, 한 가지 더 말씀드릴까요? 그는 지금도 열쇠를 가지고 있습니다. 며칠 전에도 그가 열쇠로 문을 열고 들어가는 걸 제가 봤습니다."

어터슨은 깊은 한숨을 내쉬며 침묵에 빠져들었다. 잠시 후 인필드가 말을 이었다. "오늘 또 하나의 교훈을 얻는군요. 말을 아껴라. 제가 입이 너무 헤펐습니다. 창피하군요. 이 자리에서 한 가지 약속을 하죠. 이 일을 두 번 다시 거론하지 않기로 말입니다."

"그러지." 어터슨 변호사가 말했다. "자, 리처드, 그런 의미로 우리 악수할까?"

하이드 씨를 찾아서

그날 밤 어터슨은 혼자 사는 자기 집에 돌아와서, 심각한 표정으로 무슨 맛인지도 모른 채 저녁 식사를 끝냈다. 그는 일요일이면 저녁 식사가 끝난 후, 벽난로에 가까이 있는 책상에 앉아서 따분한 신학 서적을 뒤적이곤 했다. 교회의 종소리가 열두 시를 알리면 그제야 감사하는 마음으로 차분하게 잠자리에 들곤 했다. 하지만 그날 밤은 옷을 갈아입자마자 등불을 하나 들고 자신의 사무실로 향했다.

어터슨은 자신의 금고를 열고 가장 깊숙이 놓아 둔 문서 중에서 〈지킬 박사의 유언〉이라고 쓰인 봉투를 꺼냈다. 그리고 눈썹을 찡그리며 내용을 자세히 살펴보았다. 지금은 비록 어터슨이 맡아서 보관하고 있지만, 그 유언장을 작성할 때 지킬 박사는 어터슨의 도움 없이 처음부터 끝까지 직접 썼었다. 유언장에는 의학박사이자 민법학자, 법학박사이며 왕립협회 등의 회원인 헨리 지킬이 사망할 시 그 모든 재산을 '친구이자 상속자인 에드워드 하이드'에게 상속한다. 라고 적혀 있었다. 뿐만 아니라, 지킬 박사가 '사라지거나 3개월 이상 아무 단서 없이 집을 비웠을 경우'에도 에드워드 하이드는 헨리 지킬로부터 모든 것을 양도받는다고 되어 있었다. 에드워드 하이드는 지킬 박사의 집에서 일하는 사람들에게 지불할 월급을 제외하고는 아무런 의무나 부담도 없다, 라는 내용도 덧붙여져 있었다.

어터슨 변호사는 언짢은 마음으로 유언장을 계속 내려다보고 있었다. 지킬 박사의 변호사가 아닌 평범한 상식을 가진 한 사람의 입장이 되어 생각을 해봐도 유언장이 내키지 않았다. 그 유언장은 아주 즉흥적이고 앞뒤가 안 맞는 내용뿐이었다. 하이드가 도대체 누구란 말인가! 어터슨은 뭔가 옳지 않다는 느낌을 떨쳐버릴 수가 없었다. 그리고 하이드라는 이름을 전혀 뜻밖에 다른 사람에게서 또 듣게 된 것이다. 어터슨에게 처음부터 기분 나쁜 느낌을 주었던 하이드라는 이름이 혐오스런 특성들과 연결되면서 이젠 음산한 느낌으로 다가왔다. 눈앞에 혼란스런 안개가 자욱하게 끼는 듯하더니 돌연 뚜렷한 악마의 모습이 나타났다.

"미친 짓이야." 기분 나쁜 유언장을 금고에 다시 넣으며 어터슨은 말했다. "뭔가 협박을 받은 게 분명해."

어터슨은 양초를 훅 불어서 끄고는 두꺼운 외투를 걸쳐 입고 병원들이 몰려 있는 캐번디쉬 광장 쪽으로 향했다. 거기에는 어터슨의 친구이자 유명한 의사인 래년 박사의 집이 있었는데, 그 집은 환자들로 북적대는 개인 병원이기도 했다. "만약 누군가 알고 있다면, 그건 바로 래년일 거야." 어터슨은 그렇게 확신했다.

그 집의 무뚝뚝한 집사가 어터슨을 알아보고 맞아들였다. 어터슨은 래년 박사가 홀로 포도주를 마시고 있는 거실로 안내되었다. 불그레한 안색의 말쑥한 신사인 래년 박사는 다정하고 건강한 사람이었는데, 나이에 비해 흰머리가 많은 편이었지만 정열적이며 확신에 찬 태도를 지니고 있었다. 어터슨을 보자 래년 박사는 의자에서 벌떡 일어나며 두 팔을 벌려 반겼다. 항상 그랬던 것처럼 약간은 과장된 듯 보이는 따뜻한 웃음을 지어 보였다. 어터슨은 그것이 진실한 감정의 표현이라는 걸 잘 알고 있었다. 어터슨과 래년은 어릴 때부터 늘 붙어다니던 단짝으로, 같은 대학에서 공부를 마치기까지 한 오랜 친구 사이였지만, 서로를 존경하고 있었다. 그렇다고 그 둘의 관계가 항상 원만했던 것만은 아니었다.

부담 없는 얘기를 조금 나눈 후에, 어터슨 변호사는 그의 마음을 온통 사로잡고 있는 꺼림칙한 얘기를 꺼냈다.

"내 생각에는 래년, 자네와 내가 헨리 지킬의 가장 오래된 친구라고 생각하는데······."

"우리가 조금 더 젊은 친구들이었다면 좋았겠지." 껄껄 웃으며 래년 박사가 말을 이었다. "그래. 자네 말이 맞아. 그런데, 무슨 일인가? 난 한동안 헨리를 못 봤는데."

"아, 그래?" 어터슨이 말했다. "난 자네가 공통 관심사 때문에라도 헨리와 자주 연락하고 있는 줄 알았는데."

"사실 그랬었지." 래년이 대답했다. "그런데, 헨리가 황당무계한 생각에 빠진 뒤로는 더 이상 그런 일은 없네. 벌써 십 년도 넘었군. 헨리가 점점 이상한 생각을 하기 시작했지. 물론 난 계속해서 그를 어떻게 해보려고 노력했어. 친구로서 책임감 같은 게 있잖은가? 그런데, 젠장. 점점 더 헨리를 모르겠더군. 그 녀석이 말하는 비과학적이고 엉뚱한 소리를 듣다 보면, 아무리 대몬과 피티아스*라 하더라도 사이가 멀어졌을 거야." 래년은 얼굴을 붉으락푸르락하며 말했다.

어터슨은 래년이 이렇게 씩씩거리는 것을 도리어 다행으로 여겼다. '래년과 지킬은 학문적으로만 문제가 있을 뿐이군.' 어터슨은 과학에는 눈곱만큼의 열정도 없었기에(부동산 양도 수속이라면 또 모를까), 계속 말을 이어나갔다. "그다지 나쁜 일도 아닌데 뭐." 어터슨은 래년이 분을 좀 가라앉힐 수 있게 잠시 숨을 고르고 나서 궁금했던 얘기를 꺼내기 시작했다. "혹시 헨리가 돌봐주고 있는 하이드란 사람을 아는가?"

"하이드?" 래년은 대답했다. "아니, 한 번도 들어본 적이 없는데."

---

*Damon and Pythias. 옛 그리스에서 목숨을 걸고 맹세를 지킨 두 친구. 관중과 포숙아처럼 절친한 친구를 일컫는 말이다.

어터슨 변호사는 그날 래년이 하이드를 모른다는 사실을 알아낸 것으로 만족하며 발길을 돌렸다. 어터슨은 방으로 돌아와서 불도 켜지 않고 커다란 침대에 누운 채 동이 틀 때까지 이리저리 뒤척이며 잠을 이루지 못했다. 땡땡땡…… 가까운 교회에서 여섯 시를 알리는 새벽 종소리가 들려왔다. 어터슨은 머릿속을 맴도는 질문들에 사로잡힌 채 짙은 어둠 속에서 씨름하다가 아침을 맞은 것이다. 지금까지는 이 문제로 생각만 복잡했었지만, 이제는 상상이 걷잡을 수 없이 앞서나가며 거의 빠져나올 수 없는 미로에 갇힌 듯 가슴까지 답답했다. 깜깜한 밤, 커튼이 쳐진 방 안에서 누웠다 일어났다 하다 보니 인필드의 이야기가 사진처럼 한 장면씩 눈앞으로 다가왔다.

어둠이 깔린 도시의 밤거리에 줄지어 늘어선 가로등의 행렬. 날아갈 듯 걸어가고 있는 한 사내. 의사를 부르러 갔다가 돌아오는 아이. 그 둘이 마주치고, 인간의 탈을 쓴 한 괴물은 아이를 짓밟고는, 아이가 비명을 지르건 말건 상관없이 지나가버린다. 어터슨은 지킬 박사가 잠들어 있는 방도 떠올렸다. 큰 저택의 침실에 잠들어 있는 지킬 박사. 달콤한 꿈을 꾸고 있는지 미소를 띠고 있다. 방문이 열리고, 침대를 둘러싼 커튼이 젖혀지더니, 지킬 박사를 부르는 소리가 들린다. 지킬 박사의 침대 옆에는 사악한 힘으로 넘치는 한 사내가 바짝 다가서 있다. 사방이 쥐 죽은 듯 고요한 시간이지만, 지킬 박사는 일어나서 그 사내가 시키는 대로 해야만 한다. 이 두 장면이 어터슨의 머릿속에 밤새도록 맴돌면서 떠나지 않는 것이었다. 어터슨이 깜빡 졸기라도 하면, 그 사내는 꿈속에서 여지없이 다시 나타났다. 괴물 같은 모습으로 지킬 박사가 잠든 집에 은밀하게 침입하거나, 가로등만 줄지어 선 미로 같은 도시의 밤거리를 눈썹을 휘날리며 빠르게 휘젓고 다니며, 거리 모퉁이에서 아이를 만나면 단숨에 짓밟고 처참한 비명 소리를 뒤로한 채 다음 희생자를 찾아 이 거리 저 거리를 누빈다.

어터슨의 상상 속에서 하이드는 얼굴 없는 괴물이었다. 그 사내는 꿈속에서도 어터슨을 괴롭혔는데, 여전히 얼굴 없이 나타나거나 섬뜩한 얼굴이 잠시 나타날 때도 눈앞에서 스르르 녹아내렸다. 도대체 하이드는 어떻게 생긴 녀석일까? 하이드는 어터슨 변호사의 마음속에 불쑥 솟아올라서, 순식간에 감당할 수 없는 강한 호기심을 불러일으켰다. 어터슨은 하이드를 한번 볼 수만 있다면, 모든 미스터리가 실타래처럼 풀릴 것 같다는 생각이 들었다. 실마리는 항상 사소한 데서 잡히는 것이다. 그를 볼 수만 있다면, 어터슨은 그런 이상한 자를 지킬이 정말 좋아하는 건지, 아니면 어떤 일 때문에 얽혀 있는 건지 그 이유를 알 수 있을지도 모르겠다고 생각했다. 어쩌면 수상한 점투성이인 지킬의 유언에 대한 단서를 발견할 수 있을지도 모를 일인 것이다. 아무튼 어터슨은 꼭 한 번 하이드의 얼굴을 봐야겠다고 마음먹었다. 자비라고는 눈곱만큼도 없다니, 도대체 어떻게 생긴 작자일까? 웬만한 일 아니고서는 기억도 못하는 인필드가 단 한 번 본 것으로 마음에 사무치는 증오를 품도록 한 그 사내는 도대체 어떻게 생겼을까?

그날 이후로 어터슨은 가게들이 줄지어 늘어선 좁은길의 그 문 주위를 서성이기 시작했다. 사무실 문을 열기 전 이른 아침이나 점심 식사 시간, 너무 바빠 시간을 낼 수 없을 때면 한밤중에라도 어터슨은 그 골목을 찾아왔다. 인적이 드문 시간이든 아니면 사람들로 북적대는 한낮이든 어터슨 변호사는 항상 그 문이 잘 보이는 곳에 서서 문을 노려보고 있었다.

'그 녀석이 은둔자라면, 난 탐색자다.'* 어터슨은 포기하지 않으리라 마음을 다졌다.

마침내 참고 기다린 보람이 있었다. 구름 한 점 없는 어느 추운 겨울밤. 미풍도 불지 않는 거리는 백화점 복도처럼 깨끗했고, 일정하게 늘어선 가로등 불빛이 규칙적인 가로수 그림자를 그려내고 있었다. 가게들이 문을 닫는 열 시쯤 되자, 술렁거리는 런던의 다른 지역과는 달리 그 골목길은 쥐 죽은 듯 고요한 적막감에 잠겼다. 집 안에서 나누는 말 소리가 길 건너편에서도 분명히 들릴 만큼 거리는 조용했다. 길모퉁이를 걸어가는

---

* "If he be Mr. Hyde," he had thought, "I shall be Mr. Seek." 하이드의 이름이 'Hide', 즉 '숨다'와 발음이 같은 걸 빗대어 한 말.

행인의 모습이 나타나기 훨씬 전에 먼저 인기척이 들릴 정도였다. 항상 같은 자리에서 그 문을 감시하고 있던 어터슨은 그날도 그 자리에 서 있었다. 몇 분쯤 흘렀을까? 이상하리만치 경쾌한 발자국 소리가 다가오는 것을 들었다. 마치 순찰을 돌듯 밤이면 이곳에 왔었기 때문에 어터슨은 도시의 거리에서 흔히 들리는 웅성거리는 소리라든가 달각달각 하는 소리 사이로 멀리서 들려오는 사람의 발자국 소리를 어렵지 않게 구별해낼 수 있었다. 그렇지만 그날 밤 어터슨이 들은 발자국 소리는 평상시와 달리 그를 바짝 긴장시켰다. 올 것이 왔다는 강한 육감을 가지고 어터슨은 막다른 골목으로 몸을 숨겼다.

발자국 소리는 점점 가까워지고 있었다. 그 사람이 마침내 좁은길에 다다랐는지 갑자기 발자국 소리가 커졌다. 어터슨 변호사는 막다른 골목에서 고개를 내밀어 상대가 도대체 어떤 사람일까 쳐다보았다. 그는 작은 키에 평범한 옷을 걸치고 있었는데, 멀리서 보기에도 왠지 모를 혐오감을 불러일으켰다. 어쨌든 사내는 시간을 아끼려는 듯 횡단보도가 아닌 곳을 가로질러 그 문으로 곧장 향하고 있었다. 그 사내는 문 앞에 서자 자기 집에 들어가듯 자연스럽게 주머니에서 열쇠를 꺼내들었다.

어터슨은 막다른 골목에서 나와 사내 쪽으로 가서 그의 어깨를 툭 쳤다. "하이드 씹니까?"

하이드는 뒤로 움츠리며 흡 하고 숨을 들이켰다. 하지만 그

경계심도 오래가지 않았다. 하이드는 어터슨 변호사를 쳐다보지 않은 채 차갑게 대답했다. "예, 내가 하이드입니다. 무슨 일이죠?"

"이 집에 들어가려고 하시는 것 같은데," 어터슨 변호사가 말을 이었다. "저는 지킬 박사의 오랜 친구 어터슨입니다. 건트 가에 살고 있죠. 아마 제 이름을 들어보셨을 텐데요. 마침 잘 만났습니다. 제가 같이 들어가도 되겠습니까?"

"지킬 박사는 없습니다. 지금 외출 중이죠." 열쇠를 만지작거리며 하이드가 대답했다. 여전히 어터슨을 쳐다보지 않은 채로 하이드가 갑자기 물었다. "그런데, 저를 어떻게 아시죠?"

"제 부탁을 먼저 들어주시겠습니까?" 어터슨이 말했다.

"말씀해보시죠. 뭡니까?"

"얼굴을 좀 볼 수 있을까요?" 어터슨 변호사가 말했다.

하이드는 약간 망설이는 듯했지만, 갑자기 무슨 생각이 들었는지 도발적으로 어터슨을 마주 봤다. 둘은 몇 초간 서로를 뚫어져라 쳐다봤다. "또 만나면 이제 얼굴을 알아볼 수 있겠습니다. 고맙습니다." 어터슨이 말했다.

"예, 이렇게 만났으니 주소도 알려드려야 하는 거 아닌가요?" 그렇게 말하며 하이드는 소호* 거리에 있는 주소를 알려

---

*Soho. 런던에서 빈민들이 모여 살기로 유명했던 곳.

쳤다.

'으음……. 이자가 지금 지킬의 유언장을 염두에 두고 있는 건 아닐까?'라는 생각을 하면서 어터슨은 다른 내색은 하지 않고 주소를 알려줘서 고맙다는 말을 했다.

"자, 그럼, 이번에는 제 질문에 대답해주셔야죠." 하이드가 말했다. "저를 어떻게 아십니까?"

"인상착의를 들었습니다."

"누구한테 들었습니까?" 하이드가 다시 물었다.

"우리 둘은 같은 친구가 있을 텐데요." 어터슨이 말했다.

"같은 친구?" 약간 허스키한 목소리로 하이드가 되뇌었다.

"그런 친구가 있습니까?"

"예를 들면 지킬이라든가……." 어터슨 변호사가 말했다.

"지킬은 당신에 대해 한 번도 말한 적이 없습니다." 하이드가 갑자기 안색이 변하며 고함을 질렀다. "당신이 거짓말할 줄은 몰랐군요!"

"어허, 말씀이 지나치십니다." 어터슨이 말했다.

하이드는 이를 악물고 으르렁거리더니 곧 소름 끼칠 정도로 웃기 시작했다. 그리고 눈 깜짝할 새에 문을 열더니 집으로 들어가버렸다.

어터슨 변호사는 하이드가 들어간 후에도 한동안 얼어붙은 듯 움직일 수가 없었다. 어느 정도 정신을 차리자 천천히 길을 걸어올라가기 시작했다. 한두 걸음 뗄 때마다 멈춰 서서는 머릿속이 복잡한 듯 이마에 손을 대곤 했다. 어터슨을 괴롭히는 문제는 쉽게 풀릴 성질의 것이 아니었다.

하이드는 창백했고 난쟁이처럼 오그라든 사내였다. 어딘지 모르게 뒤틀린 느낌을 주었지만, 딱히 어디가 어떻다고 꼬집어 말하기도 어려웠다. 사람을 기분 나쁘게 하는 웃음을 띠고 있었고, 겁먹은 것과 대담한 것이 이상하게 뒤섞인 소름 끼치는 태도로 어터슨을 대했다. 하이드의 목소리는 약간 갈라지면서 허스키한 낮은 목소리였다. 어터슨으로서는 이런 것들이 다 하이드를 좋게 봐줄 수 없는 요소들이었다. 그렇다 하더라도 어터슨이 하이드에 대해 느끼는 알 수 없는 혐오와 거부감, 그리고 공포를 다 설명할 수 있는 건 아니었다. '뭔가 분명히 더 있어.' 어터슨의 머릿속은 복잡했다. '뭘까, 이게 전부가 아닌데. 아, 하나님. 그 녀석은 인간 같지 않습니다. 음침한 동굴에나 어울린다고 할까. 펠 박사* 이야기가 다 떠오르는군. 어쩌면 더러운 영혼이 껍질뿐인 육체를 뚫고 발산되면서 그 육체마저 뒤틀리게 하는지도 모르지. 아, 불쌍한 헨리 지킬. 자네 새 친구의 얼굴은 사탄의 모습 그대로야.'

좁은길에서 모퉁이를 돌아나오면, 고풍스런 큰 저택들이 들

---

*별다른 이유 없이 공연히 싫은 사람.

어서 있는 구역이 나왔다. 이젠 건물 여기저기가 낡아서 사무원, 대서인代書人, 건축가, 그 외 무슨 일을 하는지 알 수 없는 사람 등 온갖 종류의 사람들이 방방마다 들어와 살고 있는 곳이기도 했다. 그런데 단 한 집만은 아직 한 사람이 소유한 채 옛 멋을 간직하고 있었다. 그 집 현관문에 달려 있는 부채꼴 모양의 창에서 흘러나오는 빛이 없었다면, 이 저택은 캄캄한 어둠 속에 묻혀 보이지 않았을 것이다. 모퉁이에서 두 번째인 이 저택 앞에 이르러 어터슨이 노크를 했다.

"지킬 박사는 안에 계신가?" 집사 풀에게 어터슨 변호사가 물었다. "보고 오겠습니다, 어터슨 씨." 어터슨을 안으로 모시며 풀이 말했다. 안으로 들어서니 천장이 낮은 홀이 나왔다. 벽은 깃발들로 거의 도배되어 있고, 시골집 분위기가 나는 벽난로가 활활 타오르고 있는 따뜻한 방 한켠으로 오크 나무로 만들어진 고가의 장식장이 놓여 있었다.

"선생님, 불 옆에서 몸이라도 녹이시죠. 응접실에 가실 거면, 등불을 켜 드릴까요?"

"여기면 되네, 고맙군." 벽난로 주위에 쳐진 울타리에 기대서며 어터슨 변호사가 말했다. 지금 어터슨이 혼자 서 있는 이 홀은 지킬 박사가 아끼는 장소로, 어터슨도 런던에서 가장 기분 좋은 방이라고 종종 얘기하던 곳이다. 하지만 지금까지 눈앞을 떠나지 않는 하이드의 얼굴만 생각하면 어터슨은 소름이 돋았다. 좀처럼 없는 일인데, 속이 메슥거리면서 살맛이 떨어질 정도였다. 벽난로에서 이글거리는 불꽃이 반사돼 반짝반짝 광택이 나는 장식장이 붉게 타오르고 있었고, 천장에는 기분 나쁜 그림자가 너울대고 있었다. 어터슨은 불길한 징조를 느끼고 있었다. 그때 풀이 들어와서 지킬 박사가 지금 집에 없다고 하자, 어터슨은 한편 안심하면서도, 또 한편 그런 자신이 부끄러워졌다.

"풀, 예전에 해부실로 쓰던 방으로 하이드 씨가 들어가는 걸 봤다네. 지킬 박사가 없는데도 들어가던데, 괜찮은가?"

"그럼요, 어터슨 씨. 하이드 씨는 열쇠를 가지고 있습니다." 풀 집사가 말했다.

"풀, 주인 어른이 그 젊은이를 꽤나 믿는 모양이로군." 생각에 잠기며 어터슨이 말했다.

"예, 상당히 신뢰하십니다." 풀이 말했다.

"우리들에게도 하이드 씨의 말을 잘 들으라고 분부하셨습니다."

"난 전에 하이드 씨를 만난 일이 없는 것 같은데." 어터슨이 말했다.

"예, 아마 그러실 겁니다. 하이드 씨는 여기서 식사하시는 일이 없습니다." 집사가 말했다. "이쪽으로 건너오시는 일도 거의 없죠. 실험실 쪽으로만 드나드십니다."

"그래. 알겠네. 잘 자게, 풀."

"안녕히 가십시오, 어터슨 씨."

어터슨 변호사는 무거운 마음으로 집으로 향했다. '불쌍한 헨리 지킬.' 어터슨은 생각했다. '아니었으면 좋겠지만, 헨리가 단단히 잘못 걸린 것 같군! 젊었을 때 잘나갔으니까. 오래전이지만, 분명해. 하나님에겐 법정 시효 같은 게 없으니까. 그래. 틀림없이 젊었을 때 저지른 일이 원혼처럼 따라붙은 거야! 그땐 덮어두고 지나갈 수 있었겠지. 자신도 이미 잊어버렸겠지만, 죄에 따른 벌이 찾아온 거겠지. 스스로는 대수롭지 않게 생각해서 지나쳐버렸을 거야.' 어터슨 변호사는 자기 생각에 소스라치게 놀라며 혹 자신의 과거도 잘못한 것이 없을까 되돌아봤다. 불쑥 튀어나오는 깜짝상자의 어릿광대 인형처럼 우연히 옛 잘못이 불쑥 고개를 들지도 몰랐다. 어터슨은 정직하게 살아왔다고 자부했다. 하지만 자신이 살아온 인생에 대해 한 점 부끄러움이 없이 떳떳한 사람은 거의 없을 것이다. 어터슨은 자기가 한 잘못들이 떠올라 부끄러움을 느꼈다. 뿌리치긴 했지만 거의 저지를 뻔한 잘못들까지 생각하니 점점 공포가 밀려왔다. 그리고, 생각이 하이드에게까지 미치자, 어터슨은 문득 희망의 단서를 다시 떠올리게 됐다. '그래. 하이드란 녀석도 좀 캐보면 감추고 있는 비밀이 있을 거야. 보나마나지. 지킬은 그에 비하면 천사겠지. 이 일을 이대로 놔둘 순 없지. 헨리의 침대 옆에서 강도처럼 노략질을 일삼는 그 괴물을 생각만 해도 소름이 끼치는군. 불쌍한 헨리. 정말 정신 바짝 차려야지. 하이드가 유언장의 존재에 대해 안다면 하루라도 빨리 상속받으려고 날뛸지도 모르지. 그건 위험해. 지킬만 원한다면, 내가 힘껏 도와야지. 지킬이 내게 털어놓고 도와달라고 해야 할 텐데.' 어터슨은 유언장에 있던 이상한 구절이 또렷하게 다시 떠올랐다.

태연한 지킬 박사

이 주 후, 때마침 지킬 박사가 옛 친구 대여섯 명을 불러서 저녁 식사를 함께하는 시간을 마련했다. 그들 모두는 포도주를 음미할 줄 아는 학식 있는 사람들로, 모든 사람들로부터 존경받고 있었다. 어터슨은 여느 때처럼 다른 사람들이 모두 떠난 후에도 헨리 지킬 곁에 남았다. 어터슨과 지킬이 이렇게 함께 남는 것은 벌써 수십 번 있었던 일이었기에 새로울 것도 없었다. 일단 어터슨에게 호감을 느낀 사람들은 그의 매력에 푹 빠졌다. 사람들은 무뚝뚝한 어터슨을 붙잡아두고 그와 함께 얘기를 더 나누고 싶어 했다. 술을 조금 마셔서 기분이 좋아진 사람들과 술에 취해 혀가 꼬인 사람들이 떠난 후, 편안한 느낌의 어터슨과 함께 앉아 폭풍우가 지나간 다음의 침묵 같은 분위기를 즐기는 것은 매력적인 일이었다. 지킬 박사 역시 예외가 아니었다. 벽난로 반대편에 앉아 있는 지킬의 얼굴에서도 어터슨과 함께하는 푸근한 시간을 즐기고 있다는 걸 읽을 수 있었다.

"지킬, 자네에게 할 말이 있네. 자네 유언장에 관한 건

데……."

이 주제가 거북스럽다는 것은 불을 보듯 뻔했다. 하지만 지킬 박사는 안 그런 척 받아넘겼다. "불쌍한 어터슨. 나 같은 의뢰인 때문에 고생이 많군. 자네가 내 유언장 때문에 스트레스를 많이 받고 있다는 거 잘 알고 있어. 내 이론을 비과학적이라고 몰아붙이며 잘난 척하는 고집불통의 래년을 빼면 자네가 제일 스트레스를 많이 받을 거야. 아, 알아. 래년은 좋은 친구지. 그렇게 얼굴 찌푸리지 말게. 그 친구를 좀 더 이해하고 싶다는 내 마음만은 변화가 없어. 단지 잘난 척에 고집불통, 거기에 무식하고 공격적이기까지 한 래년을 생각하면…… 난 래년에게 정말 실망했네."

"자네도 알다시피, 난 자네 유언장을 인정할 수 없다네." 지킬이 한 말은 안중에도 없다는 듯 어터슨이 말했다.

"내 유언장? 아, 물론이지. 나도 안다네." 지킬 박사가 약간 날카로워진 어투로 대꾸했다. "자네가 말했었지."

"그래. 다시 한 번 말하겠네. 하이드란 젊은이에 대해 좀 알게 됐는데……." 어터슨 변호사가 말했다.

그 순간 지킬 박사의 크고 잘생긴 얼굴이 파래지더니 입술 색까지 변했다. 지킬의 눈은 우울해 보였다. "하이드에 대해 더 들을 필요가 있을지 모르겠군." 지킬이 말했다. "자네나 나나 이 문제는 다시 거론 않기로 한 걸로 아는데."

"지킬, 이건 그냥 지나칠 수 없는 말이라네. 난 아주 구역질 나는 말을 들었어." 어터슨이 말했다.

"아니, 아무것도 달라질 게 없네. 자네는 내가 어떤 상황인지 이해 못 해." 지킬 박사가 이유도 없이 갑자기 태도를 바꾸며 대답했다. "난 정말 괴롭다네, 어터슨. 난 지금 아주 특이한 상황에 처해 있어. 말로 해서는 아무것도 달라질 것이 없어."

"지킬," 어터슨이 말했다. "자넨 날 알지 않나? 날 믿어서 낭패 본 적이 있나? 날 믿고 다 털어놔 보게. 분명히 내가 자넬 도울 수 있을 거야."

"어터슨, 자넨 좋은 친구야." 지킬이 말했다. "그래, 친절은 고맙네. 난 자네가 날 돕고 싶어 하는 게 진심이라고 믿어. 자네에 대한 고마움을 어떻게 표현해야 할지 모르겠군. 이 세상 누구보다도 자넬 더 믿네. 그래. 나보다도 자넬 더 믿는다면 자네가 내 마음을 알까? 그렇지만, 이 문제는 자네가 생각하는 그런 게 아니네. 자네 생각만큼 그리 나쁘진 않아. 그러니, 맘 놓게나. 한 가지는 자네에게 말해주지. 언제라도 하이드를 멀리할 수 있다는 것. 내 손을 들고 맹세하지. 정말 고맙네. 한마디만 더 하면 어터슨, 자네가 날 위해 중요한 일을 해줄 거라는 것이네. 지금은 그냥 이 문제를 덮어두게. 내 개인적인 문제야."

어터슨은 타오르는 불빛을 바라보며 잠시 생각에 잠겼다.

"난 자네를 전폭적으로 믿네. 자네가 옳아." 마침내 일어서며 어터슨이 말했다.

"그래. 이왕 얘기가 나온 김에 말인데, 아, 그리고 이게 마지막이겠지만," 지킬이 말을 이었다. "자네가 꼭 이해해줬으면 하는 게 있어. 난 정말 불쌍한 하이드를 걱정하고 있다네. 자네가 하이드를 만난 걸 알아. 그 녀석이 그러더군. 혹시 그 녀석이 무례하진 않았나? 어쨌든, 내가 하이드를 아주아주 관심 있게 지켜보고 있다는 걸 알아주게. 만약 내가 갑자기 없어져버린다면, 어터슨, 난 자네가 그 녀석을 좀 참아주면서 내가 그 녀석에게 양도할 모든 걸 챙겨주길 바라네. 자네가 모두 이해하게 되면 당연히 그럴 거라 생각하지만……. 자네가 약속해준다면, 내 맘이 한결 편하겠네."

"지킬, 난 하이드를 좋아하는 척할 수는 없네." 어터슨 변호사가 말했다.

"그걸 바라는 건 아냐." 한 손으로 어터슨의 팔을 잡으며 애원하듯 지킬이 말했다. "단지 공정하게 해달라는 것이네. 내가 더 이상 여기 없을 때, 날 봐서 그 녀석을 도와주라고 부탁하는 거네."

어터슨은 자신도 모르게 한숨을 쉬며 말했다. "그래. 약속하지."

댄버스 캐류 경 살인 사건

이듬해 18××년 10월 어느 날 런던은 전무후무하게 잔인한 범죄로 시끄러웠다. 더욱이 희생자가 고위직에 있는 사람이었기에 그 이야기는 파장이 더 컸다. 사건 자체는 단순했으나 사람들의 충격은 생각 이상이었다. 템스 강에서 그리 멀리 떨어져 있지 않은 집에 홀로 살고 있던 하녀가 하나 있었다. 그녀는 열한 시쯤 잠자리에 들기 위해 위층으로 올라갔다. 런던의 아침은 늘 안개가 나지막이 깔리곤 했지만, 그날 밤은 구름 한 점 없이 맑았다. 하녀의 방에서 내다보이는 골목길은 보름달로 환하게 밝혀져 있었다. 하녀는 창턱에 앉아 창 밖을 내다보며 낭만적인 상상에 잠겨 있었다. 그녀는 그 일을 말할 때면 언제나 눈물을 주르르 흘리곤 했다.

하녀는 그날 밤, 사람들은 모두들 상냥하고 친절하며 세상은 너무나도 평화롭게 느껴졌다고 했다. 그녀는 생각에 잠겨 평화롭게 앉아 있다가 골목길을 따라 멋진 백발의 노신사가 걸어오는 것을 보았다. 그리고 반대쪽 방향에서도 키가 작은 한 남자가 걸어오는 것을 보았다. 그녀는 그 남자 쪽은 별로 신경 쓰지 못했다.

　서로 말소리가 들릴 만한 거리에 다다르자(하녀가 보고 있던 바로 밑에까지 온 것인데) 그 노신사는 상대방에게 아주 친절한 태도로 머리 숙여 인사하며 다가가 말을 걸었다. 노신사가 건네는 말은 그다지 중요한 내용인 것 같지는 않아 보였다. 손짓으로 어딜 가리키는 걸로 봐서 길을 물어보는 것 같았다. 하녀는 달빛에 비친 노신사의 얼굴을 미소지으며 바라보고 있었다. 노신사는 고매한 인품에서 나오는 기품과 친절이 온몸에 배어 있었다. 온화한 미소를 띤 노신사의 얼굴에서 악의라고는 조금도 찾아볼 수 없었다. 하녀는 맞은편에서 오던 사내 쪽으로 눈을 돌려보았다. 그녀는 그가 일전에 자신의 주인을 방문했던, 첫인상이 불쾌한 사내 하이드 씨란 걸 알고는 소스라치게 놀랐다. 하이드는 손에 무거운 지팡이를 들고 만지작거리고 있었다. 그는 한마디 대꾸도 없이 말을 듣고 있었는데, 폭발할 것 같은 화를 가까스로 참고 있는 듯 보였다. 그러다가 갑자기 미친 듯 화를 내며 발을 쿵쿵 구르면서 흥분하더니 지팡이를 휘두르기 시작했다. 그리고 하녀의 표현대로라면 미친놈처럼 계속 그렇게 날뛰었다. 노신사는 약간 충격을 받은 듯 놀라서 한 걸음 뒤로 물러섰다. 그때 하이드는 완전히 이성을 잃은 듯 노신사를 내려쳐서 쓰러뜨렸다. 다음 순간, 하이드는 미친 오랑우탄처럼 희생자 위로 올라서더니 지팡이로 마구 내려치는 것이었다. 하이드의 폭력으로 노신사의 뼈가 산산조각으로 부서지는 소리가 들리는 듯했고, 노인의 시체는 길바닥 위에서 들썩거렸다. 그 끔찍한 광경을 보다가 하녀는 그만 기절하고 말았다.

두 시쯤 되었을까? 하녀는 정신을 차리고 경찰을 불렀다. 살인자는 벌써 멀리 사라진 지 오래였지만, 희생자는 골목길에 그대로 나뒹굴고 있었다. 이 끔찍한 살인에 사용된 단단하고 무거운 지팡이는 흔치 않은 것이었는데, 미친 듯 잔인하게 내려치는 도중에 반으로 부러져서 한 토막이 도랑에 굴러다니고 있었다. 다른 한 토막은 의심할 것도 없이 살인자가 가지고 간 것이 분명했다. 희생자에게선 금시계와 지갑이 발견되었다. 하지만 신분증 같은 것은 전혀 없었다. 유일하게 우체국으로 가지고 가던 걸로 보이는 봉인된 편지가 발견됐는데, 겉봉에는 어터슨의 주소와 이름이 쓰여 있었다.

편지는 다음 날 아침 어터슨 변호사에게 전달되었다. 미처 침대에서 일어나기도 전에 편지를 받아든 어터슨은 곧바로 편지를 뜯어봤고, 사건 경위를 들었다. 어터슨의 표정이 굳어졌다. "일단 시체를 보기 전에는 뭐라고 말씀드릴 수가 없습니다." 어터슨이 말을 이었다. "아주 심각한 사건이 될지도 모르겠습니다. 잠시 옷 입을 동안 기다려주시겠습니까?" 계속 무거운 얼굴로 급히 아침을 먹은 후 어터슨은 시체가 안치되어 있는 경찰서로 향했다. 시체가 놓여 있는 방에 들어서자, 어터슨은 고개를 끄덕였다.

"예, 제가 아는 사람입니다. 말하기 괴롭지만, 이 사람은 댄버스 캐류 경입니다."

"정말입니까?" 경관이 소리치며 말했다. "세상에 이런 일이." 잠시 놀란 경관은 즉시 큰 사건이 걸려들었다는 공명심에 눈이 반짝이기 시작했다. "아주 떠들썩한 사건이 될 게 분명합니다. 범인 체포에 협력해주시면 고맙겠습니다." 경관은 하녀가 본 것을 어터슨에게 짧게 설명하고, 부러진 지팡이를 보여주었다.

어터슨은 하이드의 이름을 들었을 때 이미 움찔했다. 앞에 놓인 부러진 지팡이를 본 순간, 어터슨은 혹시 아닐지도 모른다는 생각을 더 이상 할 수가 없었다. 부러져서 너덜너덜해지긴 했지만, 어터슨은 그 지팡이가 자신이 헨리 지킬에게 몇 년 전에 선물한 것이란 걸 알 수 있었다.

"하녀가 본 하이드 씨가 키가 작은 사람 맞습니까?" 어터슨이 물었다.

"하녀 표현대로 하면, 눈에 띄게 작고 사악하게 생겼다고 했습니다." 경관이 말했다.

잠시 생각에 잠겨 있던 어터슨이 이윽고 고개를 들었다. "제가 그의 집을 압니다. 제 마차가 밖에 있는데 같이 가시겠습니까?"

아침 아홉 시쯤, 겨울 들어서 안개가 끼기 시작하는 시각이었다. 오염된 갈색 안개가 대기에 드리워지기 시작했는데, 바람에 따라 움직이기도 하고, 더 자욱해지기도 했다. 느리게 달리는 마차 안에서 어터슨은, 희미한 햇빛과 지저분한 안개 때문에 시시각각 달라지는 대기를 바라보고 있었다. 이쪽을 보면 저녁놀이 진 다음처럼 어둡고, 저쪽을 보면 이상한 불꽃처럼 붉은 불빛들로 뒤덮여 있었다. 안개는 순간적으로 갈라지기도 했고, 바람에 소용돌이치기도 했다. 그리고 그 사이로 잠깐 동안 한 줄기 가는 햇빛이 나타났다 사라졌다. 드디어 희미한 빛과 안개 사이로, 진흙이 질척거리는 암울한 소호 지역이 나타났다. 행인들은 난잡하고 흐트러진 옷차림이었다. 어떤 가로등은 아직 꺼지지 않은 상태였고, 또 어떤 곳의 가로등은 아침 일찍 꺼졌다가 짙은 안개가 몰고 온 어둠 때문에 다시 켜지고 있기도 했다. 마치 악몽과 같은 도시의 모습에다가 마음속 생각으로 인해 어터슨은 우울했다. 그리고 옆에 앉은 경관을 흘긋 바라봤을 때, 어터슨은 법 자체와 또 법을 집행한다는 자들이 얼마나 위협적일 수 있는가, 때로 가장 정직한 사람들조차 공포에 떨게 할 수도 있다는 것을 깨달았다.

문제의 집에 마차가 다다랐을 때는 안개가 걷히고 지저분한 거리가 눈앞에 분명하게 나타났다. 진을 파는 술집, 싸구려 프랑스 음식점, 허섭스레기 같은 잡지나 샐러드를 파는 구멍가게가 눈에 들어오고, 누더기 같은 옷을 입은 아이들이 현관 앞에서 밀치락달치락하고 있었다. 이 나라 저 나라에서 온 밤의 여자들이 열쇠를 쥔 채 아침부터 술을 마시려고 거리를 지나고 있었다. 마른 나뭇잎처럼 피폐한 동네에 순식간에 안개가 다시 덮이면서 어터슨의 시야에서 빈민가가 잠시 가리워졌다. 이곳이 바로 헨리 지킬이 가장 아끼는 사내가 사는 집이다. 25만 파운드의 거액을 상속받게 될 사람이 이 집에 사는 것이다.

흰 머리에 희멀건 얼굴빛을 한 노파가 문을 열어주었다. 노파는 사악한 얼굴을 가식적인 웃음으로 감추고 있었다. 어쨌든 노파는 친절하게 손님을 맞이했다. 노파는 이 집이 하이드 씨의 집인 것은 맞지만 지금 없다고 일러주었다. 전날 밤 늦게 들어왔지만, 약 한 시간 전에 다시 나갔다는 것이었다. 하이드 씨는 늘 그렇게 불규칙한 생활을 하기 때문에 별 이상할 것도 없으며, 자주 집을 비워 버릇해 어제 집에 돌아온 것도 두 달 만이라고 했다.

"잘 알았습니다. 하이드 씨의 방을 좀 볼 수 있겠습니까?" 어터슨 변호사가 말했다. 노파가 난색을 표하자, "저와 함께 오신 분이 누구인지 먼저 말씀드려야겠군요. 이분은 런던경찰국의 뉴커먼 경위라고 합니다."

기분 나쁜 웃음이 노파의 얼굴을 잠깐 스치고 지나갔다. "아! 하이드 씨가 뭔가 사고를 쳤군요. 무슨 일이죠?"

어터슨과 뉴커먼 경위가 눈빛을 주고받았다. "하이드 씨는 호감을 주는 사람은 아니었나 보군요." 경위가 말했다. "자, 그럼, 할머니, 저랑 이분이랑 그 방을 좀 볼 수 있게 해주십시오."

하이드는 그 집에서 방 두 개를 쓰고 있었다. 노파 외엔 사는 사람이 없었지만 집엔 품격 있는 고급 가구들로 가득 차 있었다. 장 속에 가득 놓인 포도주와 우아한 테이블보와 그 위에 놓인 은접시가 시선을 끌었다. 어터슨은 벽으로 시선을 돌렸다. 미술에 일가견이 있었던 헨리 지킬이 선물한 것으로 보이는 훌륭한 그림이 벽에 걸려 있었다. 두껍게 잘 짜여진 카펫 색상이 멋졌다. 그렇지만 최근에 급히 들쑤셔놓은 듯한 흔적이 방안 곳곳에 남아 있었다. 주머니를 뒤집어 빼놓은 옷가지가 바닥에 흩어져 있었고, 열쇠로 열게 되어 있는 서랍도 삐죽 열려 있었다. 벽난로에는 회색 재가 수북이 쌓여 있었는데, 서류들을 많이 태운 듯했다. 타다 남은 재 속에서 경위는 미처 불길에 소실되지 않은 녹색 수표책의 끝부분을 끄집어냈다. 지팡이의 나머지 반쪽도 문 뒤에서 발견됐다. 경위는 이제 더 의문의 여지가 없다는 듯 지팡이를 보고 기뻐했다. 경위는 은행에 가서 하이드의 계좌에 수천 파운드가 입금되어 있다는 걸 확인하고는 아주 만족스런 표정이 됐다.

"이 정도면 충분합니다." 경위가 어터슨에게 말했다. "이제 하이드는 내 손바닥 안에 있는 거죠. 정말 정신이 없었나 봅니다. 안 그랬다면 부러진 지팡이를 놔두고 가거나 적어도 수표책을 불태우진 않았겠죠. 돈에 목숨 거는 녀석일 텐데 말이죠. 이제 수배 전단을 돌리고 은행에 그놈이 나타나기만 기다리면 됩니다."

하지만 수배 전단을 만드는 일은 쉽지 않았다. 하이드를 아는 사람이 극소수였을 뿐만 아니라(사건을 신고한 하녀의 주인도 하이드를 단 두 번 봤을 뿐이었다) 하이드의 가족을 찾는 데 도움이 될 털끝만 한 단서도 없었다. 사진을 찍은 적도 없었고, 흔히 목격자라는 사람들이 그렇듯이 하이드를 봤다는 사람들의 묘사도 서로 차이가 많이 났다. 하지만 하이드를 봤다는 사람들은, 하이드를 봤을 때 말로 표현 못할 기괴한 느낌이 들었다는 것 한 가지에는 모두 동의했다.

문제의 편지

어터슨은 오후 늦게 지킬의 집을 찾아갔다. 풀은 어터슨을 바로 맞아들여서 지킬 박사가 있는 곳으로 안내했다. 둘은 주방 옆으로 난 길을 따라 한때 멋진 정원이었던 뜰을 지나, 실험실 혹은 해부실로 쓰이던 건물로 들어갔다. 지킬 박사는 정원 건너편에 있는 이 건물을 유명한 외과의사의 상속자에게서 구입해서 내부 구조를 자신의 취향에 따라 해부학 연구가 아닌 화학 실험에 맞게 바꿔버렸다.

어터슨 변호사는 지킬의 친구였지만, 한 번도 이곳에 들어와본 적이 없었다. 어터슨은 지저분하고 창문 하나 없는 건물을 호기심 어린 눈으로 바라보았다. 원형 강의실 안을 지나면서 주위를 둘러보던 어터슨은 이상하게 두려운 마음이 들었다. 한때 이 강의실은 열정적인 학생들로 넘쳤을 것이다. 하지만 지금은 황량함과 적막함이 감돌고 있었다. 실험대 위엔 화학 실험기구들이 놓여져 있었고, 바닥에는 포장용 끈이 풀린 채 나무상자가 이리저리 뒹굴고 있었다. 빛이 들어오는 천장의 원형 창은 안개가 낀 듯 희뿌옇게 변해서 흐릿한 빛만이 흘러

들어올 뿐이었다. 강의실 안쪽 끝에 두꺼운 빨간 우단으로 덮인 문이 있었고, 강의실 바닥에서 그 문까지는 계단이 놓여 있었다. 마침내 어터슨은 그 문을 지나 지킬 박사의 밀실에 들어갔다. 밀실은 생각보다 컸다. 유리 진열장들이 벽면을 따라 놓여 있고, 전신거울과 사무용 책상 등이 갖춰져 있었다. 지저분한 유리창이 세 곳으로 나 있었는데, 그 위에 쇠창살이 쳐져 있었고 밑으로는 막다른 골목이 내려다보였다. 벽난로 안에는 불이 활활 타오르고 있었고, 난로 위 선반에는 불 켜진 등이 하나 놓여 있었다. 실내였음에도 안개가 짙게 깔리기 시작했다. 난로 앞에 앉아 있는 지킬 박사는 무척 쇠약해 보였다. 지킬은 손님을 맞기 위해 자리에서 일어나진 않았지만, 차가워진 손을 내밀어 악수를 청하며 평소와는 다른 목소리로 잘 왔다고 했다.

"그 소식은 이미 들었겠지?" 풀이 나간 후에 어터슨이 바로 말을 꺼냈다.

"광장에서 사람들이 그 얘기로 난리더군. 난 응접실에서 들었네." 지킬 박사는 떨고 있었다.

"한마디만 하지. 캐류는 자네와 마찬가지로 내 고객이었어." 어터슨 변호사가 말했다. "확실히 해두고 싶네. 자네 설마 그 녀석을 숨길 정도로 정신 나간 건 아니겠지?"

"어터슨! 내 하나님께 맹세하지." 지킬이 말했다. "맹세코 다시는 그 녀석에게 눈길조차 주지 않겠네. 자네에게 내 명예를 걸고 약속하지. 그 녀석은 내가 이 세상 하직할 때까지 다시는 볼 일이 없을 거야. 다 끝났어. 사실 그 녀석도 내 도움이 더 이상 필요 없네. 자네보다는 내가 그 녀석을 더 잘 아네. 그 녀석은 지금 안전한 곳에 있어. 아주 안전해. 내 말을 믿게. 다신 나타나지 않을 거야."

어터슨 변호사는 침울한 기분으로 들었다. 어터슨은 친구의 흥분한 태도가 맘에 들지 않았다. "그자에 대해 아주 자신만만하군." 어터슨이 말했다. "자넬 위해서라도 자네 말대로 되길 바라네. 만약 재판이 열리게 되면, 자네 이름도 오르내릴 거야."

"그 녀석에 대해서는 내가 제일 확실히 아네." 지킬이 대답했다. "누구에게도 말할 수는 없지만, 내 판단은 충분히 근거가 있는 것이라네. 그건 그렇고, 자네에게 한 가지 조언을 구할 게 있는데……. 편지를 한 장 받았다네. 이걸 경찰에게 보여줘야 할지 말아야 할지 모르겠군. 어터슨, 차라리 자네에게 맡겨버리고 싶네만. 자네라면 현명하게 판단해줄 거라 믿네. 내 자넬 믿지 않나!"

"자네, 그 편지 때문에 하이드가 잡힐까 봐 걱정이 되나?" 어터슨이 말했다.

"아니. 하이드가 걱정되는 건 아니야. 더 이상 그 녀석과 난 아무 상관이 없네. 이건 내 자신의 명성과 관련된 문제라네. 이 끔찍한 사건에서 난 발을 빼고 싶네." 지킬이 말했다.

친구의 이기심에 조금 충격을 받은 어터슨은 잠시 생각에 잠겼다. 한편으론 안심도 된다고 생각하며 어터슨은 말했다. "그래, 편지를 보여주게."

편지의 글씨체는 전혀 기울어지지 않게 반듯하게 쓰여 있어서 느낌이 이상했다. 편지의 마지막에는 '에드워드 하이드'란 서명이 있었다. 본문에는 오랫동안 과분한 은혜를 베풀어준 지킬 박사에게 배은망덕했던 것에 대해 미안해하며, 자신은 다른 사람들로부터 벗어나 살 수 있는 안전한 장소에 도망칠 방편이 마련되어 있으니 자신의 안전에 대해서는 조금도 걱정하지 말라는 내용이 간략하게 쓰여 있었다. 어터슨 변호사는 편지를 보며 마음을 놓았다. 편지 내용으로 보아 지킬과 하이드는 어터슨이 걱정한 만큼 그런 사이는 아닌 것 같았다. 도리어 자신의 의심이 지나쳤다 싶어서, 어터슨은 미안한 생각까지 들었다.

"편지 봉투는 어디 있지?" 어터슨이 물었다.

"태워버렸네." 지킬이 대답했다. "깜빡 잊고 말이야. 그렇지만 우체국 소인은 없었어. 인편을 통해서 전달받았네."

"내가 가져가서 좀 더 천천히 생각해봐도 되겠나?" 어터슨이 물었다.

"자네에게 맡기겠네. 자네가 잘 알아서 처리해줄 거라 믿어. 난 이제 내 자신도 못 믿겠네." 지킬이 말했다.

"그래. 내 생각해보지." 어터슨 변호사가 말했다. "한마디만 더 하지. 자네 유언장에 나오는 '사라지거나'란 말은 하이드가 집어넣자고 한 건가?"

지킬 박사는 순간적으로 어지러운 듯 보였다. 잠시 후 입을 굳게 다문 채 고개를 끄덕였다.

"그럴 줄 알았지." 어터슨이 말했다. "자넬 죽이려고 했던 거야. 정말 구사일생으로 피했군."

"목숨을 건진 것보다 더 중요한 일이 있네." 지킬 박사는 심각하게 얘기했다. "중요한 교훈을 얻었지. 아…… 어터슨, 정말 중요한 교훈이야!" 박사는 두 손으로 얼굴을 감싸 안았다.

집을 나서는 길에 어터슨 변호사는 풀에게 말을 건넸다. "그건 그렇고, 오늘 지킬에게 전달된 편지가 하나 있던데, 심부름 하던 사람이 어떤 모습을 하고 있었지?" 하지만 풀은 우편으로 온 것 외에는 분명 아무것도 없었다고 말했다. "게다가 정기 간행물만 왔습니다."

이 말을 듣자 어터슨에게 다시금 불안감이 밀려왔다. 분명히 그 편지는 밀실의 문을 통해 전달된 것이었다. 사실 밀실 안에서 쓰였을 가능성도 있다. 그렇게 되면 이야기는 완전히 달라진다. 더 심각하게 고려해야 할 문제들이 생기는 것이다. 신문팔이 소년은 쉰 목소리로 길가에서 소리치고 있었다. "호외요, 충격, 하원 의원 살해사건!" 친구이자 의뢰인이었던 댄버스 경 장례 추도사에 대한 기사였다. 어터슨은 이 사건의 소용돌이로 인해 자신의 또 다른 벗의 이름이 더럽혀지는 걸 걱정하고 있었다. 어터슨은 이 문제에 조금 더 신중을 기해야겠다고 생각했다. 어터슨은 항상 자기 스스로 모든 문제를 처리해왔지만, 이번만은 누군가의 충고가 있었더라면 하고 간절히 바랐다. 대놓고 물어볼 수는 없는 일이지만, 넌지시 떠볼 수는 있지 않을까, 하고 생각했다.

집에 돌아와 자신의 사무주임 게스트와 문 쪽으로 가는 좁은 통로를 사이에 두고 난롯가에 마주 앉았다. 난로와 적당히 떨어진 따뜻한 곳에 앉아 지하 창고에서 오래 숙성시킨 좋은 포도주 한 병을 나누고 있었다. 도시는 안개에 잠겨 깊이 잠들어 있는 듯했다. 가로등만이 군데군데 붉은 보석을 박아놓은 듯 깜빡이고 있었다. 동맥같이 늘어선 도시의 길을 따라, 낮게 깔린 구름처럼 자욱한 안개가 덮인 길 위로 도시의 생동감 있는 기운을 담은 마차 소리가 거센 바람처럼 들려왔다. 하지만 따뜻한 방 안의 포도주는 이미 새큼한 맛이 없어졌고, 자줏빛의 술 색깔도 마치 스테인드 글라스의 색깔이 오랜 세월이 흐르며 점점 부드러워지듯, 차츰 시간이 지남에 따라 옅어졌다. 가을 오후의 작열하는 태양빛이 언덕의 포도밭에 뜨겁게 내리쬐다가 이제 고개를 돌려 런던에 깔린 안개를 걷어내려는 것 같았다. 시나브로 어터슨의 기분도 좋아졌다. 게스트는 어터슨에게 흉금을 터놓을 수 있는 가장 가까운 사람이었다. 자신의 비밀을 본인보다 게스트가 더 잘 지키고 있는지도 모르겠다는 생각을 할 정도였다. 게스트는 종종 일 때문에 지킬 박사의 집에 갔었기 때문에 풀과도 아는 사이였다. 하이드가 그 집을 잘 알고 있는 것에 대해서 게스트가 금시초문일 것 같지는 않았다. 그렇다면 결론을 이끌어낼 수 있을지도 몰랐다. 그리고 미스터리를 푸는 실마리가 될 이 편지를 본다면, 필체를 감식하는 데 일가견이 있는 게스트가 뭔가 해결에 성큼 다가가도록 도움을 줄 것 같았다. 게다가 사무주임은 의논 상대로도 제격이었다. 그는 이런 이상한 편지를 읽는 내내 단 한 마디의 단서도 놓치지 않고 찾아내서 어터슨으로 하여금 앞으로 어떻게 해야 할지 방향을 잡을 수 있게 해줄 것이다.

"댄버스 경 사건은 애석한 일이야." 그가 말했다.

"예, 그렇습니다. 사람들이 경악하고 있습니다." 게스트가 대답했다. "그 일을 저지른 놈은 완전히 미친놈입니다."

"자네가 그 사건에 대해 어떻게 생각하는지 궁금하네만." 어터슨이 말했다. "그 살인자가 쓴 편지가 있어. 도대체 어떻게 해야 좋을지 몰라서 하는 말인데, 이 편지는 우리끼리만 알고 있어야 하네. 정말 발 빼고 싶은 일이네만, 여기 있네. 자네 방식대로 살인자의 친필을 한번 보게나."

게스트의 눈이 반짝였다. 그는 즉시 앉아서 열심히 그 편지를 들여다봤다. "아니!" 그가 말했다. "이건 미친 사람의 글씨가 아닙니다. 좀 이상하게 쓰긴 했지만."

"그래. 게다가 아무리 봐도 이상한 사람이 쓴 것 같고 말야." 어터슨 변호사가 말했다.

그때 하인이 쪽지를 들고 들어왔다.

"지킬 박사님에게서 온 건가요?" 게스트가 말했다. "그 글씨체가 눈에 익은데요. 사적인 내용이라도 있습니까?"

"그냥 저녁 초대라네. 왜? 보고 싶은가?"

"잠깐만 보여주십시오. 감사합니다." 게스트는 두 장의 종이를 나란히 놓고, 꼼꼼하게 적힌 것을 비교해봤다. "고맙습니다." 마침내 둘 다를 돌려주며 그가 말했다. "아주 재밌는 글씨체군요."

잠시 침묵이 흘렀고, 어터슨은 왠지 불안했다. "게스트, 왜 그 둘을 비교했지?" 마침내, 그가 물었다.

"예, 닮은 것 같아서요. 글씨체가 여러 가지 면에서 동일합니다. 단지 기울여 쓴 정도만 달라요."

"그것 참 이상하군." 어터슨이 말했다.

"예, 말씀하신 대로 이상합니다." 게스트가 말했다.

"이 일은 우리 비밀로 하세. 게스트."

"네, 알겠습니다."

그날 밤 어터슨은 혼자 남게 되자마자, 그 쪽지를 금고에 넣고 잠궜다. 쪽지는 그 이후 계속 금고에서 꺼내지 않았다. '도대체 어찌 된 건가?' 그가 생각했다. '헨리 지킬이 살인자를 위해서 편지를 위조하다니!' 어터슨은 온몸의 피가 얼어붙는 것 같았다.

의사 래년에게 생긴 기괴한 사건

시간이 또 얼마간 흘렀다. 댄버스 캐류 경의 죽음은 사회적으로 큰 충격을 몰고 온 사건이었기 때문에 수천 파운드의 현상금이 걸렸다. 하지만 하이드는 마치 존재한 적이 전혀 없었던 것처럼 경찰의 수사망에서 사라져버렸다. 사실 그의 과거 행적에 대해서는 상당 부분 밝혀졌는데, 모두가 흉악한 것들뿐이었다. 그의 무정하고 폭력적인 잔인성에 관한 얘기들, 비열한 생활, 그가 어울렸던 기괴한 사람들, 그에게 항상 따라다녔던 증오에 대한 얘기들도 밝혀졌다. 하지만 그가 현재 어디 있는지에 대해서는 털끝만 한 단서조차 나오지 않았다. 살인이 있던 날 아침 소호에 있는 자신의 집을 떠난 이후로 그는 완전히 증발해버렸다. 그리고 시간이 흐름에 따라 어터슨도 극도의 긴장에서 점점 벗어나 차분함을 되찾을 수 있었다. 어터슨은 하이드가 사라져준 것으로 댄버스 경의 죽음이 충분히 보상된 것 같다는 생각을 했다. 사악한 영향이 물러간 이후에 지킬 박사에게는 새로운 삶이 시작됐다. 그는 은둔 생활에서 벗어나 친구들과 다시 어울리기 시작했고, 다시 한번 유쾌한 손님이

자 벗이 되었다. 그는 항상 자선사업가로 알려져 있었는데, 이제는 종교인으로도 유명해졌다. 아주 바쁘게 살면서 바깥 활동도 많이 하고, 선업을 많이 쌓았다. 봉사에 대한 성찰 때문인 듯 그의 얼굴은 밝게 빛났고, 너그러웠다. 두 달 이상 지킬 박사는 평화로운 시간을 보냈다.

정월 8일이었다. 어터슨은 지킬의 집에서 친한 몇몇과 어울려 저녁을 먹었다. 래년도 거기 있었다. 집주인 지킬은 예전에 그 셋이 절친한 삼총사였던 때로 돌아가 어터슨과 래년을 번갈아 바라보았다. 하지만 같은 달 12일과 14일에 지킬의 집 대문은 어터슨에게 굳게 닫혀 있었다. "박사님께서 집에서 나오시려고 하지 않습니다." 풀이 말했다. "그리고 아무도 안 만나십니다." 십오 일에 어터슨은 다시 한 번 가봤다. 또 거절이었다. 지난 두 달간 거의 매일 만나다가 이렇게 다시 칩거를 시작한 친구를 보자 어터슨의 마음은 무거워졌다. 그렇게 지킬을 못 만난 지 닷새가 지난 저녁에, 어터슨은 게스트와 함께 저녁을 먹었다. 그리고 그 다음 날 밤엔 래년을 찾아갔다.

래년의 집은 적어도 들어갈 수는 있었다. 하지만 막상 안에 들어갔을 때, 어터슨은 변해버린 래년의 모습에 충격을 받았다. 래년의 얼굴에는 내일 모레면 죽는다, 라는 말이 쓰여 있는 듯했다. 혈색이 돌던 얼굴은 창백하게 변했고, 몸도 핼쑥하게 야위었다. 머리카락이 눈에 띄게 많이 빠진 그의 얼굴은 실제보다 훨씬 나이 들어 보였다. 하지만 어터슨을 더욱 놀라게 했던 것은 순식간에 폭삭 삭은 친구의 모습이 아니었다. 그것은 래넌의 눈에 드러난, 마음속에 깊게 새겨져 있는 듯 보이는 공포였다. 래넌은 죽음을 두려워하고 있는 건 아닌 것 같았다. 사실 어터슨은 그럴 수도 있다고 생각했다. '그래, 래넌은 의사니까 자신이 얼마 못 살 거라는 걸 알고 있을 거야. 그걸 안다는 게 더 힘들 수도 있을 거야.' 어터슨이 친구의 안색을 걱정하며 말하자, 래넌은 단호한 어조로 자신이 죽음을 앞두고 있는 건 사실이라고 말했다.

"난 큰 충격을 받았어." 그가 말했다. "결코 그 충격에서 벗어나지 못할 거야. 남은 날이 몇 주 안 될 거네……. 그동안 즐거운 일도 많았어. 참 좋았지. 그래, 참 좋았어. 때로 난 이런 생각을 하네. 우리가 모든 걸 안다면, 이 세상을 떠나는 것이 더 즐거울 거라고."

"지킬도 아프다네." 어터슨이 말했다. "그를 만나봤나?"

그때 래넌의 안색이 변했다. 그는 떨리는 손을 들고 말했다. "더 이상 지킬을 보거나 그에 대해 듣고 싶지 않아." 착 가라앉은 그의 목소리가 떨리고 있었다. "이제 그와는 아무 할 일도 없어. 죽은 사람이나 마찬가지라고 여기고 있는 지킬에 대해 더 이상 아무 말도 하지 말게."

"왜 그러나……." 어터슨이 말했다. 그러고는 조금 있다가 "뭐

도와줄 일이 없을까?" 하고 물었다. "우리 셋은 아주 오래된 친구잖은가, 래년. 이제 친구를 더 사귀기엔 우린 너무 늙었어."

"난 이제 다 끝났네." 래년이 말했다. "궁금한 게 있으면, 지킬에게 물어보게."

"지킬은 날 보려고도 하지 않아." 어터슨이 말했다.

"그래, 아마 그러겠지." 래년이 말했다. "언젠가, 어터슨, 내가 죽거든 이 일이 어떻게 된 건지 알게 될 거야. 나로서는 말할 수 없네. 다른 이야기를 하려거든 여기 계속 있어도 좋아. 하지만 그 저주받은 얘기를 계속해서 하려는 거라면, 가버리게. 난 도저히 버텨낼 수가 없네."

집에 돌아오자마자, 어터슨은 앉아서 지킬에게 어떻게 자신을 문전박대할 수 있냐고, 편지를 썼다. 또한 래년과 도대체 무슨 일이 있어서 이렇게 갈라진 것인지 물었다.

다음 날 어터슨은 편지의 군데군데에 아주 비장한 말들이 쓰여 있고 불길한 미스터리 같은 내용이 담겨 있는 긴 답장을 받았다. 편지를 통해서 볼 때, 지킬과 래년의 관계는 돌이킬 수 없는 것이었다. "난 내 오래된 친구를 탓하지 않겠네. 하지만 래년이 다시는 안 보는 게 좋다고 한 것에는 동감이야. 앞으로는 철저하게 틀어박혀서 보내려고 하네. 종종 자네를 문 앞에서 돌려보내더라도 놀라거나 자네에 대한 내 우정을 의심하지 말게. 그냥 내가 암울한 길을 걷도록 내버려두게나. 지금 밝힐 수는 없지만, 난 내가 자초한 위험과 형벌에 빠져 있네. 난 죄인의 괴수이면서, 동시에 가장 큰 고통을 받고 있는 사람이라네. 사람을 이토록 무기력하게 만드는 공포와 고통이 이 세상에 존재한다는 것은 상상도 못 했었네. 내 앞에 놓여 있는 가혹한 운명의 무게를 덜어주기 위해 자네가 할 수 있는 일이라고는 한 가지일 것 같네, 어터슨. 그냥 내가 조용히 있게 내버려두는 거야." 어터슨은 놀랐다. 지옥의 사악한 기운이 물러갔을 때, 지킬 박사는 자신의 예전 일상과 우정으로 돌아갔었다. 일주일 전의 지킬은 여러 가지 면에서 존경받는 노년을 즐겁게 보내게 되리라는 기대를 갖게 했다. 그런데 갑자기 우정과 마음의 평정, 인생의 진로 등 모든 것이 산산조각나버린 것이다. 전혀 생각지 못한 엄청난 변화를 보며, 어터슨은 지킬이 미친 건 아닐까, 생각했다. 하지만 래년이 했던 말이나 그의 태도로 보면, 뭔가 심상치 않은 일이 있는 게 분명했다.

래년이 침대에 누운 지 일주일쯤 지났을까, 하여튼 이주일은 아직 안 됐을 때, 결국 래년이 죽었다. 슬픔에 싸여 래년의 장례식에 참석한 다음 날 밤, 어터슨은 사무실의 문을 잠그고 우울하게 촛불 옆에 앉아, 죽은 친구가 직접 주소를 쓰고 봉인을 한 편지 봉투 하나를 꺼냈다. '비공개: 오직 J. G. 어터슨만 뜯어 볼 것. 그가 유고 시 개봉하지 말고 없애버릴 것'이라고 편지 겉봉에 또렷하게 쓰여 있었다. 어터슨은 안의 내용을 보기가 겁이 났다. '오늘 한 친구를 땅속에 묻어야 했어.' 어터슨은 생각했다. '이 편지를 읽으면 또 다른 친구를 잃게 되는 건 아닐까?' 하지만 어터슨은 자신이 두려워하는 것은 친구에 대한 신의를 저버리는 일이라 생각해서 봉인을 뜯었다. 겉봉 안에는 봉인된 또 다른 봉투가 있었다. 그 봉투에는 '지킬 박사가 사라지거나 죽기 전에는 개봉하지 말 것'이라고 되어 있었다. 어터슨은 자신의 눈을 믿을 수 없었다. 사라지거나! 어터슨이 오래전에 지킬에게 돌려준 괴상한 유언장에 나왔던 '사라지거나'란 단어가 다시 나온 것이다. 헨리 지킬이란 이름과 사라진다는 것이 여기 다시 등장한 것이다. 지킬의 유언장에서 사라진다는 말은 하이드의 간악한 협박에서 나온 것이었다. 그런 말이 쓰이게 된 목적은 아주 분명하고 끔찍한 것이었다. 하지만 래년에 의해 쓰인 이 문서에서는 도대체 무슨 뜻이란 말인가? 어터슨은 위탁받은 처지였지만, 금지 조항을 어기고 이 미스터리의 끝까지 단숨에 밝혀들어가고 싶었다. 하지만 변호사로서의 명예와 죽은 친구에 대한 신뢰 때문에 차마 그럴 수 없었다. 그는 봉투를 개인 금고에 깊숙이 집어넣었다.

호기심을 누르는 것과 정복하는 것은 다른 얘기다. 그날 이후로 어터슨은 예전과 달리, 살아남은 친구인 지킬과 어울리는 걸 그리 간절히 바라지는 않는 듯했다. 그는 지킬을 친하게 생각했지만, 이전처럼 편하지는 않았고, 두렵기도 했다. 사실 지킬의 집에 찾아가기도 했다. 하지만 이젠 지킬을 못 만난다는 거절에 도리어 안도하고 있었다. 아마 그는 마음속으로는 지킬 스스로가 만든 감옥 같은 집에 들어가 세상과 인연을 끊고 사는, 이해하기 힘든 은둔자를 앞에 두고 얘기하느니, 탁 트인 도시의 느낌과 소리가 살아 있는 그 집 문간에서 풀과 얘기하는 것을 더 고대했는지도 모르겠다. 사실 풀도 즐거운 소식을 가지고 있는 것은 없었다. 지킬은 간혹 모습을 보이더라도 이전보다 더 밀실 같은 실험실에 틀어박혀 때론 그곳에서 잠을 자기도 한다고 했다. 그는 정신 나간 듯 보였으며, 아주 조용하게 있더라도 책을 읽고 있는 건 아니라고 했다. 풀은 지킬 박사가 뭔가 골똘히 궁리하고 있는 것 같다고 했다. 어터슨은 풀이 하는 매번 똑같은 내용의 말에 아주 익숙해졌고, 그럼에 따라 시나브로 지킬의 집을 찾아가는 것도 뜸해졌다.

창가에서 생긴 일

그러던 어느 일요일이었다. 어터슨은 매주 그렇듯 인필드와 산책을 하고 있었다. 그들은 런던 뒷골목의 길을 걷다가 또다시 그 문 앞에서 발걸음을 멈추고 문을 바라보게 되었다. "이제 그 이야기는 다 끝난 셈이군요. 이제 더 이상 하이드를 볼 일이 없을 테니까요." 인필드가 말했다.

"그랬으면 좋겠군." 어터슨이 말했다. "내가 하이드를 한 번 봤다고 말했던가? 나도 똑같은 반감을 느꼈다네."

"그를 보고서도 반감을 안 갖는다는 건 불가능하죠." 인필드가 말했다. "그나저나, 이 집이 바로 지킬 박사의 집으로 이어지는 뒷문이란 걸 그땐 제가 몰랐어요. 바보 같죠? 다 선생님 덕분에 알아낸 거라 할 수 있어요."

"아, 결국 알아냈군." 어터슨이 말했다. "그렇다면, 저 막다른 길로 들어가 한번 창문을 올려다볼까? 사실 난 불쌍한 지킬 때문에 맘이 편치 않다네. 안에도 못 들어가지만, 그래도 친구가 여기 있다는 생각을 하면, 지킬이 좀 힘이 나지 않을까 하는 생각도 들고……"

막다른 길은 아주 추웠고 습기가 차 있었다. 머리 위로 하늘이 높이 보였고, 골목은 이제 막 찾아오고 있는 저녁놀로 붉었다.

창문 세 개 중 가운데 하나가 절반쯤 열려 있었다. 유일하게 열린 그 창문으로 슬픔을 가득 담은 공기가 들어가고 있는 듯했다. 그때 어터슨은 불행한 죄수 같은 모습을 한 지킬을 봤다.

"아니! 지킬!" 그가 소리쳤다. "좀 나아진 건가?"

"아니, 아직 안 좋네, 어터슨." 지킬이 힘없이 대답했다. "아주 안 좋아. 그렇지만 그리 오래가진 않을 거야. 고맙네."

"자네, 집 안에 너무 오래 있었어." 어터슨이 말했다. "인필드나 나처럼 자네도 밖으로 나와서 산책이라도 하며 돌아다녀야 해. (이쪽은 내 조카 인필드라고 하네, 지킬.) 지금 바로 밖으로 나와서 모자 쓰고 우리랑 같이 잠깐만 돌아다니지 않겠나?"

"말이라도 고맙네." 지킬이 한숨을 내쉬었다. "나도 정말 그러고 싶어. 하지만 안 돼. 그건 정말 못하겠네. 불가능해. 하지만 어터슨, 자넬 보게 돼서 정말 기쁘네. 정말 좋구먼. 자네와 인필드를 들어오라고 하고 싶지만, 집이 누추하구만."

"그럼 이렇게라도 자네와 얘기하지." 기쁜 마음에 어터슨이 말했다. "이렇게 밑에서나마 자네와 얘기할 수 있으니 정말 좋아."

"고맙네. 안 그래도, 그 말을 할까 말까 망설이고 있었는데."

지킬이 기뻐하며 대답했다. 하지만 그 말을 끝내는 것조차 힘든 것 같았다. 미소 짓던 지킬의 얼굴이 일그러지며, 절망적인 공포가 스쳐지나갔다. 밑에 있던 두 사람은 등골이 오싹해졌다. 창문이 즉시 닫혔기 때문에 그들은 지킬의 얼굴 표정을 단지 스치듯 보았을 뿐이었지만, 그걸로 충분했다. 그 둘은 발길을 돌려 아무 말 없이 막다른 골목길을 빠져나왔다. 뒷골목을 가로질러 가까운 큰길에 이를 때까지도 그들은 침묵에 빠져 있었다. 일요일이었지만, 큰길에는 사람들이 좀 있었다. 마침내 어터슨이 고개를 돌려 인필드를 바라봤다. 그들의 창백한 얼굴이 말해주듯 두 사람이 얼마나 공포에 떨고 있는지 분명히 알 수 있었다.

"하나님, 저희를 도와주십시오." 어터슨이 말했다.

하지만 인필드는 아주 심각하게 고개를 끄덕이고는 아무 말 없이 다시 길을 가기 시작했다.

마지막 밤

그러던 어느 날 저녁, 어터슨은 식사 후 벽난로 가에 앉아 있었다. 그때 전혀 뜻밖에도 풀이 찾아왔다.

"무슨 일인가? 풀. 안 좋은 일은 아니겠지?" 그가 소리쳤다. 풀을 잠깐 바라보고는 어터슨이 말을 이었다. "무슨 문제라도 생긴 건가? 지킬 박사가 아프기라도 하나?"

"어터슨 선생님, 문제가 생겼습니다." 풀이 말했다.

"좀 앉게나. 자, 여기 포도주가 한 잔 있네, 들게." 어터슨 변호사가 말했다. "자, 일단 숨 좀 돌리게나. 도대체 무슨 얘기를 하러 왔는지 천천히 말해보게."

"지킬 박사님이 어떤 분이신지 잘 아시잖습니까?" 풀이 말했다. "종종 골방에 틀어박혀서 지내신다는 것도 아시죠? 박사님께서 다시 골방에 들어가셨어요. 전 정말 그게 싫습니다. 제가 조금이라도 그걸 좋아한다면 제 손에 장을 지지죠. 어터슨 선생님, 저는 두렵습니다."

"어허, 진정하게나. 조금 더 자세히 말해봐." 어터슨 변호사가 말했다. "도대체 뭐가 두렵다는 건가?"

"일주일 동안 계속 두려웠어요." 어터슨의 질문을 무시하고 풀이 말했다. "더 이상 참을 수 없습니다."

풀의 표정은 그의 말만큼이나 심각했다. 그는 계속 안절부절못하는 모습이었다. 풀은 처음 어터슨에게 공포를 호소할 때를 제외하곤 어터슨을 똑바로 쳐다보지도 못하고 있었다. 포도주를 들고 있었지만 입에 대지도 않은 채 무릎 위에 올려놓고 있었고, 눈은 마루 한구석을 바라보고 있었다. "더 이상 참을 수 없어요." 그가 반복했다.

"진정하게." 어터슨 변호사가 말했다. "무슨 이유가 있을 거라고 생각하는데, 풀. 뭔가 잘못된 게 분명하지? 뭔지 얘기해보게나."

"범죄가 있었던 것 같습니다." 쉰 목소리로 풀이 말했다.

"범죄!" 어터슨이 소리쳤다. 상당히 놀랐던 어터슨은 금방 초조하게 물었다. "범죄라니? 도대체 무슨 일이 있었단 말야?"

"차마 말 못 하겠습니다, 선생님." 풀이 말했다. "하지만 저와 함께 가서 직접 보시겠습니까?"

어터슨은 아무 말 없이 일어서서 모자와 외투를 집어들었다. 하지만 그는 풀의 얼굴에 나타난 커다란 안도의 표정을 바라보며 놀랐다. 풀이 일어서서 나갈 때까지 와인에 입도 안 댄 것은 이상할 것도 없었다.

그날은 춥고 바람 부는 3월의 전형적인 밤이었다. 푸르스름

한 그믐달은 바람이 흔들어 놓은 듯 하늘에 걸려 있고, 헝클어진 옅은 구름이 달 주위에 난파선처럼 떠돌고 있었다. 바람 때문에 말소리가 잘 안 들렸고, 얼굴은 붉게 상기됐다. 거리엔 지나가는 사람들 하나 없었다. 어터슨은 런던의 이 길이 이렇게 황량한 걸 본 적이 없다는 생각이 들었다. 이건 아닌데, 라고 어터슨은 생각했다. 어터슨은 살아오면서, 누군가 곁에 있었으면 하는 생각을 이렇게 민감하게 해본 적이 없었다. 자꾸 털어버리려 해도, 뭔가 재앙이 있을 것 같은 예감을 떨쳐버릴 수 없었다. 그들이 도착한 광장에는 강한 바람에 먼지가 휘날리고 있었고, 연약한 나뭇가지들은 바람에 누워 있었다. 가는 길 내내 한두 걸음 앞장서 걷던 풀이 길 중간에 멈춰 서더니, 살을 에는 듯한 추위에도 불구하고 모자를 벗고 붉은 손수건으로 이마를 닦았다. 서둘러 온 건 사실이지만, 그건 바삐 걸음을 재촉했기 때문이라기보다는 숨 막히는 긴장에서 나온 것이었다. 그는 얼굴이 창백했고, 목소리는 갈라져 있었다.

"여깁니다. 도착했습니다." 풀이 말했다. "하나님, 부디 아무 일 없게 해주소서."

"아멘." 어터슨 변호사도 같이 기도했다.

그때 풀이 조심스레 문을 두드리자, 사슬이 걸린 채로 문이 조금 열렸다. 안쪽에서 소리가 들렸다. "풀, 자넨가?"

"그래, 나야." 풀이 대답했다. "문을 열라구."

그들이 들어갔을 때, 홀 안은 불이 밝혀져 있었다. 벽난로가 타오르고 있었고, 그 주위로는 하인들이 남녀 할 것 없이 모두 모여 있었다. 마치 양떼처럼 서로 모여서 떨고 있었다. 그들은 어터슨을 보자 참았던 울음을 터뜨렸다. 요리사가 울며 말했다. "하나님 감사합니다. 어터슨 선생님이 오셨군요." 그녀는 마치 안길 듯이 어터슨에게 달려들었다.

"아니, 지금 일 안 하고 여기서 뭐 해? 왜 이렇게 넋 놓고 모여 있어?" 어터슨 변호사가 꾸짖듯이 말했다. "박사님이 보시면 뭐라고 하시겠어?"

"다들 두려워하고 있습니다." 풀이 말했다.

잠시 정적이 흘렀다. 아무도 대꾸를 하는 사람이 없었다. 요리사만이 소리 높여 엉엉 울 뿐이었다.

"조용히 좀 해요!" 풀이 무섭게 그녀를 나무랐다. 그도 신경이 무척 날카로워져 있다는 걸 뜻했다. 사실 그녀가 큰 소리로 울기 시작했을 때, 하인들 모두는 무서워하는 표정으로 안쪽 문을 바라보았다. "촛불을 가져오너라." 풀이 주방일을 돕는 아이에게 말했다. "이제 이 문제를 해결하러 가야지." 그러고는 어터슨에게 같이 가자고 청했다. 그들은 뒤뜰로 향하는 길로 나섰다.

"아무 소리도 내지 말고 따라오십시오." 풀이 말했다. "여기 계시다는 걸 눈치채지 못하게 조심하시고, 그냥 어떤 소리인지 한번 들어보세요. 그런 일은 없겠지만, 만일에 들어오시라고 하더라도 절대 들어가지 마시고요."

어터슨은 들키지 않게 잠입해야 한다는 사실에 너무 긴장해서, 하마터면 넘어질 뻔했다. 그는 다시 용기를 내어 풀을 따라 실험실 건물로 들어갔다. 나무토막이며 빈 상자, 병들이 어수선하게 널려 있는 원형 강의실을 통과해서 계단 아래까지 갔다. 풀이 손짓으로 그곳에서 가만히 들어보라고 하고는 자기는 촛불을 아래에 내려놓고 크게 심호흡을 한 후, 계단을 올라가서 밀실 문에 덮인 빨간 융단 위를 망설이며 두드렸다.

"박사님, 어터슨 씨가 찾아오셨습니다." 그가 불렀다. 이미 어터슨에게 일러두었음에도 불구하고, 풀은 다시 한번 귀 기울여 들어보라고 손짓을 보냈다.

안에서 목소리가 들려왔다. "어터슨에게 난 아무도 만날 수 없다고 말해두게." 불평하는 듯한 목소리였다.

"알았습니다, 박사님." 계획대로 되었다는 듯, 만족한 목소리로 풀이 말했다. 그는 촛불을 들고, 어터슨을 데리고 뒤뜰을 지나 부엌으로 돌아왔다. 부엌엔 불이 꺼져 있었고, 바닥엔 딱정벌레들이 파다닥거리고 있었다.

"선생님," 어터슨을 바라보며 풀이 말했다. "그게 제 주인님의 목소리였습니까?"

"많이 달라진 것 같았네." 창백해진 얼굴로, 눈을 마주 보며 어터슨 변호사가 대답했다.

"달라졌다고요? 예, 저도 그런 것 같습니다." 풀이 말했다. "제가 주인어른 집에서 있은 지가 벌써 이십 년이 되었습니다. 그런 제가 주인님의 목소리를 분간 못하겠습니까? 그건 주인님이 아닙니다. 주인님은 화를 당하신 것입니다. 여드레 전 주인님께서 하나님을 부르며 울부짖는 걸 들었는데, 그날 변고가 있으셨던 겁니다. 그렇다면, 안에 주인님 대신에 있는 건 누굴까요? 그리고 왜 거기 있는 걸까요? 어터슨 선생님, 거기서 괴로워하며 비명을 지르는 건 도대체 누구란 말입니까!"

"아주 이상한 일이야, 풀. 차라리 괴이하다고 해야 맞겠군." 손가락을 깨물며, 어터슨이 말했다. "자네 추측대로 지킬이 살해당했다고 한다면 말야, 왜 살인범이 그 안에 계속 머물러 있겠나? 그건 너무 이상해. 말도 안 되지."

"어터슨 선생님, 제 말을 못 믿으시는군요. 그럼, 차근차근 말씀드리죠." 풀이 말했다. "지난주 내내 저자, 아니면 뭐가 됐든지 간에 저 밀실 안에 있는 이상한 자는 밤낮을 가리지 않고, 뭔가 적절한 약을 얻으려고 절박하게 소리쳤습니다. 그러나 원하는 약을 얻지 못했죠. 주인님은 때때로 종이에 시킬 것을 적어서 계단에 던져놓고는 하셨어요. 지난주 내내, 그런 종이 외에는 아무것도 없었어요. 종이와 굳게 닫힌 문 외엔 아무것도 볼 수 없었어요. 하인들이 나른 음식은 아무도 보지 않을 때 갖고 들어가 먹습니다. 매일, 아니 하루에도 두서너 번씩 시킬 것 아니면 불평이 쓰여 있는 종이만 받았고. 저는 도시에 있는 모든 약품 도매상은 다 돌아다녀야 했습니다. 매번 내가 종이에 적힌 걸 구해 오면, 그 다음번 종이에 약품이 순수하지 않다면서 그걸 반납하라고 쓰여 있고, 다른 데서 만들어진 걸 사오라는 명령이 적혀 있었습니다. 그 약품을 어디에 쓸지는 모르지만, 애타게 찾고 있는 것 같습니다."

"그 종이, 가지고 있는 거 있나?" 어터슨이 물었다.

풀은 주머니에 손을 넣어 꾸깃꾸깃한 메모지를 꺼내주었다. 어터슨은 그 메모를 촛불에 비춰보며 세심하게 살펴봤다. 아래와 같은 내용이었다.

모우 상회 귀하. 지킬 박사로부터.

수고가 많으십니다. 지난번 귀하에게서 구입한 약품은 불순물이 섞여 있어 제가 현재 하고 있는 실험에는 쓸 수가 없습니다. 18XX년에 저는 귀하로부터 대용량의 약품을 구입한 적이 있는데, 꼼꼼하게 살피셔서 그 제품의 재고 물량이 있는지 확인해주시고, 발견하시는 대로 집사 편에 보내주십시오. 값은 얼마라도 지불하겠습니다. 제게 이 약품이 얼마나 중요한지는 말로 다 할 수 없습니다.

여기까지는 차분한 글씨체로 쓰여 있었다. 하지만 다음 대목에서 갑자기 펜을 휘갈긴 흔적이 보였다. 글을 쓰다가 감정을 주체할 수 없었던 듯했다. "조금이라도, 제발 부탁입니다. 꼭 그 제품이어야 합니다."

"이상한 메모군. 그런데, 왜 봉투가 뜯어져 있지?" 어터슨이 예리하게 물었다.

"모우 상회에서 일하던 사람이 화를 내면서 이 편지를 제게 쓰레기처럼 집어던졌습니다." 풀이 대답했다.

"이건 분명 지킬 박사의 필적이야. 알아보겠나?" 어터슨이 말했다.

"비슷하다고만 생각했습니다." 약간 뚱해진 풀이 말했다. 그러더니 분위기를 바꿔서, "필적은 문제가 안 됩니다. 제가 그자를 봤습니다"라고 덧붙였다.

"봤다고?" 어터슨이 물었다. "그래서?"

"자, 그게요." 풀이 말했다. "이렇게 된 겁니다. 제가 정원에서 원형 강의실로 갑자기 들어섰죠. 밀실 문이 열려 있었던 걸로 봐서, 그자가 이 약품인지 뭔지를 보려고 슬그머니 밖에 나왔던 것 같습니다. 그자는 강의실 안쪽에서 나무 상자를 뒤지고 있었어요. 내가 강의실에 들어선 걸 보자, 그자가 괴성을 질렀습니다. 그러고는 계단을 막 올라가서 밀실 안으로 사라졌습니다. 아주 잠깐 동안 본 것이었지만, 머리카락이 고슴도치처럼 쭈뼛하고 곤두섰습니다. 선생님, 만약 그게 주인님이었다면 왜 얼굴에 마스크를 하고 있었겠습니까? 고양이처럼 괴성을 지른 것도 말이 안 되고, 제게서 도망칠 이유도 없습니다. 제가 주인님을 한두 해 모신 것도 아니잖습니까……." 풀은 손으로 얼굴을 감싸안았다.

"정말 이상한 일들뿐이군." 어터슨이 말했다. "하지만 이제 조금씩 실마리가 잡혀가는 것 같아. 풀, 자네 주인님은 지금 아주 괴롭고 몸을 뒤틀게 만드는 악질적인 병에 걸려서 고생하고 있는 거야. 목소리가 이상하게 돼버린 것도, 마스크를 쓰고 친구들을 피하는 것도 다 그 때문이겠지. 그 병을 고쳐보겠다고 필사적으로 약을 찾고 있는 거야. 그 약이면 완치될 수 있다는 어떤 희망을 가지고 말이지. 하나님, 그 약이 효과가 있기를 기원합니다. 자, 이게 내 생각이야. 슬프고 생각하기도 끔찍하지만, 풀. 그래도, 이렇게 생각하면 모든 것이 다 아귀가 맞아떨어지네. 그러니 너무 놀라거나 두려워하지 말게나."

"선생님, 그자는 주인님이 아니었습니다." 풀은 어둡고 창백한 표정으로 말했다. "사실을 말씀드리죠. 주인님은……." 이때 풀은 한번 주위를 둘러보고는 속삭이기 시작했다. "키가 크고 체격이 좋으십니다. 하지만 그자는 난쟁이 같아요."

어터슨이 반박하려고 했다. "잠깐만요." 풀이 외쳤다. "제가 이십 년을 모셨는데, 주인님을 모를 것 같습니까? 매일 아침이면 주인님께서 밀실 문에 서 계신 걸 봤는데, 주인님의 머리가 문 어디 정도에 오는지 제가 모르겠습니까? 절대 아닙니다. 마스크를 한 그자는 주인님이 아닙니다. 누군지는 모르겠습니다. 하지만 주인님은 절대 아닙니다. 그래서 살인 사건이 있었다고 믿게 된 겁니다."

"풀, 자네가 정 그렇다면." 어터슨이 대답했다. "내가 직접 확인해보는 수밖에 없겠군. 자네 주인님의 감정을 상하게 하고 싶지도 않고, 지킬이 아직 살아 있다는 증거인 이 메모를 봐서도 안 그러려고 했지만, 내가 저 문 안에 들어가 확인해보겠네."

"어터슨 선생님, 바로 그겁니다!" 풀이 소리쳤다.

"자, 이젠 두 번째 문제인데." 어터슨이 말을 이었다. "도대체 누가 저 문을 부수지?"

"선생님과 제가 해야죠." 주저없이 풀이 대답했다.

"그래, 그러지." 어터슨이 말했다. "이번 일로 해서, 자네에게는 아무런 문제가 생기지 않게 하겠네. 내가 이 일은 책임지지."

"원형 강의실 안에 도끼가 있습니다." 풀이 말했다. "선생님께서는 불쏘시개를 가지고 가시죠."

어터슨 변호사가 위협적이고 꽤 무겁기도 한 불쏘시개를 들었다. "풀, 자네와 나는 말야." 어터슨이 얼굴을 들며 말했다. "어떤 위험한 상황에 처할 수도 있어."

"예, 그럴 수도 있겠지요." 풀이 말했다.

"그래, 알면 됐네. 자 이제 용기를 내서 가세." 어터슨이 말했다. "자네나 나나 지금까지 얘기한 것 이외에, 의심스럽게 생각하고 있는 것이 있는 것 같아. 자, 한 가지 더 확실히 하지. 자네가 말한 그 마스크 한 사내, 누군지 알아보겠던가?"

"글쎄요. 너무 순식간에 일어난 일이어서. 게다가 그자가 몸을 잔뜩 굽히고 있었기에 알아보기 어려웠습니다." 풀이 대답했다. "하지만 다시 한 번 확인하시는 이유가 하이드인지를 물어보는 거라면……. 예, 그자였던 것 같습니다. 거의 몸집이 비슷했어요. 재빨리 걷는 것도 똑같았고요. 그리고, 그자 아니면 누가 문을 열고 실험실에 들락날락할 수 있겠습니까? 아시다시피 댄버스 경이 죽었을 때 당시 하이드는 열쇠를 가지고 있었습니다. 하지만 그것만 가지고 이렇게 생각하는 건 아닙니다. 혹시…… 어터슨 선생님, 하이드를 만나본 적이 있으십니까?"

"그렇다네." 어터슨이 대답했다. "그와 한 번 말한 적이 있지."

"그렇다면 우리들과 마찬가지로 선생님께서도 그자에게 뭔가 사람들로 하여금 꺼려지게 하는 이상한 점이 있다는 걸 아시겠군요. 어떻게 말씀드려야 할지 잘 모르겠지만, 선생님께서도 간담이 서늘해지는 뭔가를 느끼신 것이지요?"

"자네가 뭘 말하려는지 아네. 나도 그렇게 느꼈었어." 어터슨이 말했다.

"바로 그겁니다." 풀이 대답했다. "그 마스크를 쓴 자가 약품들 사이를 마치 원숭이처럼 훌쩍 뛰어서는 밀실 문 안으로 쏜살같이 사라졌다는 겁니다. 등골이 오싹했어요. 아, 압니다. 그게 증거는 될 수 없겠지요, 어터슨 선생님. 저도 그 정도는 배웠습니다. 하지만 사람에겐 느낌이란 게 있습니다. 제가 맹세하건대, 그자는 하이드 씨였습니다!"

"알겠네." 어터슨이 말했다. "내가 두려워하는 점도 같은 이유네. 악과 하이드하고는 항상 같이 다니는 것 같아. 떼려야 뗄 수 없는 어떤 관계가 있는 듯하네. 나도 자네를 정말로 믿어. 나도 불쌍한 헨리가 죽음을 당했다고 믿네. 이유야 아무도 알 수 없지만, 헨리를 죽인 자가 아직 저 밀실에서 숨어 있다고 생각해. 자, 이제 헨리의 복수를 해야겠네. 브래드쇼를 부르게."

마부 브래드쇼가 불려왔다. 창백한 얼굴로 긴장하고 있었다.

"브래드쇼, 정신 바짝 차리게." 어터슨이 말했다. "자네들이 굉장히 두려움에 떨고 있다는 거 알아. 하지만 이번 일만 지나면 이게 다 어찌 된 일인지 모두 알게 될 거야. 이제 이런 일은 끝장을 보자는 게 우리의 의도라네. 여기 풀과 내가 밀실로 들어가겠네. 만약 별일 없었던 거라면, 내가 모두 다 책임지겠네. 뭔가가 잘못된다거나 범인이 뒷문으로 도망치지 못하도록 자네와 하인 아이가 몽둥이를 한 개씩 들고 뒤쪽으로 돌아가서 길목을 단단히 지키라고. 십 분의 시간을 주겠네. 가서 위치를 잡아."

브래드쇼가 떠나고 어터슨 변호사는 시계를 봤다. "자, 풀. 우리 자리로 가세." 팔 밑에 부젓가락을 끼고 뒤뜰로 가는 길로 향했다. 달이 지나가는 구름에 가려 사방이 더욱 깜깜해졌다. 건물 사이로 휘몰아치는 바람 때문에 그들이 원형 강의실에 들어갈 때까지 등불이 이리저리 흔들렸다. 그들은 강의실 안에 앉아서 시간이 되길 기다렸다. 낮게 깔리는 도시의 소음이 런던 시내에서 들렸지만, 지금 들어와 있는 강의실에서는 밀실 안에서 왔다 갔다 하는 발걸음 소리만이 복도를 타고 흘러왔다.

"저자는 저렇게 하루 종일 왔다 갔다 합니다." 풀이 귓속말로 얘기했다. "밤에도 대체로 저러죠. 약국에서 새 약품이 도착해야지 잠깐 그칩니다. 죄를 짓고는 발 뻗고 못 잔다고, 편안할 수가 없는 거죠. 저자의 발소리에서 피가 뚝뚝 흐르는 것 같지 않습니까? 좀 더 귀 기울여서, 저 소리를 좀 들어보세요. 저게 지킬 박사님의 발소립니까?"

어딘지 이상한 그 가벼운 발자국 소리는 규칙적으로 천천히 걷고 있는 것처럼 들렸다. 헨리 지킬의 무게 있는 발소리와는 달랐다. 어터슨은 한숨을 내쉬었다. "다른 소리는 전혀 안 들렸나?" 그가 물었다.

"한번은 우는 소리를 들었습니다." 풀이 고개를 끄덕이며 대답했다.

"울어? 어떻게 울던가?" 갑작스런 공포를 느끼며 어터슨이 물었다.

"여자나 저주받은 영혼처럼 그렇게 웁니다." 풀이 말했다. "제 마음에도 서러움이 전해지는 소리였습니다. 저도 울 뻔했습니다."

하지만 이제 십 분이 다 되어가고 있었다. 풀은 포장 상자 더미가 있던 데서 도끼를 꺼내들었다. 등불은 가장 가까운 실험대에 올려놓아 밀실로 들어가는 길이 잘 보이게 했다. 미끼를 드리운 낚시꾼처럼 숨죽이고 조금씩 다가갔다. 서성거리는 발소리가 이리저리 계속해서 적막을 깨며 들리고 있었다.

"지킬!" 어터슨이 소리쳤다. "자넬 봐야겠네." 그는 잠시 멈췄지만 대답이 없었다. "자네를 그렇게 내버려둘 수가 없어. 미리 자네에게 알리는 걸세. 다들 어떻게 된 일인지 궁금해하네. 자네를 만나봐야만 하겠네." 계속 말을 이었다. "순순히 응하지 않으면, 억지로라도 하겠네. 자네가 문을 열어주지 않으면, 부수고 들어갈 거야!"

"어터슨," 안에서 목소리가 들렸다. "제발, 그러면 안 돼."

"아, 이건 지킬의 목소리가 아니야. 하이드다!" 어터슨이 소리쳤다. "풀, 문을 때려부숴."

 풀이 도끼를 어깨 위로 휙 쳐들었다가 건물이 흔들릴 정도로 세게 문을 내려쳤다. 하지만 붉은 융단으로 덮인 문은 조금 흔들릴 뿐이었다. 짐승의 울음소리 같은 절망적인 비명소리가 밀실에서 울려나왔다. 다시 한 번 도끼를 힘껏 들어 내려치자, 문이 조금 깨지고 문틀에 약간 금이 갔다. 네 번을 내려쳤지만, 단단한 나무로 만들어졌고 견고하게 제작된 문은 열리지 않았다. 다섯 번째 내려칠 때에야 자물쇠가 부서지며, 문이 밀실 안쪽 카펫 위로 무너졌다.

 둘은 문이 깨지는 소리와 그 이후 사방이 조용한 것에 놀라 약간 물러서서 안을 엿봤다. 등불에 비친 밀실 안이 보였다. 장작불이 벽난로 위에 타닥타닥 타고 있었고, 물주전자가 쉬익 소리를 내고 있었다. 서랍이 한두 개 열려 있었는데, 서류들이 책상 위에 가지런히 정돈되어 있었다. 벽난로 주변에는 차를 마시는 데 필요한 도구들이 보였다. 약품들이 가득한 약장만 없었다면, 런던 어디에서나 흔히 볼 수 있는 그런 조용한 방이었다.

 방 한가운데에는 심하게 뒤틀린 한 남자가 아직 꿈틀거리며 쓰러져 있는 듯했다. 그들이 발끝으로 살금살금 다가가서, 엎어진 몸을 뒤집어 보았더니, 분명 에드워드 하이드의 얼굴이었다. 그는 자기 몸에는 너무 큰, 지킬 박사의 몸에나 맞을 것 같은, 옷을 입고 있었다. 얼굴의 근육이 마치 살아 있는 사람처럼 아직 움직이고 있었지만, 목숨은 완전히 끊어진 후였다. 그의 손에 있던 깨진 약병과 방 안에 가득한 화학약품의 독한 냄새를 통해 어터슨은 그가 자살했다는 것을 알 수 있었다.

"한 발 늦었군." 어터슨이 심각하게 말했다. "살려주든 벌을 주든, 하이드가 스스로 목숨을 끊었어. 이제 우리에게 남은 일은 자네 주인의 시체를 찾는 일인 것 같군."

그 건물의 대부분은 원형 강의실이 차지하고 있었다. 원형 강의실은 일층 거의 대부분을 차지하고 있었는데, 위쪽에 등불이 달려 있었다. 밀실은 위층에 있었는데, 막다른 골목길 쪽으로 나 있었다. 원형 강의실에는 좁은길 쪽으로 나 있는 문으로 가는 복도가 있었다. 이 복도 이외에도, 밀실은 또 다른 계단을 거쳐 바깥으로 향할 수 있게 되어 있었다. 그 외에도 몇 개의 어두운 옷장이 있었고, 널찍한 지하실이 있었다. 어터슨과 풀은 모든 장소를 샅샅이 살펴봤다. 옷장은 그냥 한번 훑어보면 됐다. 전부 다 비어 있었고, 문을 열 때 떨어지는 먼지를 보면 오랫동안 아무도 안 열었었다는 걸 알 수 있었다. 지하실은 이상한 가구 같은 것들이 쌓여 있었다. 대부분이 지킬 이전에 살았던 외과의사 때부터 있었던 듯싶었다. 그들이 지하실 문을 열 때, 입구에 몇 년 동안 쳐져 있었던 것처럼 보이는 거미줄이 풀썩 주저앉는 걸로 봐서, 사실 거기는 살펴볼 필요도 없었다. 건물 어느 곳에서도 지킬이 살았는지 죽었는지 확인할 만한 단서가 잡히지 않았다. 풀은 복도의 돌바닥을 밟으며, "주인님이 여기 묻히셨음이 분명합니다"라고 말하며, 바닥에 귀를 기울였다.

"아니면 도망쳤을 수도 있어." 어터슨이 말했다. 그러고는 좁은길로 향하는 문을 확인하기 위해 갔다. 문은 잠겨 있었고, 깃발들이 옆으로 걸려 있었다. 열쇠를 찾을 수 있었지만, 벌써 녹이 많이 슬어 있었다.

"이 열쇠는 오랫동안 안 썼던 것 같군." 어터슨이 바라보며 말했다.

"안 썼다고요? 그건 부러져 있어요. 마치 짓밟아서 부러뜨린 것 같은 걸요." 풀이 대답했다.

"그래." 어터슨이 말을 이었다. "부서진 조각들도 다 녹슬어 있군." 그 두 사람은 서로를 뚫어지게 쳐다봤다. "어찌 된 일인지 잘 모르겠군, 풀." 어터슨이 말했다. "밀실로 일단 돌아가보지."

그들은 아무 말 없이 계단을 올라갔다. 때때로 시체를 혐오스럽게 흘끔흘끔 쳐다보면서, 밀실에 있는 모든 것을 철저하게 살펴봤다. 한 실험대 위에는 화학실험을 한 흔적이 남아 있었다. 흰색 가루를 여러 번 측량해서 유리 기구에 담아 실험을 하려고 했던 것 같은데, 아마 이 불행한 사람은 중간에 그만둬야만 했던 것 같았다.

"바로 저 흰색 가루가 제가 항상 사다 나르던 그 제품입니다." 풀이 말했다. 그때 벽난로에 있던 물주전자가 끓으며 요란한 소리를 냈다.

그 소리를 듣고 그들은 벽난로 있는 데로 갔다. 거기에는 안락의자가 푸근한 모양으로 있었고, 차 마시는 도구들은 팔 닿는 곳에 놓여 있었으며, 찻잔에는 설탕까지 들어가 있었다. 바로 옆 선반에는 책들이 몇 권 있었는데, 그중 한 권은 찻잔 옆에 펼쳐져 있었다. 그 책은 지킬이 여러 번 격찬을 하던 종교서적이었는데, 깜짝 놀랄 만한 모독적인 표현들이 적혀 있는 걸 보자 어터슨은 놀라지 않을 수 없었다.

계속되는 밀실 수색이 이어지면서, 다음 차례는 중간에 축이 있는 전신거울이 되었다. 그들은 몰려드는 공포를 느끼며 거울을 가까이에서 봤다. 거울에 손을 대자, 거울이 조금 젖혀지며 붉은 빛이 아른거리는 천장을 비쳤다. 그러다가 벽난로의 불꽃이 수백 가지의 모양으로 반사되며 넘실대는 화학약품장을 비추고, 이어서 허리를 구부려 거울을 바라보던 파리하고 공포에 찬 그들의 얼굴로 향했다.

"이 거울은 이상한 광경을 많이 봤겠군요, 선생님." 풀이 작은 소리로 말했다.

"그래도 이 거울이 가장 희한해 보이는군." 어터슨 변호사가 똑같은 말투로 대답했다. "도대체 뭘 위해서 지킬을……." 그는 말을 시작하려다 말았다. 하지만 마침내 다시 용기를 내어 말을 끝맺었다. "지킬이 이 거울로 뭘 한 걸까?"

"그러게 말입니다." 풀이 말했다.

다음으로 그들은 사무용 책상으로 향했다. 책상 위에는 서류들이 잘 정돈되어 있었고, 맨 위에는 큰 봉투가 놓여 있었다. 봉투에는 지킬의 필적으로 어터슨의 이름이 쓰여 있었다. 어터슨은 그 봉투를 뜯었다. 봉투 속에 있던 몇 개의 내용물이 마룻바닥에 떨어졌다. 첫 번째 것은 유언장이었다. 육개월 전에 어터슨이 돌려보낸 것과 똑같은 이상한 표현들이 쓰인 것으로, 자신이 죽거나 사라졌을 경우 양도를 한다는 내용이었다. 다만 에드워드 하이드의 이름이 있던 자리에 놀랍게도 가브리엘 존 어터슨의 이름이 적혀 있는 것만 달랐다. 그는 풀과 서류를 번갈아 바라봤다. 그러다가 결국 양탄자 위에 쓰러져 있는 죽은 범인을 바라봤다.

"정말 이해가 안 되는군." 어터슨이 말했다. "이자가 이 문서를 며칠간 계속 가지고 있었을 텐데 말야. 날 좋아할 이유는 전혀 없고, 자신의 이름이 내 것으로 바뀐 걸 보고 화가 났을 텐데, 왜 이걸 없애버리지 않은 거지?"

그는 다음 서류를 들었다. 짧은 메모였는데 지킬의 글씨체였고 위쪽에 날짜가 기록돼 있었다. "오, 풀!" 어터슨이 외쳤다.

"지킬은 오늘 여기 살아 있었어. 이렇게 짧은 시간에 살해당하고 매장됐을 리가 없어. 아마 지금도 어딘가 살아 있을 거야. 분명히 도망친 거야! 그런데, 왜 도망쳤을까? 그리고, 어떻게? 만약 그렇다면 하이드가 죽은 것이 자살이라고 발표해도 되는 걸까? 오, 신중해야겠군. 앞으로 자네 주인을 무서운 재앙으로 끌어들일 수도 있다는 생각이 드는군."

"무슨 내용인가요? 좀 읽어주세요, 선생님." 풀이 부탁했다.

"두려워서 그러네." 어터슨이 침울하게 대답했다. "하나님, 제발 아무 내용도 아니길 바랍니다!" 이렇게 말하며, 그는 그 메모를 눈앞에 가져와 읽기 시작했다.

친애하는 어터슨,

이 메모가 자네의 손에 들어가는 날에는, 무슨 일이 생길지 지금 내가 알 수는 없지만, 난 아마 사라져 있을 걸세. 하지만 내가 처한 말할 수 없는 상황과 직감적으로 느껴지는 것을 통해 보면, 마지막이 그리 멀지 않았다는 걸 알겠어. 그렇다면, 래년이 자네에게 맡겼다고 한 그의 편지를 먼저 꺼내 읽어보게나. 그리고 더 알고 싶다면 내 고백이 담긴 편지를 보면 되네.

자네의 불행하고 부족한 친구
헨리 지킬.

"세 번째 동봉된 게 있나?" 어터슨이 물었다.

"예, 여기 있습니다." 풀이 겹겹이 봉인한 두툼한 봉투를 어터슨에게 건네줬다.

어터슨이 받아서 주머니에 집어넣었다. "이 서류에 대해서는 아무 말도 하지 말게. 만약 자네 주인이 도망쳤거나 죽었다면, 적어도 그의 명예는 지켜줘야 하네. 지금 열 시니까, 집에 가서 이 서류들을 찬찬히 읽어보고 자정까지는 돌아오겠네. 그때 경찰에 알리면 될 거야."

그들은 나가서 원형 강의실의 문을 잠갔다. 어터슨은 벽난롯가에 모여 있는 하인들을 남겨둔 채, 이제 미스터리를 해결할 두 개의 편지를 읽기 위해서 자신의 사무실로 돌아갔다.

래년 박사가 전하는 이야기

지금으로부터 나흘 전, 1월 9일이었네. 저녁때 오랜 친구이자 학교 동기인 헨리 지킬로부터 등기우편을 하나 받았지. 그와 내가 이런 식으로 편지 왕래를 해본 적이 없었기 때문에 난 깜짝 놀랐네. 그와 난 자주 만났고, 바로 어제 저녁만 해도 같이 식사를 했지 않은가. 그런 터에 우리 사이에 등기우편을 이용해 공식적으로 증명해가며 할 얘기라고는 도무지 떠오르지 않는 게 당연하지. 편지 내용은 더욱더 날 의문에 빠지게 했어. 아래에 그 내용이 있네.

18××년 12월 10일

친애하는 래년,

자네는 내 오랜 벗이라네. 비록 과학 문제에 대해서 때로 의견이 달랐지만, 내 기억으로 우리 사이의 우정에는 조금도 금 간 적이 없었다고 믿네. 자네가 만약 내게 '지킬, 내 생명과 명예, 정신은 모두 자네에게 달려 있네'라고 한다면, 자넬 돕기 위해 내 손을 잘라야 한다고 하더라도, 난 주저 없이 그렇게 할 것이네.

래년. 내 생명과 명예, 정신이 모두 자네의 도움에 달려 있네. 만약 자네가 오늘 밤 날 돕지 못한다면, 난 이걸로 끝이네. 이렇게 편지를 시작해놓고 보니, 자네에게 뭔가 명예롭지 못한 일을 부탁하려 한다고 생각할지도 모르겠군. 자네가 잘 판단해주리라 믿네.

난 자네에게 오늘 밤 무슨 약속이 있더라도, 비록 국왕의 부름을 받는다 하더라도, 모두 연기해주길 바라네. 그리고 자네 마차가 바로 현관에 있으면 좋지만, 없는 경우에는 합승마차를 타고서라도 지금 당장 내 집으로 신속하게 가주게. 내 집에서 챙길 것들이 있으니 이 편지를 가지고 가게. 내 집사 풀에게는 이미 일러두었네. 자네가 도착할 때쯤엔 풀이 열쇠공과 함께 기다리고 있을 거네. 그 다음엔, 내 밀실 문을 억지로라도 열고 들어가야 하네. 자네 혼자 들어가게나. 왼쪽에 E라고 적힌, 유리로 된 화학약품장이 있을 거야. 만약 자물쇠가 채워져 있다면 깨고, 위에서 네 번째, 그러니까 아래에서 세 번째 서랍을 빼내게. 그 서랍을 내용물 그대로 꺼내서 가져오면 되네. 자네에게 잘못 일러주는 건 아닐까 하는 마음에 지금 극도로 불안하네. 하지만 내가 만약 잘못 기억하고 있다 하더라도, 내용물을 보면 어떤 서랍이 맞는 건지 알 수 있을걸세. 그 안에는 약간의 가루와 유리병, 그리고 공책이 한 권 있네. 부디 그 서랍을 그대로 자네 집으로 가져가주기 바라네. 여기까지가 자네에게 부탁하는 첫 번째 일이네.

　이제 두 번째를 얘기하지. 자네가 이 편지를 받고 즉시 출발한다면, 아마 자정이 되기 훨씬 전에 다시 집에 돌아올 수 있을 걸세. 이렇게 시간에 여유를 두기를 바라는 이유는, 예상치 못했거나 어쩔 수 없는 장애물들이 있어서 그럴 수도 있지만, 그것보다 자네가 내 남은 부탁을 들어주기 위해서는 자네 집 하인들이 다 잠자리에 든 다음이 더 나을 것 같아서 그러네. 그러니까, 자정에 자네 혼자서 상담실에 있어주면 좋겠다는 것이네. 내 이름을 대며 거기를 찾아갈 사내가 있을 텐데, 자네가 직접 맞아들여 그에게 내 밀실에서 가져온 서랍을 건네주게. 여기까지 하면 내가 자네에게 부탁하는 걸 다 들어주는 거고, 이보다 더 고마울 일은 없을 것이네. 만약 자네가 이 일에 대해 꼭 설명을 듣고 싶다면, 약 오 분 후에 모든 걸 다 알게 될 것이네. 그때는 내가 부탁한 대로 따라준 것이 얼마나 중요했던가를 알게 될 거야. 다소 황당하게 들리겠지만, 하나라도 소홀히 하게 되면 내가 죽거나 미쳐서 자네가 평생 양심의 가책을 받게 될지도 모르겠네.

　자네가 내 부탁을 소홀히 여기지 않으리라 확신하지만, 만에 하나 그럴 가능성이 있다는 생각을 하면 내 마음은 무너지고 내 손은 사시나무처럼 떨리네. 이 시간 이상한 곳에서, 상상할 수 없는 불안에 떨고 있는 나를 기억하게. 오직 자네가 내 부탁을 정확하게 들어주었을 때에만, 거짓말처럼 내 고통이 떠나가 버릴 것이네. 제발 내 부탁을 들어주게, 래년. 날 구해주게.

자네의 친구 H. J.

추신: 이 편지를 봉인한 후에 또다시 새로운 공포가 밀려왔네. 우체국에서 이 편지를 제때에 배달하지 못할 수도 있다는 생각이 드는군. 만일 내일 아침 이후에야 이 편지가 자네에게 도착한다면, 자네 편한 시간에 내가 부탁한 일들을 해주게나. 그런 일이 생기면, 내 심부름꾼이 다시 한번 자네를 자정에 찾아갈 것이네. 어쩌면 그때는 이미 너무 늦어버렸을 수도 있겠네. 만약 그날 밤도 아무 일 없이 그냥 지나간다면, 이제 더 이상 헨리 지킬은 이 세상에 없을 거라고 생각해주기 바라네.

난 이 편지를 읽으면서 내 친구가 정신이 나갔구나 하고 생각했지. 하지만 이 친구의 말이 사실일 가능성도 완전히 배제할 수 없었기 때문에 부탁을 거절할 수는 없다는 생각을 했지. 이게 어떻게 된 일인지 이해가 되지 않았으니까 이 일이 얼마나 중요한지 판단할 입장이 아니라고 생각했네. 간절하게 부탁한 일을 책임감 없이 제쳐놓을 수는 없지 않은가. 난 편지에서 말한 대로 편지를 받자마자 책상에서 일어나 합승마차를 잡아

타고 지킬의 집으로 향했다네. 풀 집사가 날 기다리고 있더군. 그 역시 나와 마찬가지로 등기우편으로 지시사항을 받았는데, 즉시 열쇠공과 목수를 부르러 사람을 보낸 상태였어. 풀과 얘기하고 있는 중에 숙련된 기술자들이 도착했고, 우리들은 지킬의 밀실로 가는(자네도 알다시피) 가장 편한 통로인 덴먼 박사의 원형 강의실로 향했어. 문은 단단했고, 자물쇠도 튼튼하게 채워져 있었지. 목수가 보더니 만약 억지로 열려고 한다면 상당히 고생할 뿐더러 문도 많이 부숴야 할 거라고 말했어. 열쇠공도 한동안 거의 가망이 없다고 했지만, 상당히 기술이 좋은 사람이었기 때문에 두 시간 정도 고생하더니 문을 열더군. 마침내 E라고 쓰인 약장의 문이 열렸을 때, 나는 서랍을 꺼냈다네. 서랍을 짚으로 채운 다음 천으로 싸서 캐번디쉬 광장으로 돌아왔지.

난 집에 와서 서랍 안에 뭐가 들었는지를 살펴보기 시작했어. 가루약은 꽤 솜씨 있게 포장되어 있었지만, 약국에서 하는 것처럼 그렇게 깔끔하게 돼 있는 건 아니었지. 따라서 지킬이 직접 만든 것이 분명하다고 생각했어. 약을 싼 봉지 하나를 열어봤더니 하얀 결정 알갱이들이 보이더군. 다음으로 살펴본 약병에는 핏빛의 용액이 반쯤 들어 있었어. 병에서는 아주 지독한 냄새가 났는데, 내 생각에는 인燐과 휘발성이 강한 에테르 성분이 들어 있는 것 같았어. 다른 성분은 전혀 짐작할 수 없었고. 그리고 그냥 일반적인 공책이 하나 있었는데 거기에는 날짜 순서로 실험한 것이 적혀 있었네. 지난 몇 년간 실험한 걸 기록했는데, 약 일 년 전에 갑자기 중단되어 있더군. 날짜가 적힌 곳에는 아주 짧은 메모가 있었을 뿐이었는데, 그것도 단 한 마디였어. 수백 번의 기록 중에서 '두 배로'라는 말이 여섯 번 정도 나왔고, 노트의 앞부분에 '완전 실패!!!'라고 몇 개의 느낌표와 함께 쓰여 있는 게 보이더군. 그것들이 온통 나의 호기심을 자극했지만 결정적인 단서는 되지 않았지. 어떤 알코올 용액이 들어 있는 약병과 하얀 가루약이 든 봉지, 그리고 지킬의 실험이 항상 그랬듯이 별 쓸모도 없을 것 같은 실험들에 대한 노트가 다였어.

지금 집에 가져온 이런 것들이 그 정신 나간 친구의 명예라든가 정신, 생명에 어떤 도움이 된다는 것인가? 만약 그가 심부름꾼을 내게 보낼 수 있다면, 왜 심부름꾼을 직접 보내서 가져오게 하지 않은 걸까? 뭔가 말 못할 사정이 있다 하더라도, 왜 그 심부름꾼을 아무도 모르게 내가 직접 맞아들여야 한다는 말인가? 생각하면 할수록 정신에 문제가 생긴 경우라고밖에는 달리 해석할 방법이 없더군. 하인들에게 먼저 잠자리에 들라고 보내긴 했지만, 혹 위험한 일이 닥칠지도 모른다는 생각에 정당방위 차원에서 가지고 있던 권총에 총알을 미리 장전해놨어.

열두 시를 알리는 종소리가 런던에 울려퍼지자마자, 예의 바르게 문을 노크하는 소리가 들리더군. 직접 문을 열고 보니, 거기에는 한 작은 사내가 현관 기둥에 몸을 웅크린 채 기대서 있었어.

"지킬 박사가 보내서 왔습니까?" 내가 물었지.

그가 구부정한 몸으로 그렇다고 대답하더군. 내가 들어오라고 권하니까 그는 우선 뒤를 돌아보며 어둠에 덮인 광장을 둘러보았어. 그리 멀지 않은 곳에 경찰 한 명이 손전등을 든 채 가까이 오고 있었는데, 그걸 보더니 그 사내가 갑자기 움찔하며 서둘러 들어오는 거야.

사실 사내의 그런 행동을 보니 더욱 경계를 하게 되고, 싫은 마음이 생기더군. 그 사내를 따라 밝게 불을 켜둔 상담실에 들어섰을 때, 이미 내 한쪽 손은 권총을 잡고 있었어. 불빛 아래서 처음으로 그 사내를 자세히 볼 수 있었는데, 처음 보는 얼굴이더군. 앞에서 말한 것처럼 그는 키가 작았고, 얼굴에는 기괴한 표정을 짓고 있었어. 특이하게도 그는 근육이 불룩 튀어나왔으면서, 동시에 눈에 띄게 쇠약한 체질을 가지고 있었지. 그리고 빼놓을 수 없는 또 하나의 특징은, 그의 곁에 있으면 뚜렷한 이유 없이 기분 나쁜 느낌이 드는 것이었어. 이것은 오한의 초기 증상과 유사한 것으로 보통 눈에 띄는 맥박수 감소를 동반하지. 그때 난 이런 증상이 개인적인 특별한 혐오감에서 나온 것이라고 생각하고, 어떻게 이렇게 갑자기 증상이 나타나는지에 대해서는 별로 생각을 안 했다네. 하지만 그 이후로, 그 증상이 나타난 것이 혐오감 때문이라기보다 인간 본성 깊숙한 곳에 뿌리를 둔 한 차원 높은 정신세계에서 비롯됐다고 믿게 되었지.

이 사내는(처음 집에 들어온 순간부터 나는 메스꺼운 호기심이라고밖에는 할 수 없는 감정을 느꼈는데) 보통 사람이라면 도저히 웃음을 참을 수 없는 우스꽝스러운 차림새로 들어왔어. 그는 고급 옷감으로 만들어진 약간 보수적으로 디자인된 옷을 입고 있었는데, 몸에 맞지 않게 헐렁하고 큰 옷이었어. 걸려 있다는 표현이 맞을 정도로 헐렁헐렁한 바지는 땅바닥에 끌리지 않도록 여러 번 접혀 있었지. 외투의 허리 부분이 엉덩이 밑으로 내려와 있었고, 목깃은 거의 어깨가 다 보일 정도였어. 그러나 이런 말 하기 이상하지만, 그와 같이 어이없는 복장을 보고도 난 조금도 웃음이 나오지 않았네. 오히려 서로 마주쳤을 때 상대방을 멈칫하게 만들면서 충격적이고 거북한 느낌을 자아내기에 충분한 이 사내는, 본질적인 면에서 뭔가 비정상적이고 꼴사나운 면이 있어서 이런 부조화가 도리어 더 잘 어울린다고 생각했지. 따라서 이 사내의 본성이나 성격에 대한 흥미가 생겼을 뿐만 아니라, 그의 태생과 생활, 어떻게 돈을 버는지, 사회적 지위는 어떤지 같은 것들에 대한 호기심 또한 생기기 시작했지.

 이렇게 쓰고 보니 상당히 길어졌지만, 이런 관찰은 사실 단 몇 초에 다 끝난 것이었어. 내 방문객은 실제로 엄청난 흥분에 빠져 있었다네.

 "가져오셨습니까?" 그가 말했지. "가져오셨어요?" 그는 정말 참을 수 없다는 듯 내 팔을 붙잡고 흔들면서 말했어.

 그가 손을 대자 혈관을 타고 얼음 같은 가시가 흐르는 것 같은 느낌이 들어서 나는 그를 밀어냈지. "이봐요." 내가 말했어. "언제 봤다고 이러십니까! 일단 앉으시오." 그에게 자리를 권하면서 먼저, 내가 항상 환자를 볼 때 하는 태도처럼 앉았다네. 평상시처럼 행동하려고 했지만, 밤이 늦은 데다 편지를 읽을 때 이미 불안했었기 때문에 상대방을 보면서 밀려오는 공포를 숨기기란 쉽지 않았고 좀처럼 자연스럽게 행동하기 어려웠다네.

 "죄송합니다, 래년 박사님." 그가 아주 정중하게 말하더군. "선생님께서 하신 말씀이 맞습니다. 제가 조급해서 큰 실례를 범했습니다. 선생님 친구분인 헨리 지킬 박사님으로부터 몇 가지 일을 하라는 분부를 받고 왔습니다. 제가 듣기로……" 그가 잠깐 말을 멈추고는 목에 손을 갖다댔어. 차분하게 행동하려는 듯했으나, 내가 보기에 발작 증세가 오려는 걸 힘겹게 참고 있다는 걸 알 수 있었지. "제가 듣기로 서랍을 하나……"

난 그 사내의 고통이 불쌍하다는 생각이 드는 한편, 궁금증도 점점 커지고 있었어.

"저기 있습니다." 아직 천에 싸여서 책상 뒤 바닥에 놓여 있는 서랍을 가리키며 말했지.

그는 서랍 쪽으로 훌쩍 가더니 갑자기 멈춰 섰어. 그러고는 손을 심장에 갖다대더군. 그가 턱에 경련을 일으키며, 이를 부드득 가는 소리가 들렸어. 그의 얼굴은 보기에 너무 끔찍할 정도로 창백해져 가고 있어서 난 그가 죽거나 미치는 건 아닐까 놀라기 시작했지.

"진정하세요." 내가 말했어.

그는 내게 무시무시한 미소를 지어 보이고는, 생사의 결단을 내린 듯 천을 휙 젖혔어. 안의 내용물을 보더니 안도의 한숨을 내쉬는 것처럼 큰 울음소리를 냈고, 난 도대체 일이 어떻게 돌아가는지 긴장하며 몸이 뻣뻣하게 굳어버리게 되었지. 그는 좀 진정이 되는 목소리로 "눈금실린더가 있습니까?"라고 묻더군.

난 가까스로 자리에서 일어나서 그가 원하는 것을 건네줬어.

그는 미소 지으며 고개를 숙여 고맙다고 하고, 붉은색 용액을 몇 분 동안 계량하고 거기에 가루약 봉지 하나를 집어넣더군. 혼합액은 처음에는 불그스레한 빛이 나더니, 결정들이 녹기 시작하자 점차 맑아지기 시작했고, 부글부글 소리와 함께 기포가 생기며 조금씩 증기가 뿜어나오기 시작했어. 그때 갑자기 기포가 더 이상 생기지 않더니 그와 동시에 용액이 짙은 자주색으로 변했고. 용액은 시간이 감에 따라 조금씩 연보라색으로 바뀌고 있었어. 그가 이 변화를 유심히 바라보다가 미소를 짓더군. 그러곤 약병을 책상 위에 놓고, 돌아서서 나를 뚫어지게 바라봤어.

"자, 이제 딱 하나가 남았습니다." 그가 말했어. "현명한 길을 선택하시겠습니까? 아니면 끝까지 무슨 일이 생기는지 알아보는 모험을 선택하시겠습니까? 더 이상 아무런 설명 없이 내가 이 병을 가지고 당신 집을 나가는 걸 원하십니까? 아니면 탐욕스런 호기심이 시키는 대로 하시겠습니까? 선생님이 원하는 대로 될 테니 대답하기 전에 일단 생각해보십시오. 선생님의 결정에 따라 더 이상의 현명함이나 풍요로움 없이 단지 지금까지처럼 평화롭게 살 수도 있고(하긴 죽음의 절망에 빠진 사람을 도와줬다는 면에서는 이미 정신적으로 더 풍요로워졌다고도 할 수 있지만) 아니면 지식의 신영역을 개척하여 새로운 명성과 권력을 거머쥐는 길이 바로 이 방 안에서 순식간에 열릴 수도 있습니다. 그렇게 되면 이제 선생님의 눈앞에 사탄에 대한 불신을 일거에 없애는 경이로운 광경이 펼쳐지는 것입니다."

"이보게." 전혀 그렇지 않았지만, 난 침착함을 가장하며 말했어. "수수께끼처럼 말하는군. 아마 자네도 예상했던 바인지 모르지만, 자네 말 말야…… 나한테는 그다지 믿기지 않는 게 사실이네. 하지만 난 이미 이 이해할 수 없는 일에 너무 깊이 빠져들었으니 끝장을 보지 않고 그만두기는 좀 그렇군."

"좋습니다." 그자가 말했지. "래년, 당신은 히포크라테스의 맹세를 기억하시겠죠? 이제부터 일어나는 일은 우리 직업상의 비밀입니다. 당신은 지금까지 가장 편협하고 물질주의적인 시각에 사로잡혀 있었고, 초자연적인 약품의 가치를 거부했었죠. 자신보다 뛰어난 과학자들을 비웃었던 당신, 자, 보시오!"

그가 약병을 입에 대더군. 그러고는 용액을 꿀꺽 단숨에 마셔버렸어. 뒤이어 외마디 비명을 지르더니 괴로운 듯 벽 쪽으로 뒷걸음질치고, 거의 쓰러질 듯 책상을 붙잡은 다음엔 거기 매달린 채, 퀭하니 들어간 눈으로 노려보며, 입을 다물지 못하고 헐떡거렸어. 내가 눈을 떼지 못하고 있는데, 그때 뭔가 이상한 변화가 생기는 것 같았어. 그의 얼굴이 갑자기 검게 변하더니 얼굴 모양이 문드러지며 달라지고 있었지. 다음 순간 난 공포에 잠겨 벌떡 일어나 벽 쪽으로 물러섰어. 너무 끔찍한 광경에 팔을 들어 눈을 가렸고, 내 마음은 완전히 두려움에 떨고 있었지.

"세상에!" 난 비명을 질렀어. "아, 세상에!" 두 번 세 번 멈출 수가 없었지.

내 눈 앞에는 이제 막 죽음의 세계에서 돌아온 것 같은 모습으로 헨리 지킬이 서 있었어! 창백하게 부들부들 떨고 있는 헨리가 아직 정신이 다 들지 않은 듯 손으로 앞을 더듬고 있더군.

그 후 한 시간가량 그가 내게 말한 것은, 차마 옮겨 적을 엄두가 나지 않네. 직접 내 눈으로 보고, 내 귀로 들은 것이지만, 생각하는 것만으로도 내 마음은 괴롭다네. 그 광경이 내 기억에서 점점 희미해져가는 지금에도, 난 스스로에게 그걸 믿을 수 있는지 물어본다네. 하지만 난 그에 대한 대답은 할 수 없어. 내 삶은 뿌리부터 흔들렸고, 잠을 잘 수도 없었네. 극도의 공포가 밤낮을 가리지 않고 날 따라다녔지. 내가 살 날이 얼마 남지 않았다는 게 느껴졌어. 그래, 난 결국 죽고 말 거야. 그것도 왜 그런 믿을 수 없는 일이 생겨났는지도 모른 채 말일세. 그자가 내게 고백한 도덕적 타락은, 설사 눈물로 회개를 했다 하더라도, 섬뜩한 공포를 느끼지 않고는 말할 수 없네. 기억 속에 떠올리는 것조차 두렵네. 하지만(어터슨, 자네가 내 말을 믿는다면) 딱 한 가지만 말하는 걸로도 충분할 것 같군. 그날 밤 내 집에 숨어들어온 자는 지킬의 고백대로라면, 캐류를 살해한 혐의로 전국적으로 수배를 받고 있는 하이드라는 사나이라네.

헨리 지킬이 말하는 사건의 전모

나는 18××년에 매우 부유한 집안에서 태어났다. 뛰어난 재능을 지니고 태어난 데다 근면함과 지혜로움, 그리고 선함까지 갖추고 있었기에 언제나 주위 사람들의 칭찬을 들으며 성장했다. 따라서 내가 모든 면에서 명예롭고 선택된 미래를 보장받았으리라는 걸 미루어 짐작할 수 있을 것이다. 그런 나였지만 내게는 큰 결점이 있었다. 나는 때로 쾌락의 유혹을 견디기 힘들었다. 그것은 많은 사람들을 행복하게 만들기도 하지만, 내 경우에는, 그렇게 쉽사리 유혹에 빠져들 수 있다는 사실이 남들 앞에서 내 자신을 내세우고 싶어 하는 오만함과 상충되는 것으로 여겨졌다. 또한 그것은 사람들 앞에서 근엄한 표정을 짓고 있는 것과도 어울릴 수 없는 것이라는 깨달음이 왔다. 그때부터 나는 내 욕망을 숨기기 시작했다. 지난 몇 년간의 내 삶을 돌이켜보며, 사회에서 내가 차츰 성공을 거두고 어느 정도 위치에 도달했던 그즈음부터 나는 이미 심각한 이중생활의 늪에 빠져 있었다. 많은 사람들이 내가 살아온 것과 같은 그런 분열된 삶을 자랑스럽게 떠벌리기도 하지만, 내가 스스로

정한 높은 도덕적 기준에서 봤을 때, 그런 생활은 내게 거의 병적으로 숨기고 싶은 수치심을 안겨주었다. 그러므로 지금의 나를 만든 것은 특별히 내가 점차로 타락해가는 삶을 산 결과라기보다는 완벽함을 추구하고자 하는 내 엄격한 성향 때문이라 할 수 있다. 그리고 그런 성향 때문에 다른 대부분의 사람들보다 인간의 두 가지 본성을 이루고 있는 선과 악의 영역을 더욱 철저하게 구분하게 됐다. 이렇게 되자, 종교에 뿌리를 두고 있을 뿐만 아니라 수많은 번뇌의 근원이기도 한 인생의 가혹한 법칙에 대해 심각하게 생각하게 되었다.

난 철저한 이중인격자였지만, 절대 위선자는 아니었다. 난 내 안에 있는 두 가지 인격 모두에 대해 철저하게 충실했다. 내가 절제라는 미덕은 내팽개치고 부끄러운 일에 몰두할 때도, 학문의 진보를 위한 일을 할 때나 애통하고 고통받는 자들을 구제하는 일을 할 때처럼 당당하게, 그 순간만큼은 한마음으로 그 일에 몰입했다. 그리고 이런 나의 의식이 반영되어 어느 순간부터는 과학적 연구를 할 때에도 나는 신비롭고 초자연적인 것을 추구하기 시작했고, 결국 해마다 계속되는 동료 연구자들과의 논쟁의 핵심인 의식세계에 대해 하나 둘 밝혀나가기 시작했다. 나는 내가 가진 지성의 두 가지 측면, 즉 도덕적인 면과 이성적인 면 모두에서 진리에 조금씩 접근해갔다. 이 과정에서 얻은 부분적 발견이 내 삶을 파멸에 이르게 할 줄은 그

땐 꿈에도 생각하지 못했다. 인간은 온전한 하나가 아니라, 온전한 둘이라는 사실을 나는 깨닫게 되었던 것이다. 내 지식의 한계가 그 이상을 넘어서지 못하기 때문에 난 둘이라고밖에는 말할 수 없다. 다른 연구자들이 이 연장선상에서 나를 뛰어넘는 연구를 할 것이다. 난 궁극적으로 인간의 내면에는 각양각색의 서로 다른 독립된 자아들이 서로 다투며 공존하고 있다고 믿는다.

 나로 말할 것 같으면, 태어나면서부터 철저하게 한 우물만 팠다. 나는 나의 내면에 존재하는 도덕성으로부터 인간의 근본적이고 철저한 이중성을 깨달았다. 내 의식세계에서 두 가지 본성이 다투고 있는 것을 보았다. 둘 중 어느 하나가 더 나다운 것이라고는 말할 수 없다. 사실 그런 다툼이 있었던 이유는 내가 두 가지 본성을 다 극단적으로 가지고 있었기 때문이었다. 내 과학적 발견을 통해 그런 기적 같은 일이 생길 수 있는 진지한 가능성이 제기되기 훨씬 이전부터 이 요소들을 분리한다는 생각을 자주 떠올리며 재미있어했다. 만약 각각의 자아를 서로 다른 육체에 거하게 할 수 있다면, 인생에서 견디기 힘든 고통은 많이 줄어들 것이다. 악한 자아는 자신의 짝인 선한 자아의 이상이나 후회의 무거운 짐에서 벗어나 스스로의 길을 갈 것이고, 선한 자아는 옳은 길을 끈기 있고 안전하게 걸어갈 것이다. 선한 자아는 착한 일을 하며 즐거움을 느낄 것이고, 더 이상 이질적인 악의 유혹을 받아 부끄럽고 후회되는 일을 하는 일이 없을 것이다. 이런 극단적이고 이질적인 이란성 쌍둥이가 의식세계라는 고통스런 자궁 안에서 끊임없는 투쟁을 해야 한다는 것은, 인류에게 있어서 저주이다. 그렇다면 어떻게 그 둘을 분리시킬 것인가?

내 생각이 여기까지 정리됐을 때, 앞서 말한 것처럼 실험을 하는 중에, 이 문제에 대한 해답의 힌트를 얻기 시작했다. 난 우리의 겉모습을 이루는, 단단한 것처럼 보였던 육체가, 안개처럼 윤곽이 뚜렷하지 않게 바뀌는 과정을 거쳐, 물질적인 측면으로부터 이탈하기 시작한다는 것을 어느 누구보다도 더 깊이 인식하기 시작했다. 내가 실험하던 특정 약품에서 육체라는 겉옷을 뒤흔들고 벗겨버리는 힘이 발견된 것이다. 마치 바람이 몰아쳐서 천막이 흔들리는 것과 같았다.

내가 이렇게 고백하면서 과학적인 설명을 자세히 하지 않는 이유는 다음 두 가지 때문이다. 첫째는, 삶이라는, 우리 어깨를 누르는 부담은 운명적으로 우리를 영원히 떠나지 않을 것이라는 걸 알았기 때문이고, 또 그 부담을 벗어버리려는 시도를 했을 때, 그것은 지금까지 경험해보지 못한 더 가혹한 압력으로 되돌아온다는 것을 깨달았기 때문이다. 둘째는, 내가 나중에 설명하겠지만, 아! 내 발견이 너무도 명백하게 불완전했기 때문이다. 난 내 영혼을 이루는 어떤 권능이 주위에 영향을 끼치며 뻗어나오는 것을 파악하는 한편, 날 조절하는 이 권능을 무력화시키는 약품을 만들 수 있었다. 이 약을 통해 다른 외모와 얼굴로 바뀔 수 있었는데, 그것은 내 영혼의 밑바닥에 눌려 있던 나의 한 부분이었고 그 발현이었기 때문에 아주 자연스러운 일이었다.

난 이 이론을 실험에 옮기는 데 오랫동안 망설였다. 만약 잘못되는 날에는 죽을 수도 있다는 걸 알았다. 사람의 정체성을 지켜주는 육체라는 요새를 뒤흔들고 지배할 수 있는 약이라면, 극소량이라도 더 복용하거나 약을 적절한 순간까지 기다렸다가 먹지 않는다면, 변화하는 과정에 있는 불안정한 육체가 형체도 알아볼 수 없이 파괴될 수도 있기 때문이다. 하지만 새로운 발견에 대한 유혹이 너무나 강렬하고 집요해서, 마침내 이런 위험에 대한 경고를 눌러버렸다. 실험 첫 단계에서 필요한 용액을 만든 지는 이미 오래전이었다. 그리고 그동안 했던 여러 실험을 통해서 필요한 물질들이 무엇인지 하나 하나 알아냈다. 난 즉시 용액에 마지막으로 첨가할 특정한 결정 물질을 약품 도매상에게서 대용량으로 구입했다. 마침내 어느 저주받은 날 밤, 난 그 약품들을 용액에 녹여 물약을 만들었고, 약병 안에서 물약이 끓고 증기가 생기는 것을 보았다. 끓던 게 멈추고 기포가 가라앉자, 깊게 숨을 가다듬으며 용기를 내어, 난 그 물약을 단숨에 마셨다.

고문 같은 엄청난 고통이 밀려왔다. 뼈가 으스스 갈리는 것 같았고, 바늘로 쑤시는 것 같은 위통이 느껴졌다. 정신적으로 뒤덮는 공포는 출생과 사망의 괴로움에 못지않을 것 같았다. 그리고 조금씩 이런 고통이 가라앉기 시작했다. 난 큰 병을 앓고 나은 사람처럼 다시 내 자신으로 돌아왔다. 하지만 뭔가 이상한 느낌이 들었다. 뭔가 말로 할 수 없을 만큼 새롭고, 그 독특함이 믿을 수 없을 만큼 기분 좋았다. 젊어진 느낌에 몸도 가벼워졌고, 기분이 상쾌했다. 난 고삐 풀린 망아지가 달리듯 무질서한 관능적 이미지가 내 몸을 사로잡는 것을 느꼈다. 날 속박하는 것은 아무것도 없었고, 도덕이니 규칙 같은 것도 눈 녹듯 사라졌다. 뭔가 알 수는 없었지만, 사악한 영혼의 자유가 내 안에 가득했다. 아기가 첫 울음을 터트리듯, 이 새로운 몸에서 첫 숨을 내쉬자마자, 난 내가 이전보다 비교할 수 없이 악해졌다는 걸 알 수 있었다. 악에게 영혼을 팔아 열 배는 더 사악해진 것이었다. 이렇게 생각하자 나는 바로 술을 적당히 마신 것처럼 기분이 좋아졌고 힘이 났다. 난 놀라울 정도로 젊어진 것이 기뻐 어쩔 줄 모르며 두 팔을 쫙 벌렸다. 그런데 갑자기 내 키가 줄어든 것을 알게 되었다.

그날 내 방에는 거울이 없었다. 이 글을 쓰고 있는 지금 내 옆에 있는 거울은 바로 이렇게 모습이 바뀌는 걸 보기 위해 나중에 가져온 것이다. 그때는 이미 밤이 깊어 거의 먼동이 틀 때가 되었다. 하지만 밖은 아직 칠흑같이 어두웠고, 집에서 일하는 사람들은 모두 정신없이 자고 있었다. 나는 희망과 승리에 도취되어, 이 새로운 모습으로 내 침실까지 가보리라 마음먹었다. 밤하늘에 별자리가 수놓아져 있는 정원을 지나가며, 이제껏 이 우주에 존재한 적이 없는 새로운 종류의 생명체가 지금 이 한밤중에 깨어 돌아다니고 있구나, 란 생각을 했다. 내 집이었지만 더 이상 지킬이 아니었기에 복도를 조용조용 걸었다. 내 방에 들어가서 처음으로 에드워드 하이드의 모습을 볼 수 있었다.

지금부터는 내가 아는 것이 아니라, 가장 그럴듯하다고 추측하는 것을 말해야겠다. 내 본성의 악한 측면이 내 몸을 가득 채웠을 때, 내가 방금 전에 떠나온 나의 선한 본성보다 연약했고 발육도 부진했다. 내가 살아오는 동안, 구십 퍼센트 정도의 삶은 노력, 미덕, 자제 등에 쏟았기 때문에 나의 악한 본성이 제대로 펼쳐질 기회도 없었고, 따라서 상대적으로 덜 소진된 것 같았다.

따라서 에드워드 하이드는 헨리 지킬에 비해 더 작고 가벼우며, 더 젊은 것이라는 생각을 하게 됐다. 한쪽 얼굴에서는 선이 빛났지만, 다른 한쪽의 얼굴에서는 악이 넓고 뚜렷하게 빛나고 있었다. 난 지금도 인간을 죽을 수밖에 없는 운명으로 내모는 것이 악한 측면이라고 생각하는데, 바로 그것이 내게 남긴 것 역시, 뒤틀리고 썩어가는 징후가 분명한 몸뚱이였다. 거울에 비친 그 추한 형상을 보았을 때, 불쾌하거나 혐오스러운 것이 아니라 반갑다는 생각이 들었다. 그것 역시 '나'였던 것이다. 이 편이 자연스럽고 인간적인 것 같았다. 내 눈에 이 새로운 자아는 생동하는 영혼을 가지고 있었고, 지금까지 내가 '나'라고 부르던, 불완전하면서 경건한 표정을 짓던 이전 존재보다 더 자신을 잘 표현하는 특별한 사람 같았다. 여기까지는 의심할 여지 없이 옳았다. 내가 에드워드 하이드의 육체를 하고 있을 때, 나와 처음 만나는 사람들은 항상 눈에 띌 정도로 육체의 괴로움을 느끼는 것을 발견했다. 내가 생각하기에 그 이유는 우리가 만나는 모든 인간은 선과 악이 뒤섞인 존재인 데 반해 오직 에드워드 하이드만이 인류 역사상 유일하게 백 퍼센트 순수한 악으로만 된 존재여서 그럴 것이다.

난 거울 앞에서 아주 잠깐만 서 있었다. 아직 결정적인 두 번째 실험을 시도하지 않았기 때문이다. 만약 내가 원래의 정체성을 돌이킬 수 없이 잃어버렸다면, 이제 더 이상 내 집이 아닌 곳에 계속 있을 수는 없는 일이었다. 아침이 밝기 전에 도망쳐야 하는 것이다. 서둘러 밀실로 돌아와 약을 다시 한 번 조제해서 들이켰다. 한 번 더 몸이 녹는 격렬한 아픔을 겪고서, 하이드가 되기 전의 성격과 키와 얼굴을 가진 헨리 지킬로 다시 돌아왔다.

그날 밤 난 생사의 갈림길에 다다른 것이었다. 만약 내가 인간의 선한 측면에 무게를 둔 발견을 했더라면, 그러니까 내 실험이 숭고하고 경건한 이상을 이루는 범위 내에서 이루어졌다면, 모든 것이 달랐을 것이다. 출생과 죽음의 고통을 겪는 것에서 벗어나 악마가 되는 대신 천사가 되었을 것이다. 약 자체에는 이런 것을 선택할 수 있는 작용이 없었기 때문에 악마가 되느냐 천사가 되느냐와는 아무런 상관이 없는 것이었다. 하지만 그 약은 내 본성을 가두고 있는 감옥의 문을 뒤흔들었다. 그래서 빌립보에 갇혔던 죄수들이 도망친 것처럼,* 내 본성이 밖으로 뛰쳐나온 것이었다. 그때 내 선한 본성은 잠들어 있었다. 하지만 호시탐탐 기회를 노리며 깨어 있던 나의 악한 본성은 이 절호의 기회를 놓치지 않고 재빨리 붙잡았다. 그날 밤 표출된 것은 에드워드 하이드였다. 그래서 난 두 개의 다른 모습뿐만 아니라 두 개의 인격을 가지게 되었고, 그중 하나는 철저한 악의 화신 하이드였고 다른 하나는 이제 바꿀 수도 개선할 수도 없다는 걸 알아버린 이질적인 복합체인 과거의 헨리 지킬이 된 것이다. 이렇게 사태가 점점 악화되어 가고 있었다.

하지만 그때까지만 해도 연구만 하는 무미건조한 삶에 대한 반감이 그렇게까지 크지는 않았다. 단지 이따금 그런 삶을 거

---

*사도행전에 나오는 일화로, 바울과 실라가 빌립보 감옥에 갇혀 있다가 큰 지진이 나서 감옥 문이 열리게 된 일을 말한다. 그때 그 감옥 안의 다른 감방에 있던 죄수들이 많이 도망쳤다.

부하고 즐기고 싶다는 생각을 하는 정도였다. 그러나 나의 쾌락은 품위와는 거리가 먼 것이었다. 내가 유명하고 고상한 사람으로 대접받고 점점 존경받는 지도층이 되어감에 따라 이런 삶의 부조화는 점점 받아들이기 힘들어졌다. 결국 이 틈을 비집고 또 다른 존재가 될 수 있다는 사실이 날 유혹했고, 결국 날 노예로 만들어버렸다. 난 저명한 교수의 몸에서 한 병의 물약만 마시면 즉시 두꺼운 겉옷을 입듯 에드워드 하이드가 되는 것이었다. 그렇게 생각하니 슬그머니 웃음이 나왔다. 그때는 이게 재미있을 것 같았다. 나는 조금의 실수도 없도록 모든 준비를 갖춰갔다. 일단 소호에 있는 집을 사서 가구를 들여놨다. 그 집은 하이드가 경찰의 추적을 받았을 때를 대비한 것이었다. 또한 예전부터 알고 있었던, 과묵하고 양심 같은 건 신경 쓰지 않는 가정부를 그 집에 들여놨다. 한편 광장에 있는 내 집의 하인들에게는 하이드가 어떻게 생겼는지 말해준 다음, 하이드가 집 안에서 뭐를 하든 상관 말고 시키는 걸 잘 따르라고 일러뒀다. 그리고 만일을 대비해서 하이드의 몸으로 하인들에게 나타나 그들에게 낯설지 않게 했다. 그 다음 난 어터슨이 그렇게도 반대했던 유언장을 작성하기 시작했다. 만약 지킬 박사의 몸일 때 뭔가가 잘못되기라도 한다면, 에드워드 하이드가 되어서 모든 것을 다 물려받을 수 있게 했다. 이렇게 만반의 준비를 다 해둔 다음, 난 내 특수한 처지를 안전하게 이용하기 시작했다.

  때때로 사람들은 자기 자신의 몸과 평판에는 피해가 가지 않게 하면서 범죄를 저지르기 위해서 불한당들을 고용하는 경우가 있다. 하지만 스스로의 쾌락을 위해서 그렇게 하는 경우는 내가 처음일 것이다. 사람들의 진심 어린 존경을 받으며 공인으로 살면서 순식간에 학교 갔다 온 아이처럼 모든 것을 던져버리고 바다같이 넓은 자유를 만끽할 수 있는 것이었다. 나는 철저하게 자신을 변화시킬 수 있기에 안전하게 그걸 누릴 수 있는 것이다. 생각해보라. 난 존재하지도 않았다! 내 연구실 문으로 어떻게든 들어와서 준비해놓은 성분을 섞어 몇 초 동안 약을 만들고 그걸 마실 시간만 있으면, 에드워드 하이드가 뭘 했든 마치 거울에 서린 김이 한 번의 입김으로 순식간에 사라지듯 그는 더 이상 존재하지 않는 것이었다. 그 자리에는 평온한 집에서 조용히 공부를 하다가 연필을 다듬고 있는, 의심이라는 말을 가볍게 웃어넘길 수 있는, 헨리 지킬이 있는 것이다.

  내가 간절히 바라는 쾌락은 이미 말한 것처럼 고상하지 못한 것들이었다. 그보다 더 심한 말을 쓸 수도 있겠지만, 지금은 쓰지 않겠다. 에드워드 하이드의 손에 들어가면, 모든 일들은 걷잡을 수 없이 사악한 것들이 되기 시작했다. 내가 그런 방탕에서 돌아왔을 때, 난 종종 내 대리인이 저지르는 악행에 의아해하곤 했다. 내 영혼에서 비롯된 이 대리인이 자신의 맘대로 쾌락을 추구하도록 내버려둬보니 그자는 말할 수 없이 사악했고 극악무도했다. 그의 모든 행동과 생각은 지극히 이기적이었다. 다른 사람들이 고통스러워하면 할수록, 그는 짐승 같은 탐욕을 더욱 크게 드러내며 즐거워했다. 그리고 돌로 만들어진 자처럼 무모했다. 헨리 지킬은 에드워드 하이드의 행동에 여러 번 소스라치게 놀라곤 했지만, 처한 상황이 일반적인 법칙을 가지고 말할 문제가 아니었기에, 점차 양심의 가책이 무뎌졌다. 무엇보다 죄를 짓는 것은 지킬이 아닌 하이드인 것이다. 지킬은 전혀 악해지지 않았다. 그가 다시 지킬이 되었을 때, 그의 선한 성품은 전혀 손상되지 않은 것 같았다. 지킬은 심지어, 가능한 경우에는, 하이드가 저지른 악행들을 바로잡으려고 분주하기까지 했다. 하지만 그러는 동안에 지킬은 점점 죄의식이 없어졌고, 그의 양심은 마비되어가고 있었던 것이다.

이처럼 내가 묵과했던 그 파렴치한 행적을 여기에 낱낱이 기록할 생각은 없다. 그건 지금까지도 그 일들을 내가 저질렀다고는 생각지 않기 때문이다. 다만 내게 가해진 응징에 대한 경고가 어떻게 왔고, 그 이후 어떤 단계를 거쳐서 그게 현실이 되었는지에 대해 초점을 맞추겠다. 우선 말하고 넘어갈 것은 내가 겪었던 한 사건이다. 그 사건은 뒤처리가 잘 되어 아무 탈이 없었기 때문에 짧게 말하겠다. 내가 어린아이에게 한 잔인한 행동 때문에 지나가는 행인 한 명을 분노하게 했는데, 며칠 전에 그가 바로 어터슨의 친척이라는 걸 알게 되었다. 의사와 어린아이의 가족들이 그와 합세했다. 난 그때 잠깐이나마 생명의 위협을 느끼기도 했다. 그래서 결국 그들의 정당한 분노를 누그러뜨리기 위해 에드워드 하이드는 그들을 그 문으로 데려갔다. 그리고 그들에게 돈을 지불하기 위해 헨리 지킬의 이름으로 개인 수표를 썼다. 그 후 이 위험은 어렵지 않게 조치가 됐다. 난 에드워드 하이드의 이름으로 또 다른 은행에 계좌를 열었다. 난 나의 분신을 위해 서명을 할 때는 손을 약간 세워서 했기 때문에, 난 그걸로 안전하다고 생각했었다.

댄버스 경을 살해하기 두 달 전쯤, 그날도 난 나만의 모험을 하러 밖에 있었다. 늦게 들어와 다음 날 아침 침대에서 깨어났을 때 뭔가 이상한 느낌에 사로잡혔다. 주위를 둘러보아도 그런 느낌은 없어지지 않았다. 광장에 있는 내 방의 고상한 가구와 높은 천장, 침대 커튼의 문양과 마호가니로 된 침대틀을 둘러봐도 소용이 없었다. 내가 어제 잤다고 생각한 곳에 내가 있지 않은 것 같다는 강한 느낌이 들었다. 내가 깨어날 걸로 생각했던 방에서 눈을 뜬 게 아니라, 에드워드 하이드의 몸으로 있을 때 자곤 했던 소호의 작은 방에서 깨어난 것 같은 느낌이었다. 난 소리 없이 미소를 지었다. 뭉그적거리며 심리학적으로 이런 착각에 빠지게 된 원인을 머릿속으로 자문했다. 그러는 와중에 편안한 아침잠으로 다시 빠져들었다. 아직 이런 착각에서 깨어나지 않은 상태로, 문득문득 눈이 떠지는 어느 순간, 난 내 손을 보게 되었다. 어터슨이 종종 말한 대로, 헨리 지킬의 손은 모양과 크기가 듬직하고 쭉 빠졌었다. 클 뿐만 아니라 단단한 느낌이 들었고, 새하얗고 멋지게 생겼다. 하지만 지금 런던 한가운데 있는 방 안에서 이불 속에 드러누워 노란 아침 햇살이 비치는 가운데 확인해보는 손은 힘줄과 관절이 울퉁불퉁 튀어나온, 여위고 지저분한 어두운 색깔의 털이 텁수룩한 하이드의 손이었다.

아마 한 삼십 초 정도는 그 손을 뚫어지게 쳐다봤을 것이다. 난 놀라서 머리가 멍해졌고, 뒤이어 갑자기 쩌렁쩌렁 울리는 심벌즈 소리 같은 공포가 내면에서 솟아오르기 시작했다. 난 침대에서 벌떡 일어나 거울로 달려갔다. 내 눈 앞에 보이는 모습에 등골이 오싹해지고 피가 거꾸로 솟기 시작했다. 그렇다. 어젯밤 분명 헨리 지킬의 몸으로 잠자리에 들었는데, 아침에 에드워드 하이드의 모습으로 깬 것이다. 이걸 어떻게 설명해야 할 것인가? 난 스스로에게 질문했다. 그러자 또 다른 차원에서 공포가 밀려들었다. 이걸 어떻게 해결할 것인가? 아침이 한참 지난 때였다. 하인들은 모두 일어나 있었고, 내 약품들은 모두 밀실에 있었다. 거기까지 가려면 두 개의 계단을 내려가서 뒤쪽 복도를 지나 정원을 건너서, 해부학 원형 강의실에 들어가서야 한숨 놓고 안심할 수 있는 것이었다. 내 얼굴을 무엇으로 가릴 수도 있을 것이다. 하지만 키가 확 작아진 걸 감출 수 없는데 얼굴 가리는 게 무슨 소용이란 말인가? 그때 내 마음속에서 말로 할 수 없는 안도의 한숨이 나왔다. 하인들이 이미 내 두 번째 자아가 드나드는 것에 대해 익숙해져 있다는 생각을 한 것이다. 곧바로 내 몸 크기에 맞는 옷으로 갈아입고 방을 나갔다. 브래드쇼가 이런 이른 시각에 이상한 옷차림을 한 하이드를 보고 눈이 동그래져 쳐다보더니 뒤로 물러섰다. 십 분 후, 지킬 박사는 자신의 원래 모습을 되찾아 눈썹을 잔뜩 찌푸리고 앉아서 아침 식사를 하는 시늉을 하고 있었다.

정말 입맛이 없었다. 이 설명할 수 없는 사건은, 바빌론 궁전의 벽에 손가락이 나타나 글씨를 쓴 것처럼*, 나의 행동에 대한 심판을 예시하는 것 같았다. 그리고 난 이전 어느 때보다 내 이중적 존재가 가지는 문제와 앞날에 대해 더 심각하게 받아들이기 시작했다. 내가 약을 통해서 끌어낼 수 있는 나의 분신은 최근 들어 활동도 많아졌고 영양 상태도 좋아졌다. 내가 하이드로 있을 때 혈액순환을 측정했더라면 혈액이 더 원활하게 순환했을 거란 생각이 들면서, 에드워드 하이드의 키가 자라난 건 아닐까, 하는 생각이 들었다. 그리고 만약 이런 현상이 계속

---

*구약 성경 다니엘서에 나오는 얘기에서 유래된 말이다.

된다면, 내 본성의 현재와 같은 균형은 영원히 뒤바뀌어서 자발적으로 변할 수 있는 힘은 없어지고 에드워드 하이드의 성격만이 내게 남게 되는 것은 아닐까, 하는 위험성을 인식하게 되었다. 약의 효과도 항상 동일하게 나타난 것은 아니었다. 이런 생활을 시작할 시기에 딱 한 번 완전히 실패한 적이 있었다. 그때 이후로 난 몇 번 복용량을 두 배로 늘려야 했고, 그러다 또 한 번은 죽을 수도 있는 엄청난 부담을 안고 복용량을 세 배로 늘리기도 했다. 그리고 희박하긴 했지만 전혀 없지 않았던 그런 불확실성이 이제 이 생활에 대한 만족에 어두운 그림자를 드리우고 있는 것이다. 말하자면 아침에 생긴 사건을 통해서 보건대, 처음에는 지킬의 몸을 벗어던지는 것이 어려웠다면 이제는 조금씩 조금씩, 그러나 분명하게 한쪽에서 다른 한쪽으로 전이해가는 문제를 만난 것이다. 모든 일이 다 이 문제를 가리키는 것 같았다. 난 원래의 나였던 선한 자아를 점점 잃고, 사악한 두 번째 자아로 점점 물들어가고 있는 것이었다.

이제 생각해보면, 나는 둘 중에서 하나를 선택했었어야 했다. 나의 두 본성은 똑같은 것을 기억하는 것을 빼고는 능력이라든가 모든 면에서 달랐다. 선과 악을 같이 지니고 있는 지킬은 이제 가장 민감한 감수성을 가지게 되었고, 탐욕스럽다고 할 정도의 무모함을 가지고 하이드의 모험을 계획하고 그 즐거움을 함께 나누기도 했다. 하지만 하이드는 지킬에게 아무 관심이 없었다. 아니면 '열려라 참깨 이야기'에서 산적들이 동굴로 피하는 것처럼, 지킬을 단지 추적을 피해 숨는 자신의 피난처와 같은 존재로 기억하고 있었다. 지킬은 아버지 이상의 관심을 가지고 있었지만, 하이드는 아들보다도 더 무관심했다. 지킬로서 살기로 결심하려면 내가 오랫동안 다른 사람들의 눈을 피해 탐닉해온, 그리고 근래에는 아예 대놓고 섭렵한 이런 욕망들을 끊어야 했다. 한편 하이드로 산다는 것은 수천 가지 이익과 성취욕을 포기하고, 졸지에 죽을 때까지 비열하고 친구 하나 없는 존재가 되는 것이었다. 이 두 가지는 한쪽이 기우는 걸로 볼 수도 있을 것이다. 하지만 이 두 가지를 저울질할 때, 고려할 점이 하나 더 있었다. 그것은 지킬은 뜨거운 화로를 머리에 이고 있는 것 같은 금욕이라는 괴로움을 겪어내야 하지만, 하이드는 자신이 뭘 잃었다는 것조차 인식 못할 것이라는 사실이다. 내가 처한 상황이 매우 이상했으므로 이 문제를 해결하려면, 오랜 인류의 역사를 그만큼 거슬러 올라가야만 답이 나올 수 있을 것이었다. 유혹의 손짓을 보며 두려움에 떠는 죄인이라면, 누구라도 어느 한쪽을 선택하게 하는 요소와 그걸 거부하게 만드는 요소, 그 두 가지 사이에서 하이드가 될지 말지를 결정해야 한다. 나의 경우도 대부분의 사람들처럼, 더 선량한 측면을 선택했음에도 불구하고 그걸 지켜내는 내면의 힘이 부족한 처지가 되어버렸다.

그렇다. 난 나이 들고 불만도 많지만, 친구들에 둘러싸여 선량한 희망을 가슴에 품는 의사를 선택했다. 그리고 내가 하이드의 가면을 쓰고 즐긴 자유, 상대적인 젊음, 가벼운 발걸음, 뛰는 맥박과 은밀한 쾌락 같은 것들에 단호한 작별을 고했다. 이렇게 결정은 했지만, 아마 무의식중에는 어느 정도 미련이 남아 있었던 것 같다. 난 소호에 있는 집을 포기하지도 않았고, 에드워드 하이드의 옷들도 내 밀실 안에 그대로 남겨뒀기 때문이다. 하지만 두 달 동안 난 내 결심을 지켰다. 지금까지 살아오면서 그 정도로 엄격하게 금욕적인 삶을 산 적은 없었다. 그리고 양심적으로 사는 데 따르는 보상을 즐겼다. 그러나 시나브로 처음 가졌던 경계심이 흐릿해져 갔다. 양심적인 삶에 대한 칭찬도 차차 일상적인 일이 되었다. 하이드가 자유를 갈망하며 몸부림치는 것처럼, 나도 주체할 수 없이 왔다 갔다 하는 마음과 갈망 때문에 괴로워하기 시작했다. 그리고 마침내 내 도덕심이 약해진 때를 틈타, 난 다시 변신하는 약을 만들어서 삼키게 되었다.

나는 술꾼이 자신의 비행에 대해 변명할 때, 자신이 술에 취해 저지르는 잔인한 행동과 정신을 잃어 처하게 되는 위험에 대해 티끌만큼이라도 생각을 하는지 의문이다. 나도 별로 다를 바가 없었다. 내 처지를 오랫동안 고민했지만, 나는 완전한 도덕 불감증과 악이라면 자다가도 벌떡 일어날 정도인 에드워드 하이드를 과소평가했던 것이다. 내가 결국 벌을 받게 된 것도 바로 이런 하이드의 성격 때문이었다. 내 속에 있던 악마는 오랫동안 갇혀서 꼼짝 못하고 있었지만, 이제 밖으로 뛰쳐나와 사악하게 웃기 시작한 것이다. 약을 들이켜는 순간, 난 완전히 고삐 풀린 망아지가 되어, 악을 향해서 더더욱 미친 듯이 달려가는 경향이 있다는 것을 알게 되었다. 바로 이것 때문에 내 불행한 피해자가 정중하게 말하는 것을 들었을 때에도, 나는 참을 수 없는 조급함에 사로잡혀 영혼이 송두리째 뒤흔들렸던 것이라 생각한다. 적어도 하나님 앞에서 도덕적으로 떳떳한 사람이라면, 어느 누구도 정중한 사람에게 저지른 끔찍한 범행을 놓고 죄가 없다고는 하지 않을 것이다. 화난 아이가 자신이 가지고 놀던 장난감을 부수는 것처럼, 내 마음도 그와 별로 다르지 않은 상태로 댄버스 경을 내려치고 있었다. 하지만 난 스스로 약을 마심으로써 내 삶의 균형을 잡아주는(우리들 중 가장 나쁜 자라도 어느 정도 유혹에서 거리를 일정하게 두고 계속 살아갈 수 있게 해주는) 본성을 다 벗겨버렸다. 아무리 가벼운 것이라 해도, 내 경우에 유혹받는다는 것은 실패한다는 것이었다.

즉각적으로 지옥의 영이 내 안에서 깨어나 날 삼켜버렸다. 사악한 기쁨이 순식간에 내게 옮겨오자 난 한 대 한 대 칠 때마다 기쁨을 맛보면서 아무 저항도 못하는 몸을 사정없이 쳤다. 그러다 맹렬한 흥분의 정점에서 갑자기 차가운 공포의 전율이 내 마음을 통해 엄습하는 것이었다. 눈과 마음을 가리고 있던 안개가 걷히고, 난 이제 죽음의 형벌을 받아야 한다는 것을 깨달았다. 난 그 범죄 현장에서 도망쳤고, 즉시 승리감과 공포감을 함께 느꼈다. 내 부패한 악한 본성은 만족하며 더 자극되었고, 삶에 대한 욕망은 끝없이 강해져만 갔다. 난 소호에 있는 집으로 달려갔다. 만일에 대비해 서류들을 불태우고, 가로등이 켜진 거리로 나왔다. 자신의 범죄에 흡족해하는 마음으로 앞으로도 저지를 또 다른 범죄를 가벼운 마음으로 궁리하는 한편, 누가 복수하러 따라오고 있는 건 아닌지 귀를 기울이며 긴장하는 등 마음이 분열되어 거리를 빠르게 걸어가고 있었다. 하이드는 약을 만들며 노래를 흥얼거렸고, 그걸 마시면서 죽은 사람에 대한 애도의 건배로 삼았다. 감사와 후회의 눈물이 샘솟듯 하며 변신의 고통이 그를 갈기갈기 찢어놓기 전에, 헨리 지킬은 무릎을 꿇고 하나님 앞에 두 손을 모아 기도했다. 머리부터 발끝까지 덮고 있던 방종의 베일이 벗겨지자, 난 내 삶을 온전히 볼 수 있었다. 내가 아빠의 손을 잡고 걷던 어린아이 때부터 시작해서 과학자이자 법률학자로서 갖은 고생을 하며 지나온 시절과, 아직도 현실이라고 믿어지지 않는 그날 밤의 저주스러운 참사를 몇 번이나 떠올렸다.

소리 높여 비명이라도 지르고 싶은 심정이었다. 참혹한 잔상들과 소리가 떼를 지어 내게 밀려왔고, 난 그걸 잠재우기 위해 눈물 어린 기도를 드렸다. 하지만 기도하는 중간중간에도 내 죄악의 추한 얼굴이 내 영혼을 비웃듯 바라보고 있었다. 순간적으로 찾아온 회한이 점점 스러져감에 따라, 일종의 즐거움이 고개를 들었다. 내 행동의 문제점은 해결됐다. 이제부터 하이드가 되어서는 안 된다. 내가 원하든 원하지 않든 난 이제 내 존재의 좀 더 나은 자아가 되어 사는 수밖에 없다. 이렇게 맘을 정하고 나니까 기쁨이 밀려왔다! 자발적으로 자신을 낮추고 새로운 삶에 대한 제약들을 자연스럽게 받아들였다! 결심을 굳게 하고, 지금까지 자주 드나들던 문을 잠그고, 그 열쇠까지 구두 뒤축으로 밟아버렸다!

다음 날 뉴스를 통해 살인 사건이 드러난 걸 알게 되었고, 하이드가 저지른 범행이었다는 게 세상에 명백히 알려졌다. 죽은 사람은 사회적으로 존경받는 사람이었다. 사건은 단순한 범죄가 아니라 어처구니없는 실수였다. 그 사건이 널리 알려진 것은 도리어 잘된 일이라 생각했다. 교수대의 공포가 날 보호하고 지탱해줄 추진력이 될 것이라 생각했기 때문이다. 지킬은 이제 나의 도피성이 된 것이다.* 하지만 하이드가 고개를 내밀고 바깥을 살피기만 하면, 모든 사람들의 손이 그를 끌어내 죽일

---

*구약 성경에 나오는 피난처. 고의성이 없이 살인 등의 죄를 지은 사람들이 피해자 가족의 복수를 피하기 위해 숨어 있도록 마련된 도성이다. 하지만 피해 들어간 죄인이 이 도피성에서 나온 경우에는 복수로부터 보호를 받지 못했다.

것이었다.

 난 그날 이후로 과거에 대한 속죄를 하기로 마음먹었다. 그리고 솔직히 말해서 내 결심은 어느 정도 결실도 있었다. 내가 지난해 마지막 몇 개월 동안 고통받는 사람들을 위해 얼마나 노력했는지는 자네도 잘 알 것이다. 난 다른 사람들을 위해 살았고, 조용한 나날들이 지나갔다. 내 자신으로서도 행복한 시간이었다. 자선활동가로서 깨끗한 삶을 사는 일에 내가 전혀 싫증을 느끼지 않았다는 것은 분명히 말할 수 있다. 차라리 난 그런 삶을 매일 조금씩 더 즐겼다고 할 수 있다. 하지만 내 정신 속에 잠재해 있는 이중적인 본성은 저주 아래 있었다. 참회하는 예리한 양심의 날이 무뎌지자, 오랫동안 고삐 풀린 망아지처럼 지내다가 최근에야 겨우 묶어놓은 내 마음에 자리잡고 있던 저질이 자유를 부르짖기 시작했다. 하이드를 소생시키기를 꿈꿨던 것은 아니다. 그건 상상만 해도 미친 짓이었다. 양심을 무시하고 일을 저질러볼까, 라는 생각은 도리어 내 자신의 몸으로 있으면서 든 것이었다. 다른 사람들의 눈을 피해 죄를 짓는 보통 죄인들처럼, 마침내 유혹에 사로잡혔다.

 만사에는 끝이 있는 법. 아무리 큰 독이라도 붓고 또 부으면 채워지게 마련이다. 죄의 유혹에 대해 잠깐 항복했던 것이 마침내 내 영혼의 평정을 깨버리고 말았다. 그럼에도 난 위기의식을 갖지 않았다. 그 약을 발견하기 전 시절로 돌아간 것처럼,

난 아주 자연스럽게 타락하고 있었던 것이다. 1월의 어느 화창한 날이었다. 서리가 녹은 곳은 발밑이 질퍽했지만, 하늘에는 구름 한 점 없었다. 리전트 공원은 겨울새들이 지저귀는 소리와 봄의 싱그런 향기로 아늑했다. 난 긴 의자에 앉아서 햇볕을 즐기고 있었지만, 내 안의 짐승은 달콤한 기억의 조각들을 맛보며 입맛을 다시고 있었다. 죄악의 기억이 떠오른 후에는 바로 참회를 했어야 마땅했지만, 내 영적인 면은 꾸벅꾸벅 졸고 있었고, 아직 움직일 생각조차 않고 있었다. 마침내 나도 이웃 사람들과 하나도 다를 게 없다는 생각을 하고 있었다. 그러자 미소가 떠올랐다. 난 내 자신과 주변 사람들을 비교하기 시작했고, 내 적극적인 선행과 주변에 무관심한 그들의 잔인한 게으름을 견줘보았다. 그리고 바로 이 헛된 교만에 빠져 있는 찰나에 갑자기 속이 메스꺼워지기 시작했다. 심한 구역질과 감당하기 힘든 오한이 밀려왔다. 그런 증세가 지나가고 난 정신을 잃었다. 그리고 조금 정신을 차리고 나자, 내 생각과 기분이 달라져 있다는 걸 알게 됐다. 난 엄청나게 대담해져 있었고, 위험한 일도 겁나지 않았다. 나를 견제하던 의무라는 끈이 풀려버렸다. 아래를 내려다봤다. 내 옷은 쭈그러든 몸에 모양새 없이 걸려 있었고, 무릎 위에 놓인 손은 힘줄이 튀어나오고 털이 나 있었다. 난 다시 한 번 하이드가 된 것이다. 조금 전까지만 해도 나는 모든 사람의 존경을 받는 부유하고 사랑스런 신사였다. 내가 부르면 언제라도 하인이 달려오는 신분이었다. 그런데, 순식간에 사람들이 다 잡으려고 혈안이 되어 있고, 집도 없을뿐더러, 살인자로 낙인찍혀 교수형 당할 운명에 처한 자가 된 것이다.

정신이 없었지만, 그렇다고 완전히 무너져버리진 않았다. 이제까지 여러 번 확인한 것이지만, 두 번째 자아의 상태에서도 내 능력은 예리해져 있었고, 내 영혼은 팽팽하게 긴장해 있었다. 따라서 지킬이라면 아마 실패할 일이라도, 하이드는 사태가 중대하면 할수록 더 잘 대처하는 것이었다. 내 약은 밀실의 약장 중 하나에 들어 있었다. 어떻게 그걸 손에 넣을 것인가? 난 관자놀이를 두 손으로 지그시 문지르며 해결 방안을 궁리했다. 실험실 문은 내가 폐쇄했다. 내가 스스로 집에 들어가려고 한다면, 내 하인들이 날 붙잡아 교수대에 넘길 것이다. 난 누군가 다른 사람의 도움을 받아야 한다는 것을 깨달았다. 그때 떠오른 것이 래년이었다. 그럼, 그에게는 어떻게 얘기를 해야 하나? 어떻게 설득할지도 문제였다. 길을 가다가 잡히지는 않는다 하더라도, 어떻게 그의 앞에 나타나야 할 것인가? 또한 생전 본 적도 없고 불쾌하게 생긴 불청객인 내가 유명한 외과의사를 설득해서 동료인 지킬 박사의 연구를 도둑질하게 할 수 있을까? 그때, 난 내 본래 인격 가운데 한 부분이 아직 남아 있다는 것을 상기했다. 난 내 원래 글씨체로 쓸 수 있는 것이다. 일단 이 생각에 미치자, 그 다음은 일사천리로 진행할 수 있었다.

그때부터 난 가능한 한 덜 이상하게 보이도록 긴 소매와 바지를 접어 입고, 지나가던 합승마차를 불러 세워 문득 기억하고 있던 포틀랜드 거리의 한 호텔로 타고 갔다. 내 옷 속에 감춰진 상황은 비극적이었지만, 내 외양은 아주 우스꽝스러웠다. 이런 내 모습을 보자 마부는 웃음을 참지 못하고 소리 죽여 웃기 시작했다. 난 악마 같은 분노에 사로잡혀 그를 보며 이를 부드득 갈았다. 그러자 마부의 얼굴에서 웃음이 사라져버렸다. 만약 조금만 더 웃음이 계속됐다면, 난 아마 그자를 마부석에서 끌어내렸을 것이기 때문에 그에게 다행스런 일이었고, 나에게는 더 다행스런 일이었다. 호텔에 들어서자 난 험상궂은 얼굴로 주위를 둘러봤고, 종업원들은 긴장해서 부들부들 떨기 시작했다. 그들은 날 한 번도 바로 쳐다보지 못했지만, 내가 시키는 일은 비굴한 자세로 잘 따랐다. 종업원들은 날 별실로 안내했고, 내가 편지 쓰는 데 필요한 모든 것들을 가져왔다. 생명의 위협을 받는 상황에 처한 하이드는 내게 생소했다. 주체할 수 없는 분노에 떨며, 살인이라도 저지르고 싶은 감정에 휩싸이는가 하면, 다른 사람에게 고통을 안겨주고 싶은 갈망이 생겼다. 하지만 하이드는 약삭빨랐다. 강한 의지와 노력으로 자신의 분노를 다스리며, 래넌과 풀에게 보낼 중요한 편지 두 장을 썼다. 편지를 보냈다는 걸 확실히 하기 위해서 심부름 보내면서, 등기우편으로 보내라고 일렀다.

그 이후 그는 별실의 벽난로 가에서 손톱을 물어뜯으며 하루 종일 앉아 있었다. 그 자리에서 공포에 잠겨 저녁을 먹었는데, 웨이터는 눈에 띄게 두려워하고 있었다. 마침내 깜깜한 밤이 되었을 때 호텔을 나와서는, 밀폐식으로 된 마차의 한 구석에 앉아 도시의 거리를 이리저리 왔다 갔다 했다. '그'는…… 나는 하이드를 '나'라고 부르고 싶지 않다. 그 지옥의 아이는 인간다운 면이 전혀 없었다. 그 안에 존재하는 모든 것은 증오와 두려움이었다. 그리고 마침내 마부가 점점 의심하는 눈치가 보이기 시작하자, 그는 합승마차에서 내려 대담하게도 걷기 시작했다. 눈에 띌 정도로 황당하게 큰 옷을 걸친 모습으로, 밤거리를 거니는 사람들 틈에 숨어들었다. 증오와 두려움이라는 두 가지 감정이 격렬하게 그의 안에서 소용돌이쳤다. 그는 공포에 사로잡혀 혼잣말을 지껄이며 점점 빨리 걸었다. 사람들이 별로 다니지 않는 길을 숨어다니며, 자정까지 몇 분이나 남았는지 초조해하고 있었다. 내 생각에 한 여자가 그에게 성냥 한 갑을 팔려고 말을 걸었던 것 같다. 하지만 그가 그녀의 뺨을 날리자, 그녀는 달아나버렸다.

내가 래년의 집에서 지킬로 돌아왔을 때, 내 오랜 친구의 공포를 보고 뭔가 느낀 바가 있었겠지만, 지금은 기억이 나지 않는다. 지난 몇 시간을 돌이켜볼 때, 그가 느꼈던 공포라는 것은 내가 경악하고 생명의 위협을 느꼈던 것에 비하면 새 발의 피에 불과했다. 난 달라져 있었다. 날 괴롭히는 것은 교수대에 서는 공포가 아니라 하이드가 돼버리는 것이었다. 난 래년이 날 비난하는 것을 반쯤 정신이 몽롱한 상태에서 들었고, 집에 돌아와 잠자리에 들 때도 여전히 꿈을 꾸는 듯한 느낌이었다. 원치 않게 악에 사로잡혀 하루를 보낸 후였기에 날 괴롭히던 악몽조차 날 깨울 수 없을 정도로 완전히 깊은 잠에 곯아떨어졌다. 이튿날 몸이 떨리고 힘이 하나도 없이 깼지만, 기분은 좋았다. 하지만 내 안에 잠재되어 있는 잔인성을 생각하자 다시금 증오와 두려움이 일어났고, 어제의 절박한 위험도 당연히 잊혀지지 않았다. 천만다행으로, 난 다시 한 번 내 자신의 집에 돌아왔고, 약도 바로 옆에 있었다. 마음속으로 무사히 위기를 벗어난 데 대해 벅찬 감사를 느끼며, 밝은 희망의 빛이 이제 눈앞에 보이는 것 같았다.

난 아침 식사를 하고 차갑고 신선한 아침 공기를 기분 좋게 들이마시며, 쉬엄쉬엄 막다른 골목을 가로질러 거닐고 있었다. 그때 갑자기 하이드로의 변신을 예고하는, 말로 표현할 수 없는 느낌에 사로잡혔다. 서둘러 밀실로 피해 돌아왔을 때, 난 다시 한 번 하이드의 격정에 사로잡혀 마음껏 농락당하고 있었다. 이번에는 내 자신으로 돌아오는 데 이전에 마신 양의 두 배가 필요했다. 아! 그리고 여섯 시간도 채 안 되어서 벽난로를 침울한 기분으로 바라보고 있는데, 그 고통스런 느낌이 다시 찾아왔다. 난 다시 약을 마셔야만 했다. 간단히 말해서, 그날 이후로 내가 지킬로 있을 수 있는 때는 근육 단련을 할 때처럼 엄청난 노력을 기울이거나 약을 마신 직후 순간적으로 약효가 나타났을 때뿐이었다. 밤낮을 가리지 않고 예의 그 조짐이 나타나며 몸이 떨렸고 무엇보다 내가 자고 있을 때, 아니 안락의자에 앉아 잠시 졸고 있을 때에도, 난 순식간에 하이드가 되어 깨어나는 것이었다. 이렇게 눈앞에 시시각각 다가온 운명의 압박에 눌려, 이제 내 스스로를 저주하며 인간이라면 견딜 수 없을 정도로 잠을 거부하면서 몸과 마음 둘 다 맥없이 약해져 열병에 몸이 시들해질 정도가 되었고, 오직 한 가지 생각만이 머리에 떠올랐다. 그건 바로 다른 자아에 대한 공포였다. 하지만 내가 잠들었을 때라든가 약효가 다 떨어졌을 때에는 거의 변신이라 할 것도 없이(변신에 따르는 고통은 날이 갈수록 점점 엷어졌다) 공포스런 환상에 완전히 사로잡혀버리고, 영혼은 아무 이유 없는 증오에 타올랐으며, 몸은 미친 듯 날뛰는 삶에 대한 열정을 주체하기에 너무 약한 것처럼 보였다.

하이드의 힘은 지킬이 약해져 있을 때, 더욱 강해지고 있는 것 같았다. 지킬과 하이드를 갈라놓는 증오도 지금은 확실히 양쪽에 같은 정도로 있었다. 지킬이 하이드를 미워하는 것은 생존 본능이었다. 지킬은, 자신의 의식 현상의 일부를 공유하고 결국 같이 죽음에까지 갈 운명 공동체인 하이드가 완전히 부패한 존재라는 걸 똑바로 알게 되었다. 이러한 한 몸이라는 굴레는 그 자체가 가장 그를 괴롭히고 절망에 빠뜨리는 것이었고, 그가 하이드를 생각하면서 떠올리는 생명의 힘이란 저승사자 같고 반反생명적인 존재 같은 것이었다.

정말 충격적인 일이었다. 끝도 없이 깊은 구덩이가 고함을 지르고 소리를 내고 있었다. 또 형체도 없는 먼지 같은 것이 어떤 형상을 이루는 것 같기도 하고, 사악한 모습을 드러내기도 했다.

죽어서 형체도 없이 없어진 것이 생명의 온기가 깃들어 있는 존재를 강탈하는 것이다. 그리고 밑바닥에서 치고 올라오는 공포가 부부 사이보다 더 밀접한 관계로 지킬을 덮쳤고, 육신의 일부인 눈보다 더 가깝게 결부되어, 지킬은 그것이 중얼거리는 걸 듣고, 세상에 태어나기 위해 온갖 수를 다 쓰는 걸 느끼는 것이다. 지킬이 약해지거나 잠이 들 때마다 그를 덮쳐서 그의 생명력을 빼앗아버리는 것이다.

한편 하이드가 지킬을 증오하는 것은 지킬의 경우와는 성격이 달랐다. 그는 교수형에 처해지는 것을 두려워하며, 계속 반복적으로 일시적 자살(지킬이 되는 것)을 감행했고, 완전한 존재로 행세하는 대신 지킬의 일부분으로 돌아갔다. 하지만 그는 그래야만 하는 자신의 처지가 싫었다. 그는 지킬이 지금 이렇게 낙담해 있는 것이 싫었다. 그는 자신이 지킬로부터 미움받는 데 대해 분개했다. 그래서 하이드는 내 자신의 필적으로 내 책들에 신성모독적인 글을 휘갈기게 하거나, 편지를 불태우고, 아버지의 초상을 파괴하는 등 나를 모방하는 원숭이 같은 간사한 꾀를 내게 부렸다. 그리고 실제로 그가 죽음을 두려워하지 않았다면, 그는 나를 파멸의 구렁텅이에 끌어들이기 위해 자기 자신을 벌써 오래전에 망쳐버렸을 것이다. 하지만 그의 삶에 대한 집착은 놀라웠다. 조금 더 자세히 말하겠다. 그를 생각하기만 해도 아프고 몸이 오싹해지는 나는, 그가 이렇게 내게 붙어 있는 비굴함과 열정을 생각할 때, 그리고 내가 자살로 그를 끝장내버릴 수 있는 힘이 있다는 것을 그가 두려워한다는 점을 생각할 때, 내 맘속에 그에 대한 동정과 연민이 있다는 걸 본다.

더 이상 기록을 남기는 것은 의미도 없고, 이젠 시간도 없다. 이제껏 아무도 나 같은 고통을 겪은 사람은 없었다. 그걸로 설명이 충분할 것이다. 그런 고통에도 불구하고, 게다가 그 고통이 습관적으로 반복되었음에도 불구하고 고통에 대한 면역이 생긴 건 아니었다. 고통은 그냥 영혼을 어느 정도 부주의하게 만들었고, 절망에 항복하게 만들었다. 절망에 대해서도 어느 정도 체념하게 된 것이다. 하지만 지금 이 마지막 순간에 내게 닥쳐온 재앙, 결국 나를 내 외모와 본성으로부터 완전히 갈라놓은 그 재앙 때문에 내 처벌은 몇 년을 끌 수도 있을 것이다. 내가 가지고 있는 첨가제가 이제 바닥을 드러내고 있다. 첫 실험을 할 때부터 지금까지 계속 같은 것을 썼었는데, 이제 다 없어진 것이다. 난 새로 첨가제를 구입해오도록 시켰고, 그걸 써서 약을 만들어 보았었다. 부글부글 끓어오르는 첫 번째 단계는 잘 진행됐다. 첫 번째로 나타나야 할 색깔은 보였는데, 두 번째 색깔을 띠지 못했다. 그것을 마셔보았지만, 아무런 효과가 없었다. 자네가 풀에게 물어보면, 내가 런던을 얼마나 뒤지고 다니게 했는지 알 것이다. 그것도 다 소용없었다. 이제 내가 내린 결론은 내가 처음에 사용하던 첨가제에 미량의 불순물이 섞여 있었다는 것이다. 그리고 그게 바로 그 약이 효과가 있게 만들었던 불순물인 것이다.

약 일주일이 지났다. 난 지금 원래 쓰던 첨가제를 가지고 만든 마지막 약의 도움으로 이 글을 끝내고 있다. 그러니까, 헨리 지킬이 자신의 머리로 생각할 수 있는 것도, 자신의 얼굴을 거울에 비춰보는 것도(얼마나 우울하게 변한 얼굴인지!) 더 이상 기적이 없다면 이게 마지막이다. 이제는 더 이상 기록을 남기는 걸 멈춰야 할 시간이다. 이 기록이 지금까지 온전하게 남아 있을 수 있었던 것도 내가 세심한 주의를 기울이고 게다가 아주 운이 좋았기 때문이었다. 내가 이 기록을 남기는 중에 변신의 고통이 날 삼키면, 하이드는 이걸 갈기갈기 찢어버릴 것이다. 하지만 기록을 남기고 얼마간 시간이 흐른 후에 하이드로 변한다면, 그는 놀랄 만큼 이기적이어서 당장 처한 상황밖에는 생각지 않으니 그의 원숭이 같은 악한 짓으로부터 다시 한 번 그 위험은 피할 수 있을 것이다. 우리 앞에 와 있는 운명의 힘에 그도 실제로 변해서 압도당한 상태다. 지금으로부터 삼십 분 후면, 난 저 혐오스런 자아로 다시 한 번, 아니 영원히 바뀌어 있을 것이다. 난 아마 몸을 떨며 의자에 앉아서 울먹이고 있을 것이다. 아니면 공포에 짓눌려 환청을 들으며 지구상에서 내 마지막 피난처인 이 방을 이리저리 오가며 위협이 될 만한 소리가 들리는지 귀를 기울이고 있을 것이다. 하이드는 형장의 이슬로 사라질 것인가? 아니면 마지막 순간에 자살을 하는 용기를 낼 것인가? 오직 하나님만이 아실 것이다. 이제 난 상관없다. 지금이 내가 진짜로 죽는 시간인 것이다. 그 다음에 닥칠 일은 나와는 상관없는 일이다. 그러므로, 이제 펜을 내려놓고 내 고백을 밀봉하겠다. 이제 불행한 헨리 지킬의 삶에 종언을 고한다.

악마의 호리병

한 남자가 하와이에 살고 있었다. 그를 지금부터 케이웨이라 부르겠다(마치 옛날 이야기처럼 시작하게 됐지만, 그는 아직 살아 있는 사람이다). 그의 본명은 여기서 밝힐 수 없지만, 태어난 곳은 호나우나우에서 그리 멀지 않은 곳이었다는 건 말할 수 있다. 호나우나우는 케이웨이 대왕의 뼈가 어느 동굴에 묻힌 걸로 유명한 곳이다.

케이웨이는 가난했지만, 용감하고 활동적이었다. 읽고 쓰는 것도 마치 학교 선생님처럼 잘했다.* 일등항해사로서 섬들을 오가는 증기선을 타고 항해를 하곤 했고, 하마쿠아 해안에서 고래잡이 배를 조종하기도 했다. 케이웨이는 시나브로 더 큰 세상과 외국 도시에 대한 모습을 마음속에 그리기 시작했고, 그러던 어느 날 샌프란시스코에 가는 큰 상선에 승선하게 되었다.

샌프란시스코는 아름다운 도시였다. 멋진 항구와 수없이 많은 부유한 사람들, 그리고 무엇보다 궁전 같은 집들이 빼곡히

---

*이 당시에는 요즘 학교처럼 교과목이 세분화되지 않아서 한 선생님이 전 과목을 다 가르치는 게 일반적이었다.

들어선 언덕이 하나 있었다. 그날 케이웨이는 이 언덕을 산책하고 있었다. 주머니에 돈을 두둑이 넣고, 길 양쪽으로 있는 웅장한 집들을 감탄하며 둘러보고 있었다. "정말 끝내주는 집들이군." 그는 맘속으로 '이런 집에 사는 사람들은 얼마나 행복할까, 내일에 대해서는 전혀 걱정할 필요가 없겠네!'라고 생각하고 있었다. 그러던 차에 어느 집 앞에 다다르게 되었다. 이전의 몇몇 집에 비해서는 작았지만, 마치 동화 속에 나오는 집같이 아기자기하게 꾸며놓은 아름다운 집이었다. 층계는 은빛으로 빛났고, 정원의 담장은 화환처럼 꽃 띠가 둘러져 있었으며, 창문은 다이아몬드처럼 빛나고 있었다.* 케이웨이는 눈앞의 광경에 매료되어 걸음을 멈추고 말았다. 그렇게 서 있으려니까, 누군가가 수정처럼 맑은 창문을 통해 자신을 바라보고 있다는 걸 느낄 수 있었다. 유리창을 통해서 케이웨이도 상대방을 볼 수 있었다. 산호숲의 맑은 물속에 노니는 물고기를 보듯 그가 선명하게 보였다. 나이가 꽤 들어 보였는데, 검은 구레나룻의 대머리 남자였다. 얼굴은 근심이 있는 듯 어두워 보였고, 괴롭게 한숨을 내쉬고 있었다. 재미있는 사실은 케이웨이가 그를 올려다볼 때, 그는 케이웨이를 내려다보고 있었고, 서로 상대방을 부러워하고 있었다는 것이다.

---

*맑은 유리창을 가지고 있다는 것 자체가 이 당시 부의 상징이었다.

불현듯 그 남자는 미소 지으며 고개를 끄떡였다. 그러더니, 케이웨이더러 들어오라고 손짓했다. 그 둘은 현관에서 만났다.

"제 집이 어떻습니까? 훌륭하죠?" 그 남자가 괴롭게 한숨 섞인 투로 말했다. "괜찮으시다면, 큰 방들도 좀 보시겠습니까?"

그는 케이웨이를 지하실에서 천장까지 집 구석구석 안내했다. 보이는 것 하나하나가 최상품의 완벽한 것들이었다. 케이웨이는 놀라지 않을 수 없었다.

"엄청나군요." 케이웨이가 말했다. "정말 아름다운 집입니다. 만약 제가 이런 집에서 살 수 있다면, 저는 하루 종일 기뻐 어쩔 줄 모르며 살 것 같은데, 어째서 주인어른께서는 그렇게 한숨만 푹푹 쉬고 계신 겁니까?"

"당신이라고 이런 곳에서 살지 못할 이유도 없죠." 그 남자가 말했다. "이런 집을 갖고 싶으십니까? 원하신다면 더 나은 집을 가질 수 있습니다. 돈이 좀 있으신 것 같은데……"

"50달러가 있습니다. 하지만 이런 좋은 집을 50달러로 살 수는 없지 않겠습니까." 케이웨이가 말했다.

그 남자가 잠깐 생각을 하더니, "돈이 그것밖에 없으시다니 유감이군요. 나중에 문제가 될 수도 있는데 말입니다. 그래도 당신에게 50달러에 팔겠습니다." 하고 말했다.

---

*이 당시의 50달러는 지금의 1,000달러 이상의 가치를 지닌다.

"이 집을 말입니까?" 케이웨이가 물었다.

"아뇨. 이 집이 아니고, 호리병입니다. 제가 엄청난 재산을 가진 부자로 보이겠지만, 단언컨대 이 집과 정원을 비롯한 내 모든 재산과 행운은 작은 맥주잔 정도 크기밖엔 안 되는 이 호리병에서 나왔습니다. 자, 보세요."

그는 금고를 열고 배가 불룩하고 목이 긴 하얀 유리병을 꺼냈다. 겉에는 무지개색의 문양이 있었고, 안쪽에는 그림자 같기도 하고, 불꽃 같기도 한 뭔가가 움직이는 듯 보였다.

"이게 그 병입니다." 남자가 말했다. 케이웨이가 그 병을 보며 웃자, 남자는 "저를 못 믿으시는군요"라고 말을 이었다. "직접 시험을 해보시죠. 한번 깨뜨릴 수 있는지 던져보세요."

케이웨이는 병을 받아들고 바닥에 내던졌다. 병은 마치 아이들이 가지고 노는 고무공처럼 바닥에서 튀어올랐다. 몇 번을 내던져 보았지만 병에는 흠 하나 나지 않았다.

"신기한 물건이군요." 케이웨이가 말했다. "촉감으로 보나 외양으로 보나 이 병은 유리로 만들어진 게 분명한데."

"예, 유리로 된 거죠." 한숨을 푹 쉬며 남자가 대답했다. "다른 점은 그 유리가 지옥불로 단련됐다는 겁니다. 그 안에는 악마가 살고 있어요. 병 안에서 뭔가 그림자 같은 것이 움직이는 것처럼 보였죠? 그게 바로 악마일 겁니다. 누군가 이 병을 사면 그 악마는 그 사람의 지시에 따라 움직입니다. 사랑, 명성, 돈,

으리으리한 집, 멋진 도시, 뭐든 그 사람이 원하는 것은 말하는 대로 그 사람의 것이 되죠. 나폴레옹도 이 병을 가지고 있었습니다. 이 병 덕에 유럽을 지배할 수 있었죠. 하지만 그는 마지막에 이 병을 팔았고, 모든 걸 다 잃은 겁니다. 쿡 선장*도 이 병을 가졌었죠. 이 병의 도움을 받아 수많은 섬들을 발견할 수 있었던 겁니다. 하지만, 그 역시 이 병을 팔았어요. 그 후 하와이에서 피살당했죠. 한번 병이 팔리고 나면, 병의 위력과 보호는 사라져버립니다. 그때, 자신이 가진 것에 만족하지 않는다면, 불행이 닥치게 되는 거죠."

"그럼에도 불구하고, 당신이 지금 그걸 팔겠다고 하는 겁니까?" 케이웨이가 말했다.

"저는 제가 갖고 싶은 모든 것을 가졌습니다. 그리고 점점 늙어가고 있죠. 악마가 할 수 없는 게 한 가지 있는데, 바로 주인이 나이 먹는 것은 어쩔 수 없다는 겁니다. 그리고 당신께 솔직히 말할 게 하나 있어요. 이 병에는 약점이 하나 있습니다. 만약 누군가 이 병을 팔기 전에 죽는다면, 그는 영원히 지옥불에 던져진다는 것입니다."

"절대 잊어선 안 되는 치명적인 약점이군요!" 케이웨이가 소리쳤다. "저는 이제 이 물건에 손도 대지 않겠습니다. 세상에!

---

*18세기 영국의 탐험가로 하와이와 호주를 발견한 것으로 유명하다.

집 없어도 상관없어요. 하지만 지옥불에 떨어지는 건 꿈에서라도 싫어요."

"좀 진정하세요. 그렇게 흥분할 거 없습니다." 남자가 말했다. "당신은 그냥 어느 정도 적당히 악마의 힘을 사용하고, 다른 누군가에게 팔면 끝입니다. 제가 당신에게 이렇게 파는 것처럼 말입니다. 그 다음에는 평안히 남은 여생을 사는 겁니다."

"맘에 걸리는 게 두 가지 있습니다." 케이웨이가 말했다. "하나는 당신이 상사병을 앓는 처녀마냥 계속 한숨을 쉬어대고 있다는 것이고, 다른 하나는 이 병을 아주 싼값에 팔고 싶어 한다는 거죠."

"제가 왜 한숨을 내쉬는지는 이미 말씀드렸습니다. 저는 제가 늙었다는 게 겁나는 겁니다. 당신 생각도 마찬가지겠지만, 죽어서 악마 품에 들어간다는 건 생각만 해도 끔찍한 일입니다. 그리고 이 병을 싸게 파는 이유는 이 병에는 좀 특이한 성질이 있기 때문입니다. 오래전에 악마가 이 병을 인간 세상에 처음으로 가지고 왔을 때, 이 병의 가치는 엄청났습니다. 프레스터 존*이 최초로 이걸 샀는데, 수백만 달러를 들여 샀습니다. 하지만 그 이후 더 싼값에 팔지 않으면, 이 병은 도무지 팔 수가 없었습니다. 당신이 산값 이상으로 이걸 되팔게 되면, 마치

---

*중세에 아비니시아 또는 동방 나라에 그리스도교 국가를 건설했다는 전설상의 왕.

악마의 호리병

부메랑처럼 이 병은 다시 당신에게 돌아와 있는 것입니다. 따라서 지난 몇 세기 동안 병값은 계속해서 떨어졌고, 지금은 믿을 수 없을 만큼 싸졌죠. 저는 이 병을 이웃의 부유한 사람에게서 90달러를 주고 샀습니다. 저는 이 병값을 89달러 99센트까지 받을 수 있죠. 하지만 거기에 1센트라도 더 받게 되면, 이 병은 다시 제게 돌아오고 맙니다. 이런 식으로 팔려면, 귀찮은 일이 두 가지 있습니다. 당신이 특이하게 팔십몇 달러라고 세세하게 값을 부르면, 사람들은 당신이 농담하고 있다고 생각한다는 것이 그 하나고, 나머지 하나는 지금은 말할 필요가 없는 겁니다. 급할 것 없단 얘기죠. 단지 지금은 이것만 기억해두세요. 이 병은 오직 은화나 동전* 같은 것만을 받고 팔아야 한다는 거요."

"당신이 말한 게 다 사실이란 걸 어떻게 믿죠?" 케이웨이가 물었다.

"몇 가지는 당신이 지금 당장 시험해볼 수 있습니다." 남자가 대답했다. "제게 50달러를 주고, 병을 가져가세요. 그리고 당신의 50달러가 다시 당신 주머니에 돌아오게 해달라고 소원을 얘기하세요. 만약 그렇게 되지 않는다면, 제 명예를 걸고 이 거래를 취소하고 당신 돈을 돌려드리겠습니다."

---

*이 당시 1달러짜리는 은화로 만드는 게 보통이었다.

"저를 속이는 건 아니겠죠?" 케이웨이가 말했다.

남자는 다시 한번 맹세했다.

"알았습니다. 그 정도 위험은 감수하죠. 그 정도 시험을 해보는 건 나쁠 거 없겠군요." 케이웨이는 남자에게 돈을 지불하고 병을 건네받았다.

"호리병의 악마야. 난 내 50달러가 다시 돌아오기를 원한다." 말을 다 끝마치기가 무섭게, 그는 자신의 주머니가 이전처럼 무거워진 것을 확실히 느꼈다.

"정말 엄청난 병이로군요." 케이웨이가 말했다.

"예, 이제 됐군요. 잘 가세요. 지금부터는 악마가 나를 떠나서 당신과 함께할 것입니다." 남자가 말했다.

"잠깐만요." 케이웨이가 말했다. "지금까지 재미있었습니다. 이제 이 병은 필요 없어요. 자, 당신이 가져가셔야죠."

"당신은 제가 산 가격보다 싸게 이 병을 샀습니다." 만면에 웃음을 띠며 남자가 대답했다. "이제 이 병은 당신 거예요. 제가 이제 할 일은 당신이 잘 가시라고 배웅해드리는 일만 남은 것 같은데요." 남자는 벨을 울려 중국인 시종을 불러서, 케이웨이를 집 밖까지 안내해드리라고 했다.

길가에 나와서 케이웨이는 겨드랑이에 호리병을 끼고 생각에 잠겼다. '이 병에 관한 것이 다 사실이라면, 난 손해보는 거래를 한 건지도 몰라. 하지만 혹시 그 남자가 날 놀린 건 아닐까?' 그는 일단 자신의 돈을 세어보았다. 정확히 미국 돈으로 49달러하고 칠레 돈 1달러였다. '맞는 것 같은데. 다른 걸 한번 시험해봐야지.'

이 거리는 도시에서도 배의 갑판처럼 깨끗한 구역이었다. 정오였는데도 걸어다니는 사람 하나 없었다. 케이웨이는 병을 도랑에 놓고 뒤도 안 돌아보고 걸어가기 시작했다. 그러다 두 번인가 뒤를 돌아봤다. 자기가 놓아둔 그곳에 우윳빛의 배가 불룩하게 나온 호리병이 그대로 놓여 있었다. 세 번째 흘긋 쳐다본 후 코너를 돌았을 때, 순간적으로 팔꿈치에 탁 닿는 뭔가를 느꼈다. 세상에! 그것은 긴 목이 꼿꼿하게 선 불룩한 배의 호리병이었다. 승무원용 코트의 주머니에 꽂혀 있는 것이었다.

"이거 진짠가 보네." 케이웨이는 말했다.

그 다음으로 케이웨이가 한 것은 가게에 들러 코르크 마개를 딸 타래송곳을 사는 것이었다. 케이웨이는 아무도 없는 들판에 가서 호리병의 뚜껑을 따기로 했다. 하지만 케이웨이가 타래송곳의 끝을 코르크에 집어넣어 빼려고 할 때마다, 송곳은 그냥 빠져나와버렸다. 그리고 코르크는 송곳을 넣은 흔적도 없이 말짱해지는 것이었다.

"새로 나온 코르크인가?" 케이웨이가 말했다. 그리고 갑자기 호리병이 무서워지며 오한이 들고 떨리기 시작했다.

항구 앞으로 돌아가는 길에 케이웨이는, 한 사내가 외딴 섬들에서 들여온 조개껍데기와 곤봉, 오래된 이방 신상, 옛날 동전, 중국과 일본에서 온 그림, 선원들이 잡다하게 가지고 들어온 온갖 물품들을 팔고 있는 가게를 보았다. 케이웨이에게 한 가지 생각이 떠올랐다. 그는 가게에 들어가서 호리병을 내보이며 100달러에 팔겠다고 했다. 가게에 있던 사내는 처음에는 웃으며 5달러 주겠다고 했다. 하지만 이 병은 얼핏 보기에도 특이한 면이 있었다. 그런 유리는 유리 세공인들이 한 번도 만든 적이 없는 것이었고, 하얀 표면 밑으로 빛나는 무지갯빛은 꽤 아름다웠다. 또한 신비로운 그림자가 병 안에서 왔다 갔다 했기 때문에 능숙한 솜씨로 흥정을 한 점원은 약간 티격태격한 끝에 케이웨이에게 은화 60달러를 주고 호리병을 샀다. 그는 진열장의 한가운데 선반에 병을 놓아두었다.

"자, 이제 내가 50달러에 산 걸 60달러에 팔았군. 정확히 말하자면, 1달러는 칠레 돈이니까, 50달러도 약간 안 되는 값이었어. 그럼, 이제 그 말이 진짜였는지 또 다른 면에서 확인해볼 수 있겠군." 케이웨이가 말했다.

케이웨이는 자신이 타고 온 배에 올라 개인 물품을 넣어두었던 궤짝을 열어보았다. 거기에는 이미 호리병이 놓여 있었다. 자신이 도착하기도 전에 먼저 와 있었던 것이다. 케이웨이와 함께 항해를 하고 있던 친구 로파카가 마침 옆에 있다가 말했다. "왜 그래? 뭐가 잘못됐어? 궤짝 속에 뭐가 있길래 그래?"

배 앞쪽 갑판 밑의 선원실에는 케이웨이와 로파카 단 둘만 있었다. 케이웨이는 비밀을 지키기로 약속받은 다음 로파카에게 모든 걸 털어놨다.

"진짜 심상찮은 일이군." 로파카가 말했다. "네가 이 호리병 때문에 어려움에 처할까 봐 걱정이야. 하지만 한 가지는 분명하군. 이 호리병이 왜 골치 아픈지 네가 잘 알고 있다는 것이지. 내 생각엔, 넌 이 호리병에서 뭔가를 건져야 해. 이 호리병에게 뭘 원할지 맘을 정해. 명령을 내리는 거야. 그리고 그게 이뤄지면 내가 그 병을 사지. 나도 범선을 갖고 싶거든. 섬들을 돌아다니며 무역을 하고 싶어."

"범선 따위엔 난 관심없어. 내가 원하는 건 집이야." 케이웨이가 말했다. "난 내가 태어난 코나 해안에 아름다운 집과 정원을 갖고 싶어. 햇살이 비치는 따뜻한 남향의 정문과, 꽃들이 가득한 정원. 그리고 창은 다 유리로 되어 있고, 벽에는 그림들이 걸려 있는 거야. 장난감과 장식품들이 예쁜 탁자보가 덮인 탁자 위에 놓여 있고, 오늘 내가 갔던 집처럼(그 집보다는 딱 한 층만 더 높았으면 좋겠군) 세상 부럽지 않은 그런 집 말야. 궁전처럼 발코니가 있으면 더 좋겠군. 그런 집에서 아무 걱정 없이 친구들이나 이웃들과 함께 매일매일 즐겁게 살 수 있다면 좋겠어."

"그래. 이 병을 하와이에 한번 가져가 보자구. 만약 소원한 게 모두 현실로 나타난다면, 내가 그 병을 사겠네. 좀 전에 말한 대로 난 범선을 달라고 할 거야."

둘은 그렇게 합의를 봤다. 그리고 오래지 않아 케이웨이와 로파카와 호리병을 실은 배가 호놀룰루에 도착했다. 항구에 내리자마자, 그 둘은 해변에서 한 친구를 만났다. 그 친구는 케이웨이를 보자마자 먼저 위로의 말을 건넸다.

"내가 무슨 일로 위로를 받아야 하는데?" 케이웨이가 물었다.

"아직 못 들었단 말인가?" 친구가 말했다. "자네 삼촌 말야. 사람 좋았던 그 삼촌이 죽었어. 그리고 번듯하게 잘생겼던 그 아들 역시 바다에 빠져 죽었지."

케이웨이는 슬픔에 잠겼다. 이윽고 울음을 참지 못하고 애도하기 시작했다. 그는 호리병에 대해서는 완전히 잊고 있었다. 하지만 로파카는 그 순간 호리병을 떠올렸다. 케이웨이가 슬픔에서 헤어나오기를 잠시 기다렸다가 로파카가 말을 꺼냈다. "생각해봤는데, 자네 삼촌 말야. 하와이 카우라는 지역에 땅을 가지고 있는 건 아닌가?"

"아니." 케이웨이는 말했다. "카우는 아니야. 삼촌 땅은 산 기슭에 있는데, 후케나에서 약간 남쪽으로 치우친 곳에 있어."

"그 땅이 이제 자네 것이 되는 거지?" 로파카가 말했다.

"아마 그렇겠지." 케이웨이는 친구의 말에 대답한 후 다시 삼촌과 조카의 죽음을 슬퍼했다.

"아냐. 지금 그렇게 슬퍼하고만 있을 때가 아닌 것 같아." 로파카가 말했다. "내 말을 잘 들어봐. 만약 이 일이 그 호리병 때문에 생긴 거라면 어떻게 할 건가? 집을 지을 장소도 마련된 셈이잖아."

"만약 그렇게 된 일이라면," 케이웨이가 울부짖었다. "이 호리병이 한 짓은 정말 사악하기 이를 데 없군. 내 소원을 들어주기 위해서 내 친척들을 죽이다니. 하지만 네 말이 맞을지도 몰라. 내가 마음속으로 생각해두던 집터가 바로 그런 곳이거든."

"그래. 그럼 이제 집을 짓는 일만 남았네." 로파카가 말했다.

"그래. 하지만 아마도 거기에 집을 지을 수는 없을 거야." 케이웨이가 말했다. "삼촌은 커피와 아바,* 바나나를 키우고 있었어. 내가 편안히 놀고먹고 할 정도는 아니야. 게다가 그 땅의 나머지 부분은 용암이 까맣게 굳어 있는 지역이거든."

"그러지 말고, 변호사에게 가보자. 내게 생각이 있어." 로파카가 말했다.

변호사를 찾았을 때, 그들은 케이웨이의 삼촌이 마지막 며칠 동안 엄청난 부자가 되었다는 걸 알았다. 게다가 케이웨이 앞으로 상속된 돈이 있었다.

"이 돈은 바로 그 집을 지으라는 거야." 로파카가 말했다.

"새로 집을 지으실 건가요? 그렇다면 새로 온 이 건축가에게

---

*열대 과일의 일종.

맡겨 보세요. 아주 대단한 사람이라고들 합니다." 변호사가 말했다.

"굉장하군!" 로파카가 흥분해서 외쳤다. "모든 게 척척 들어맞는군. 자, 계속해서 호리병이 하라는 대로 일을 진행시키자고."

그들은 건축가에게 갔고, 그의 책상에 있는 여러 가지 집들의 청사진을 볼 수 있었다.

"뭔가 선생님만의 특별한 집을 원하십니까?" 건축가가 말했다. "이건 어떠신가요?" 하고 물으며 그는 청사진 하나를 케이웨이에게 건넸다.

케이웨이는 그 그림을 보는 순간 깜짝 놀라, 하마터면 소리지를 뻔했다. 바로 자신의 상상 속에 있던 정확히 그 집이었던 것이다.

'그래, 내가 이 집을 찾으러 여기 온 거야.' 케이웨이는 생각했다. '이 집을 갖게 된 경위는 맘에 들지 않지만, 이건 바로 내가 찾던 집이야. 악마에게서 나온 것이지만 이 좋은 걸 놓칠 수는 없지.'

케이웨이는 건축가에게 자신이 원하는 모든 것을 세세히 말했다. 집을 어떻게 마감할 것인지, 벽에는 어떤 그림을 걸었으면 좋겠는지, 탁자 위의 장식품들은 어떤 것을 놓아야 할 것인지 등등. 그리고 담담하게 전체 비용이 얼마 정도 될 것인지 물었다.

건축가는 많은 질문을 한 후에, 펜을 들고 계산을 시작했다. 계산을 끝냈을 때, 그는 케이웨이가 유산으로 상속받은 바로 그 액수를 정확히 불렀다.

로파카와 케이웨이는 서로를 쳐다봤다. 그리고 고개를 끄덕였다.

'분명해. 내가 원하든 원치 않든 이건 분명히 호리병 악마에게서 비롯된 거야. 저 집에서 좋은 일이 많이 생기지는 않을 것 같아 겁나는군. 이제 다시는 호리병을 가지고 소원을 빌지 말아야지. 하지만 이제 거의 눈앞에 와 있는 이 집은 어떡하나……. 악마의 선물이긴 하지만, 이걸 받는 게 낫지 않을까?' 케이웨이는 생각했다.

결국 케이웨이는 건축가와 약정을 하고, 계약서에 서명을 했다. 집 짓는 문제는 전혀 간섭을 하지 않기로 했기 때문에, 케이웨이와 로파카는 다시 배를 타고 호주로 떠났다. 이제 건축가와 호리병 속의 악마가 자기들 좋을 대로 집을 짓고 장식하면 되는 것이었다.

항해는 멋지게 끝났다. 단지 케이웨이는 악마에게 소원을 말하거나, 더 이상 아무것도 받지 않겠다는 맹세를 했기 때문에 항해 내내 말을 조심했다. 그들이 돌아왔을 때는 건축가와 약속했던 시간이 다 흐른 후였다. 건축가는 그들에게 집이 다 완성됐다고 말했다. 케이웨이와 로파카는 여객선 홀호를 타고 집을 보러 코나로 내려갔다. 케이웨이는 모든 것이 자기가 마음속에 그리던 바로 그대로 되었는지 눈으로 확인했다.

과연 산 중턱에 집이 지어져 있었다. 옛 왕들의 시신이 있다고 전해지는 동굴들 입구로 용암이 흘러내려 생긴 검은 절벽이 있었고, 그 절벽 위에 전망 좋은 집이 지어져 있었다. 앞으로는 드넓게 펼쳐진 바다와 바닷가의 배를 바라볼 수 있었고, 뒤쪽으로는 우거진 숲이 검은 먹구름에까지 다다랐다. 집 주위로 펼쳐진 정원에는 각양각색의 꽃이 흐드러지게 피어 있었다. 그 한편으로 파파야 과수원이 자리잡고 있었고, 반대편에는 허드프린트 과수원이 있었다. 바다를 향한 집 앞쪽으로는 깃발이 펄럭이는 배의 깃대가 하나 세워져 운치를 더했다. 집은 삼층으로 지어졌는데, 각 층마다 커다란 방들과 넓은 발코니가 있었다. 유리로 된 창문은 흐르는 물처럼 맑고 투명해 햇살처럼 반짝였다. 각 방에는 다양한 가구들이 자리하고 있었고, 벽을 따라서는 배며, 전투하는 사람들이며, 아름다운 여자며, 이국적인 정취가 담긴 그림들이 황금색 틀에 넣어져 걸려 있었다. 이 세상 어디에 가서도 케이웨이의 집에 걸려 있는 것 같은 선명한 빛깔의 그림들은 볼 수 없을 것 같았다.

장식품들은 모두 섬세한 세공을 거친 것이었다. 괘종시계며, 음악상자, 고개를 까딱거리는 작은 인형들, 갖가지 그림으로 채워진 책들과 세계 곳곳의 진귀한 무기들이 놓여 있었다. 또한 케이웨이가 혼자 지내기 무료하지 않게 복잡한 퍼즐도 준비되어 있었다. 그런 방이었지만, 혼자서 감상하는 것만으로 만족할 사람이 없을 것이기 때문에 멋진 발코니는 온 동네 사람들이 다 와서 즐겨도 될 정도로 넓게 지어져 있었다. 케이웨이에겐 어느 것 하나 맘에 들지 않는 것이 없었다. 뒷문 밖 쉼터로 나가면 산바람이 산들산들 불어오는 사이로 과수원과 화단이 보였다. 정문 쪽 발코니에서는 바닷내를 맡으며 깎아지른 듯 뻗어 있는 절벽을 볼 수 있었고, 여객선 홀호가 일주일에 한 번 후케나와 펠레의 언덕 사이를 왕복하고 있는 모습도 한눈에 들어왔다. 정기적으로 범선들이 해안선을 따라서 나무며 아바, 바나나 등을 실어나르는 것도 볼 수 있었다.

전부 다 둘러본 후에 케이웨이와 로파카는 뒤뜰 쉼터에 앉았다.

"어때? 디자인한 그대로 된 거야?" 로파카가 말했다.

"말이 필요 없어. 내가 꿈꿔왔던 것 이상이야. 너무 좋아서 미치겠군." 케이웨이가 말했다.

"한 가지 남은 게 있어." 로파카가 말했다. "이 모든 게 너무 자연스럽게 됐어. 말하자면, 호리병 악마는 상관이 없는 듯 보이기도 해. 만약 내가 호리병을 샀는데 소원대로 범선을 얻지 못한다면, 난 바보가 되는 거잖아? 내가 네게 했던 약속은 기억해. 하지만 딱 한 가지만 더 확인하고 싶은데, 설마 거절하진 않겠지?"

"난 더 이상 악마에게서 아무것도 받지 않겠다고 맹세했어." 케이웨이가 말했다. "난 이미 너무 많은 걸 얻었네."

"아니, 내가 생각하는 건 뭘 얻자는 게 아냐." 로파카가 말했다. "그냥 악마를 보고 싶다는 거야. 그걸로 뭘 얻거나 하는 건 아니잖아. 그러니, 맹세를 어기는 것도 아니야. 딱 한 번만 악마를 보면, 난 확신을 할 수 있을 것 같아. 그러니, 내 부탁 한번 들어주게. 악마를 한번 보자구. 그 후엔…… 여기 돈 있네. 내가 호리병을 살게."

"한 가지 걱정되는 점이 있어." 케이웨이가 말했다. "악마는 아주 추하거나 무시무시할 수도 있어. 네가 한번 보고 난 후엔, 호리병을 사고 싶은 마음이 싹 달아날 수도 있잖아."

"약속은 꼭 지키겠네." 로파카가 말했다. "자, 돈을 자네와 나 사이에 두지."

"그럼 좋아. 나도 궁금했으니까." 케이웨이가 대답했다. "자, 호리병 악마야, 네 모습을 보여다오."

말이 떨어지기가 무섭게 악마는 비호처럼 눈 깜짝 할 새에 병 밖으로 나왔다가 다시 병 안으로 사라졌다. 악마를 본 케이웨이와 로파카는 돌처럼 굳어버렸다. 둘 다 아무런 생각을 할 수 없었다. 생각이 있었다 해도 말할 수 있을 것 같지 않았다.

그렇게 밤이 올 때까지 멍하니 앉아 있다가 로파카가 돈을 케이웨이 쪽으로 밀어주고 호리병을 집어들었다.

"약속한 건 지켜야지." 로파카가 말했다. "이 병을 손끝으로라도 건드리고 싶지 않지만, 약속은 약속이니까. 이제 내게 범선이 생기겠군. 주머니에도 돈이 좀 들어오겠지? 그럼, 될 수 있는 대로 빨리 이 악마를 팔아치우겠어. 사실, 악마의 모습을 보니 기가 꺾이는군."

"로파카, 날 진짜 나쁜 놈으로 생각하겠지만, 어쩔 수 없군. 나도 밤길이 험하고, 이런 늦은 시각에 자네가 무덤들 사이를 지나가는 게 걱정되는 건 사실이지만, 그 악마의 얼굴을 본 이후로 먹을 수도 잘 수도 기도할 수도 없어. 빨리 호리병이 내게서 멀어졌으면 좋겠네. 자, 여기 등불이 있어. 그리고 호리병을 넣을 바구니도 있고. 내 집에 있는 것 중에 그림이든 장식품이든 아무거나 갖고 싶은 것이 있으면 가져가도 돼. 자넨 지금 여길 떠나서 나히누와 함께 후케나에서 오늘 밤 자게나."

"케이웨이, 누구라도 그런 말 들으면 기분 나쁘겠지. 게다가 내가 약속을 지켜서 호리병까지 샀는데 말야. 악마가 담긴 호리병을 사는 죄를 짓고, 허리춤에 그걸 매고 가는 상황이라면, 누구라도 어두운 밤 무덤 사이로 난 길이 보통 때보다 열 배쯤은 위험할 거야. 난 지금 엄청나게 무서워. 하지만 어쨌든 자네를 탓할 생각은 없어. 그래, 떠날게. 자네가 이 집에서 행복하기를 하나님께 기원하네. 나도 운 좋게 범선을 가지고 행복하게 살았으면 좋겠어. 우리가 이 호리병과 악마에 얽혀들게 되었지만, 그렇더라도 우리 둘 모두 천국에 갔으면 좋겠어."

로파카는 그렇게 산을 내려갔다. 케이웨이는 앞쪽 발코니에 서서 다그닥 다그닥 하는 말발굽 소리를 들으며, 등불이 오솔길을 따라 내려가다가, 옛 왕들이 묻혀 있는 동굴들이 늘어서 있는 협곡을 지나서 사라져가는 것을 보았다. 그는 내내 양손을 깍지 끼고 떨리는 몸으로 자신의 친구를 위해 기도했다. 그리고 자신이 호리병에게서 벗어난 것을 하나님께 감사드렸다.

날이 밝자 햇살을 받아 환하게 빛나는 새 집을 보는 것만으로도 케이웨이는 너무나 즐거웠기 때문에, 그는 어느새 어제의 공포 따위는 까맣게 잊어버렸다. 하루 또 하루, 케이웨이는 영원히 누릴 것 같은 행복을 느끼며 새 집에서 살았다. 뒷문 밖 쉼터에 자신만의 공간을 마련해놓고, 거기서 호놀룰루 신문에 실린 기사를 읽기도 하고 식사도 하며 여가를 보냈다. 그러다가 손님이 오면 집 안으로 안내해 방들을 둘러보며 그림들을 감상했다. 케이웨이의 집은 점점 유명해졌다. 코나의 사람들은 카헤일누이(위대한 집)라고 불렀고, 때로는 '빛나는 집'이라고도 불렀다. 사람들이 그렇게 부른 이유는 케이웨이가 중국인 하인에게 하루 종일 쓸고 닦고 관리를 하게 해서 집 안의 유리, 금장식품들, 멋진 세공품들이며 그림들이 아침 햇살처럼 반짝이게 했기 때문이다. 방들을 거닐 때마다 케이웨이는 언제나 콧노래를 불렀고, 바다 위에 배가 지나가면 자신의 깃발을 꺼내 집 앞 깃대에 달아 펄럭이게 했다.

그렇게 평화로운 시간이 흐르던 어느 날, 케이웨이는 멀리 카일루아에 있는 한 친구네 집에 놀러 갔다. 잘 차려진 만찬을 대접받고, 자신의 아름다운 집을 보고 싶은 마음에, 다음 날 아침 일찍 친구 집을 출발해 말을 달렸다. 게다가, 그날 밤은 망자의 원혼이 코나를 떠도는 날이었기 때문에 케이웨이는 더 서둘러 출발했다. 악마와의 기억 때문에 케이웨이는 원혼에 관한 일에 더 민감했던 것이다. 호나우나우를 지나 한참 가다가 멀리 앞을 바라보니 바닷가에서 한 여자가 목욕을 하고 있었다. 젊은 여자였지만, 그는 별로 신경 쓰지 않았다. 그러나 점점 가까워짐에 따라 케이웨이는 그녀가 입은 흰 가운이 바람에 펄럭이고 있고, 옆에는 빨간 홀로쿠*가 놓여 있는 것을 보게 되었다. 이윽고 케이웨이가 그녀 바로 앞에 다다랐을 때엔, 그녀는 이미 목욕을 끝낸 후 바닷가로 올라와 빨간 홀로쿠를 입고, 길가로 나와 서 있었다. 목욕을 막 마친 신선한 모습의 그녀가 착해 보이는 맑은 두 눈을 반짝였다. 그런 그녀의 모습에 케이웨이는 말을 멈췄다.

"제가 이곳 사람들을 다 안다고 생각했었는데," 케이웨이가

---

*여자들이 입는 겉옷.

그녀를 향해 입을 열었다. "당신 같은 분을 모르고 있었네요."

"저는 코쿠아라고 합니다. 키아노의 딸이죠." 그녀가 말했다. "오아후에서 이제 막 돌아왔어요. 그런데, 당신은 누구죠?"

"지금 말고, 나중에 제가 누군지 말씀드리죠. 제게 생각이 있어서 그러는 것이니까 이해해주시기 바랍니다." 케이웨이가 말에서 내리며 말했다. "제가 지금 누구라고 말씀드리면, 아, 그 사람이구나, 하실 겁니다. 그리고 불편해할 수도 있어요. 그 전에, 한 가지만 물어봐도 될까요? 결혼하셨습니까?"

코쿠아가 명랑하게 웃었다. "내 질문에는 대답도 않으시는군요. 당신은 결혼하셨나요?"

"아직입니다, 코쿠아. 전 아직 결혼하지 않았습니다." 케이웨이가 대답했다. "저는 지금까지 결혼을 생각해본 적이 한 번도 없었습니다. 그런데 지금 모든 게 분명해졌습니다. 집에 가는 길에 이렇게 당신을 만났습니다. 그리고 별처럼 반짝이는 당신의 눈을 보는 순간 당신이 제 맘에 화살처럼 꽂히는 걸 느낍니다. 그러니, 만약 제가 전혀 맘에 없다면 지금 얘기해주세요. 그냥 가던 길을 가겠습니다. 하지만 만약 다른 젊은이에 비해 제가 부족하다고 생각지 않는다면, 솔직히 말해주십시오. 그럼 저는 말을 돌려 당신 아버지의 집에서 하룻밤 묵어가겠습니다. 그리고 내일 그분과 함께 얘기를 좀 하고 싶습니다."

코쿠아는 한마디도 하지 않았다. 단지 바다를 바라보며 미소 짓고 있을 따름이었다.

"코쿠아," 케이웨이가 말했다. "아무 말도 않는다면, 좋은 뜻으로 해석하겠습니다. 그럼 이제 당신 아버지의 집으로 가도 되는 거죠?"

그녀는 나풀거리는 모자 끈을 장난스레 입에 물고 앞장서서 걸으며 간혹 흘긋 뒤를 돌아보거나 먼 곳을 바라보거나 할 뿐 말은 걸어오지 않았다.

코쿠아의 집 앞에 도착하자 키아노가 베란다로 나와 케이웨이의 이름을 부르며 반겼다. 케이웨이의 이름을 듣고 그녀는 그를 다시 한번 쳐다봤다. 케이웨이의 위대한 집에 대한 명성은 그녀도 익히 들어서 알고 있었던 것이다. 확실히 그것은 굉장한 유혹이었다. 그들은 그날 저녁 내내 즐거운 시간을 보냈다. 영특하고 재치 있는 그녀는 케이웨이를 놀리기도 하며 부모도 놀랄 정도로 거리낌 없이 웃고 떠들었다. 다음 날 케이웨이는 키아노와 얘기를 나누다가 그녀가 아직 미혼이라는 걸 알았다.

"코쿠아," 케이웨이가 말했다. "어제 저녁 내내 당신은 날 놀려댔었죠. 만약 나를 좋아하지 않는다면 지금이라도 그냥 가라고 하세요. 내가 누구인지 당신에게 말 안 했던 건, 내가 가진 집이 너무 좋기 때문입니다. 당신이 그 집에 마음이 뺏겨, 당신을 사랑하는 사람에겐 더 이상 줄 마음도 없지 않을까 걱정했던 겁니다. 이제 당신은 모든 걸 다 알게 됐습니다. 더 이상

날 보고 싶지 않다면, 지금 말해주세요."

"아니에요." 웃음을 거둔 코쿠아가 정색을 하며 말했다. 케이웨이는 더 이상 물어보지 않아도 된다고 생각했다.

그렇게 케이웨이는 청혼을 했다. 그리고 시위를 떠난 화살처럼, 총구를 떠난 총알처럼 모든 일들이 일사천리로 진행됐다. 일은 빠르게, 그리고 착착 진행되었다. 예비 신부의 머릿속엔 케이웨이에 대한 생각으로 가득했다. 용암 절벽 밑으로 부서지는 파도 소리 사이로 그의 목소리가 들리는 듯했다. 그를 본 건 단지 한 번뿐이지만, 이제 케이웨이와 같이 지내기 위해 아빠와 엄마와 자기가 태어난 섬의 사람들을 떠나야 하는 것이다.

한편 케이웨이는 말을 타고 무덤의 계곡 아래 산길을 올라가고 있었다. 말발굽 소리와 기쁨에 겨운 케이웨이의 노랫소리가 죽은 자들이 묻힌 동굴에 메아리쳐 울리고 있었다. 그는 노래를 계속 부르며 자신의 빛나는 집에 들어섰다. 그는 넓은 발코니에 앉아 식사를 했는데, 입에 음식물이 없을 때마다 노래를 부르는 걸 보고 중국인 하인이 의아해할 정도였다. 바다 위로 해가 지고, 밤이 찾아왔다. 케이웨이는 램프를 들고 발코니를 걸었다. 산 위로, 그리고 바닷가의 배에 있는 선원에게까지 그가 부르는 노랫소리가 퍼져 나갔을 것이다.

"지금이 내 인생의 절정이구나!" 그는 자신에게 말했다. "이보다 더 좋을 순 없을 거야. 산꼭대기까지 올라온 느낌이다. 사방에 내리막길만 보이는구나. 오늘은 처음으로 방 전부에 불을 켜야지. 그리고 최상의 욕조에 뜨거운 물과 찬물을 받아놓고, 목욕을 해야겠다. 그리고 신방을 차릴 침대에서 자야겠다."

중국인 하인은 자다 말고 일어나서 주인의 명령대로 난로에 불을 지폈다. 그는 아래층으로 내려가 난로 옆을 지나가며 불이 환하게 켜진 위층 방에서 들려오는 흥에 겨운 주인의 노랫소리를 들었다. 물이 뜨겁게 데워지기 시작하자 하인은 주인을 소리쳐 불렀다. 케이웨이가 욕실에 들어왔다. 하인은 대리석 욕조에 물을 부으며 주인이 노래하는 걸 계속 들었다. 그런데 노래가 조금 더 계속되다가 케이웨이가 옷을 벗을 때쯤 별안간 뚝 끊겼다. 갑자기 주인이 노래를 멈춘 것이다. 중국인 하인은 의아해하며 귀를 기울였다. 그는 케이웨이를 큰 소리로 부르며 괜찮은지 물었다. 케이웨이가 그에게 대답했다. "괜찮아." 그러고는 하인에게 들어가 자라고 말했다. 하지만 그 이후로 빛나는 집에서는 더 이상 노랫소리가 새어 나오지 않았다. 하인은 발코니를 쉬지 않고 왔다 갔다 하는 주인의 발소리를 밤새도록 들었다.

사실은 이랬다. 케이웨이가 목욕을 하기 위해 옷을 벗었을 때, 그는 자신의 몸에 바위에 끼는 이끼처럼 얼룩이 생긴 것을 발견했다. 바로 그때 노래를 멈춘 것이었다. 그는 그 얼룩을 보며 자신이 어떤 병에 걸렸다는 걸 직감했다. 다름 아닌 열대성 문둥병에 걸린 것이다.

이런 병에 걸리는 건 누구에게나 괴로운 일이었다. 더군다나 이렇게 아름답고 아늑한 집과 모든 친구들을 버려두고, 깎아지르는 절벽과 바다 쪽조차 암초에 에워싸여 고립되어 있는 몰로카이의 북쪽 해변으로 보내진다는 건 슬픈 일이었다. 그런데 왜 하필 케이웨이가 이런 병에 걸려야 하는가. 그는 어제 막 자신의 사랑을 만났고, 오늘 아침에야 그녀를 얻었다. 그런데 이제 그의 모든 희망이 산산이 부서지고 있는 것이다. 한순간에 부서지는 유리처럼.

그는 한동안 욕조의 한쪽 끝에 앉아 있었다. 그러다가 울부짖으며 벌떡 일어나 밖으로 나왔다. 절망에 빠진 케이웨이는 밤새도록 발코니를 서성였다.

'내 조상이 살아온 하와이를 떠나는 건 그리 큰 문제는 아니야.' 케이웨이는 생각했다. '전망 좋은 산 중턱에 자리잡은 수많은 유리창이 달린 이 집을 떠나는 것도 역시 큰 문제는 아니지. 지금까지 뿌리내리고 살았던 이곳을 떠나 저 먼 곳 몰로카이나 절벽 옆의 칼라우파파에 가서 문둥병자들과 먹고 자고 하는 것도 할 수 있어. 그렇지만 도대체 내가 뭘 잘못했는데? 내가 무슨 큰 죄를 저질렀단 말인가? 차라리 어젯밤에 바닷가에서 아름다운 코쿠아를 만나지 못했다면 좋았을 것을! 아, 코쿠아 당신이 내 영혼을 사로잡아버렸는데……. 당신은 내게 빛과 같이 다가왔지. 이제 당신과는 결코 결혼하지 못하겠지? 다신 쳐다볼 수도 없을 거야. 그 사랑스런 손을 잡아볼 수조차 없다니. 이 모든 것이 날 괴롭히는군. 당신 없는 이 괴로움. 오, 코쿠아! 이 애통함을 누구에게 하소연한단 말이오?"

여기서 우리는 잠시 케이웨이가 어떤 사람인지 살펴볼 필요가 있다. 다른 사람들에게 자신의 병을 숨기고 앞으로 계속 빛나는 집에서 살 수 있다 하더라도 결국 코쿠아를 잃어야만 한다면, 그건 그에게 전혀 중요하지 않았다. 아니면 더러운 양심을 가진 사람들이 흔히 그렇게 하듯, 예정대로 코쿠아랑 결혼할 수는 있을 것이다. 하지만 케이웨이의 사랑은 숭고했다. 그는 그녀를 아프게 하거나 그럴 가능성조차 두고 싶지 않았다.

자정이 조금 지난 후, 그의 마음에 호리병이 떠올랐다. 뒷문 쪽 쉼터로 걸어가며 악마가 나타났던 날의 일을 다시 떠올렸다. 갑자기 등골이 오싹해지는 것 같았다.

'호리병을 생각만 해도 소름이 끼치는군.' 케이웨이는 생각했다. '악마는 더 소름 끼쳐. 게다가 지옥불에 떨어질 수도 있다는 건 생각만 해도…… 그렇지만 내 병을 치료하고 코쿠아와 결혼하기 위해선 다른 희망이 없잖은가. 그래! 단지 집을 얻기 위해서도 악마를 만났는데, 코쿠아를 얻기 위해서라면 당연히 감수해야지.'

그 순간 케이웨이의 머릿속에 여객선 홀호가 호놀룰루로 돌아오는 길에 이곳에 들르는 날이 바로 내일이란 데에 생각이 미쳤다. '일단 거기부터 시작해야지. 로파카를 만나봐야겠어. 이제 내게 남아 있는 최선의 희망이란 내가 팔아버리고 그렇게 기뻐하던 그 호리병을 다시 찾는 것이란 말인가……'

케이웨이는 밤새도록 눈을 붙일 수가 없었고 음식을 목구멍으로 넘길 수도 없었다. 키아노에게 편지를 써서 보내고, 여객선이 도착할 시간에 맞춰 무덤의 절벽 아래로 말을 몰았다. 비가 왔다. 비에 젖은 말은 점점 힘들게 걸음을 뗐다. 케이웨이는 고개를 들어 검은 아가리를 벌리고 있는 동굴들을 바라봤다. 도리어 죽은 자들이 부러운 생각이 들었다. '죽어서 저기 잠들어 있으니 저들은 아무 걱정도 없겠지.' 어제 그 길을 자신이 얼마나 기뻐하며 말을 달렸는지에 생각이 미치자 그는 소스라치게 놀랐다. 케이웨이가 후케나에 도착했을 때, 항상 그렇듯 섬 사람 전부가 다 증기여객선을 타기 위해 모인 것 같았다. 사람들은 상점 옆 빈 창고 건물 안에 모여 앉아, 농담도 하고 소식도 전하고 있었다. 케이웨이의 마음은 오직 한 가지 생각으로 가득 차서 아무 말도 할 수 없었다. 그냥 사람들 가운데 앉아서 바깥에 비가 내리는 걸 멍하니 쳐다보고 있었다. 파도가 항구 주변의 바위를 세차게 때리고 있는 걸 바라보며 케이웨이는 목에까지 한숨을 내쉬었다.

"빛나는 집의 케이웨이가 오늘은 정신 나간 사람 같네." 사람들이 수군댔다. 이상할 게 없었다. 사실이 그랬으니까.

그때 여객선 홀호가 왔다. 그 배는 예전엔 고래잡이 배로 쓰였을 법하게 양 끝이 뾰족한 모양이었다. 케이웨이는 배에 올랐다. 배의 뒤편에는 항상 그렇듯, 화산을 구경하러 온 하올레인들(백인들)로 가득했다. 배의 중간에는 카나카 사람들이 북적댔고, 뱃머리 쪽에는 힐로에서 온 야생 황소와 카우에서 온 말들이 있었다. 케이웨이는 슬픈 생각에 잠겨, 그들 모두로부터 떨어져 앉아서, 지나는 길에 키아노의 집이 보이나 멀리 바라보고 있었다. 드디어 해안가의 검은 바위들 위에 낮게 지어진 코쿠아의 집이 보였다. 코런 야자나무 그늘이 집에 드리워져 있고, 문 바로 옆에는 손톱만큼 작게 빨간 홀로쿠를 입고 있는 코쿠아가 보였다. 그녀는 개미처럼 이쪽 저쪽으로 바쁘게 움직이고 있었다. "아, 나의 여왕. 당신을 얻기 위해 난 영혼조차 내던지려고 합니다." 케이웨이가 울부짖었다.

곧 어둠이 내려앉았다. 객실에 불이 켜지기 시작했고, 항상 그렇듯 하올레인들이 모여 앉아 위스키를 마시며 카드놀이를 했다. 하지만 케이웨이는 밤새 갑판을 걸어다녔다. 그 다음 날도 마찬가지였다. 증기선이 마우이 초원 아래, 혹은 몰로카이 초원 아래에 멈췄지만, 그는 우리에 갇힌 야생 동물처럼 사방으로 서성일 뿐이었다.

저녁 무렵에 배는 다이아몬드 헤드를 지나가고 있었다. 그리고 호놀룰루 항구에 도착했다. 케이웨이는 다른 사람들에 섞여 배에서 내리자마자 로파카에 대해 수소문하기 시작했다. 로파카는 이미 이 근처 섬에서는 가장 좋은 범선의 소유자로 잘 알려져 있었다. 그가 지금 멀리 폴라폴라 또는 카히키까지 탐험을 떠난 후였기 때문에 로파카에게는 아무런 도움도 받을 수 없었다. 케이웨이는 로파카의 친구인 변호사 한 사람을 생각해냈다(여기서 그의 이름을 밝힐 수는 없다). 사람들 말에 의하면 그 변호사는 어느 날 갑자기 부자가 되더니 와이키키 해변에 훌륭한 새 집을 지었다는 것이었다. 케이웨이의 머릿속엔 한 가지 생각이 스쳐 지나갔다. 그는 마차를 타고 변호사의 집으로 향했다.

모든 것이 새것으로 치장된 집이었다. 정원의 나무들은 허리 높이로 잘 다듬어져 있었고, 걸어나오는 변호사의 모습에서 행복에 젖어 있는 느낌을 받을 수 있었다.

"무슨 일이시죠?" 변호사가 물었다.

"로파카의 친구시죠?" 케이웨이가 말했다. "로파카가 저에게서 물건을 하나 샀는데, 제 생각에 당신이 그 물건의 행방을 알 것 같은데요."

변호사의 얼굴이 흙빛으로 변했다. "무슨 말인지 모르는 척하지는 않겠습니다, 케이웨이 씨. 다시 생각하고 싶지도 않은 불쾌한 일이지요. 그게 어디 있는지 지금 제가 모른다는 건 케이웨이 씨도 이해하시리라 믿습니다. 다만 제가 말씀드릴 수 있는 건, 당신이 그 병에 대해 알 수 있는 동네를 말씀드리죠."

하지만, 그는 결국 한 남자의 이름을 말했고, 그 다음, 그 다음…… 더 이상은 말을 하지 않아도 알 것이다. 그렇게 며칠이 흘렀다. 케이웨이는 이 사람 저 사람을 찾아다녔다. 가는 곳마다 새 옷이며, 마차며, 훌륭한 새 집이며, 행복에 겨운 사람들을 볼 수 있었다. 물론 케이웨이가 왜 왔는지를 넌지시 비치는 순간 그들의 얼굴은 하나같이 구름이 끼듯 흐려졌지만 말이다.

'내가 제대로 찾아가고 있는 거야.' 케이웨이는 생각했다. '새 옷이며 새 마차가 모두 그 작은 악마의 선물이겠지. 기쁨에 겨운 얼굴들은 호리병에게서 원하는 걸 다 얻고 그 저주스런 물건을 아무 탈 없이 처리해버린 데서 나오는 거겠고. 파리한 얼굴을 하고 한숨만 내쉬는 사람을 찾는다면, 바로 거기에 호리병이 있다는 뜻일 거야.'

마침내 케이웨이는 베리타니아 거리에 사는 한 하올레인에게까지 이르렀다. 저녁나절쯤 되었을까? 그가 문에 다다른 순간 한눈에도 새 집인 걸 알 수 있었다. 정원도 조성된 지 얼마 안 돼 보였고, 창문에선 전깃불이 새어 나오고 있었다. 주인의 모습을 보는 순간, 희망과 동시에 공포의 충격이 케이웨이를 엄습했다. 주인은 젊은 사람이었는데 마치 송장처럼 창백했고, 눈은 퀭하니 들어갔으며, 머리카락도 많이 빠져 있었다. 마치 교수대에 처형될 날을 기다리는 사형수의 모습을 보는 듯했다.

'분명하군. 여기야.' 케이웨이는 생각했다. 그러고는 단도직입적으로 자신이 왜 왔는지를 얘기했다. "그 호리병을 사려고 왔습니다."

이 말을 듣자, 그 젊은이는 흠칫 놀라며 벽으로 물러섰다.

"호리병을?" 그는 신음처럼 내뱉었다. "그 병을 사겠단 말입니까?" 그는 사레가 들린 듯 캑캑거리다가 케이웨이의 팔을 잡았다. 케이웨이를 데리고 방에 들어가더니 포도주를 두 잔 따랐다.

"포도주 감사합니다." 케이웨이는 하올레 풍습대로 정중하게 고마움을 표시했다. "그건 그렇고, 저는 그 병을 사려고 왔습니다. 지금 가격이 얼맙니까?"

그 말을 듣고 젊은이는 무의식중에 손에서 잔을 놓쳐버렸다. 그리고 마치 유령처럼 케이웨이를 올려다봤다.

"가격……." 그가 말했다. "가격이라고! 당신은 지금 그 병이 얼만지 모른단 말이군요."

"모르니까 물어보는 겁니다." 케이웨이가 대답했다. "왜 그렇게 민감하십니까? 가격에 뭐 잘못된 거라도 있습니까?"

"당신이 살 때보다 엄청나게 떨어졌습니다, 케이웨이 씨." 젊은이는 더듬거리며 말했다.

"예, 압니다. 당신이 산 것보다 더 싸게 사야겠지요." 케이웨이가 말했다. "당신은 얼마를 주고 샀습니까?"

젊은이는 종잇장처럼 하얗게 됐다. "2센트."

"뭐라고요?" 케이웨이는 소리쳤다. "2센트? 그럼 당신이 그걸 한 사람에게 팔면 이제 끝이란 얘깁니까? 그걸 산 사람은······." 케이웨이는 말을 끝맺을 수가 없었다. 그걸 사면 다시는 팔 수 없을 것이다. 호리병과 병 속의 악마는 그가 죽을 때까지 따라다닐 것이다. 그리고 죽은 후에는 지옥의 시뻘겋게 타오르는 불에 빠뜨리겠지.

젊은이는 무릎을 꿇고 애원했다. "제발 그 병을 사주세요! 그렇게만 해준다면, 제 모든 걸 드리겠습니다. 그 가격에 호리병을 살 때, 난 제정신이 아니었어요. 저는 상점의 돈을 횡령했었습니다. 그 병을 사는 것 말고 다른 방법은 생각할 수 없었어요. 꼼짝없이 감옥에 갈 처지였으니까요."

"불쌍한 사람 같으니라고." 케이웨이가 말했다. "당신은 궁지에 몰려 영혼을 저당잡히면서도 자신이 저질러 놓은 일에 대한 합당한 처벌을 피해보려 했다는 건가? 게다가 내가 사랑을 앞에 두고 망설일 거라고 생각하고 있군. 내게 병을 줘. 그리고 잔돈도. 이미 준비해놨을 거라 생각하는데. 여기 5센트가 있어."

케이웨이가 생각한 대로 젊은이는 서랍에 이미 잔돈을 준비해놓고 있었다. 병이 건네졌고, 케이웨이는 호리병을 쥐자마자 자신의 몸이 깨끗해지기를 기원했다. 그가 집에 돌아와 방에 있는 거울 앞에서 옷을 다 벗었을 때, 당연히 그의 몸은 아기 피부처럼 뽀얗게 변해 있었다. 하지만 이상한 일은 자신에게 생긴 기적을 확인하자마자, 열대성 문둥병에 대한 걱정을 자신이 언제 했었나 싶어질 정도로 마음이 바뀌는 것이었다. 코쿠아에 대한 생각도 거의 나지 않았다. 단지 머릿속은 이제 꼼짝없이 영원히 호리병의 악마에 붙들렸구나, 하는 생각뿐이었다. 지옥의 불구덩이에 빠져 영원히 괴로워하며 끊임없이 불타고 있는 숯덩이 같겠구나, 하는 생각뿐이었다. 맘속 가득 지옥불이 보이는 듯했고, 영혼은 짓눌려 빛은 사라지고 어둠이 뒤덮은 듯했다.

잠시 후 케이웨이가 정신을 차렸을 때, 호텔에서 밴드가 연주하고 있는 소리를 들을 수 있었다. 그는 혼자라는 것이 두려워 소리가 들리는 쪽으로 갔다. 행복해 보이는 얼굴들 사이로 이리저리 오가며 음악이 흐르는 걸 듣고 있었다. 버거가 밴드를 지휘하고 있는 게 보였다. 그동안에도 케이웨이는 탁탁 소리를 내며 불꽃이 타오르는 환청을 들었다. 붉은 불꽃이 무저갱에서 타오르는 것도 보이는 듯했다. 그때 갑자기 밴드가 〈히키아오아오〉를 연주하기 시작했다. 바로 코쿠아와 함께 불렀던 노래였다. 그 노래를 듣자 다시 용기가 났다.

'다 끝난 일이야.' 케이웨이는 생각했다. '한 번 더 악마의 힘을 빌려 소원을 이뤄봐야지.'

그는 첫 증기선을 타고 하와이로 돌아왔다. 그리고 가능한 한 서둘러서 코쿠아와 결혼식을 올리고, 산 중턱의 빛나는 집에 그녀를 데리고 왔다.

케이웨이와 코쿠아의 다음 이야기는 이러했다. 케이웨이는 코쿠아와 함께 있을 때는 마음의 평정을 찾다가 혼자 있게 되면 공포에 잠겨 탁탁거리는 불꽃 소리를 듣거나 무저갱에서 타오르는 붉은 화염을 보는 것이었다. 반면에 그녀는 완전히 케이웨이에 빠져 있었다. 그의 모습이 보이기만 하면 가슴이 뛰었고, 그녀는 기뻐하며 그의 손을 잡았다. 그녀는 머리카락부터 발끝까지 예쁘게 꾸미고 있었기 때문에 그녀를 보기만 해도 사람들은 즐거워했다. 그녀는 천성적으로 명랑했다. 항상 좋은 말을 하고 다녔고, 노래가 끊이지 않았다. 꾀꼬리처럼 노래하며 밝은 집을 거니는 그녀를 보면 삼층 집 전체에서 가장 아름다운 존재라는 생각이 들었다. 케이웨이도 그녀를 볼 때나 노랫소리를 들을 때는 기뻐하며 웃음 지었다. 하지만 잠시 후면 그녀가 안 보이는 한쪽 구석으로 가서 자기가 그녀를 위해 지불해야 했던 대가를 생각하며 울음을 터뜨리고 끙끙 앓았다. 그러고 나서 다시 눈물을 닦고 세수를 한 후, 넓은 발코니로 나가 그녀와 함께 앉는 것이었다. 그녀의 노래를 따라 부르고, 상한 심령이었지만 그녀의 미소에 화답하는 것이었다.

그러나 결국 그녀의 발걸음도 점점 무거워지고 노랫소리도 사라져갔다. 이제 한쪽 구석에서 우는 건 케이웨이뿐만이 아니었다. 두 사람은 서로를 피해 발코니의 반대편에 멀리 떨어져서 앉아 있게 됐다. 케이웨이는 너무 낙심한 나머지 코쿠아에게 어떤 변화가 있는지도 거의 알아채지 못했다. 단지 좀 더 많은 시간을 혼자 보내며 자신의 저주스런 운명을 한탄하고, 찢어지는 마음으로 억지 미소를 짓지 않아도 된다는 게 다행이라고 생각할 따름이었다. 그러던 어느 날, 케이웨이는 집 안 어디선가 부드럽게 들려오는 어린아이의 흐느끼는 것 같은 소리를 듣게 되었다. 코쿠아가 고개를 무릎 사이에 파묻고 길 잃은 아이처럼 울고 있는 것이었다.

"코쿠아, 당신이 요즘 자주 우는데, 무슨 일이지?" 케이웨이가 말했다. "당신이 행복해질 수 있다면 난 내 목숨이라도 바칠 수 있어."

"행복이요?" 그녀가 소리쳤다. "케이웨이, 당신이 이 밝은 집에 혼자 살 때, 섬 사람들 모두 당신을 행복한 사람이라고 불렀어요. 당신에게서 웃음소리와 노래가 끊이지 않았고, 당신 얼굴은 아침 햇살처럼 밝게 빛났었죠. 그런 당신이 불쌍한 코쿠아와 결혼한 거예요. 도대체 내게 무슨 문제가 있는 거죠? 우리가 결혼한 날부터 당신에게서 미소가 사라졌어요. 도대체 저한테 부족한 게 뭔가요? 전 제가 예쁘다고 생각했어요. 당신을 사랑했고요. 당신 얼굴에 구름이 가득 끼게 된 건 저 때문인가요?"

 "불쌍한 코쿠아." 케이웨이가 그녀 옆으로 다가가 앉으며 말했다. 그녀의 손을 잡아주려고 찾았지만, 그녀는 손을 잡아뺐다. "불쌍한 코쿠아, 내 사랑, 나의 어여쁜 사람. 그저 당신을 슬프게 하고 싶지 않았을 따름이야. 이렇게 된 이상 다 말할게. 당신이 알게 되면 적어도 날 불쌍하게 여길 거야. 그리고 내가 지옥에 떨어지는 것도 마다하지 않고 당신을 얼마나 사랑했는지 이해하겠지. 저주받은, 불쌍한 사람이 되어버린 내가, 지금도 당신을 얼마나 사랑하고 있으면 이렇게 당신을 보며 아직까지 미소를 지을 수 있는지를 이해하게 될 거야."

 그렇게 말하며 그는 그녀에게 모든 것을 남김없이 얘기했다.

 "저 때문에 그렇게까지……." 그녀는 울먹였다. "아, 그런데 제가 망설일 게 뭐가 있겠어요!" 그녀는 그를 꼭 안고 기대어 울었다.

 "아, 내 사랑! 지옥불을 생각하더라도 난 내가 잘했다고 생각해." 케이웨이가 말했다.

 "그런 말 하지 마세요." 그녀가 말했다. "아무 잘못 없이 단지 코쿠아를 사랑했다는 이유만으로 그렇게 될 수는 없어요. 케이웨이, 이것만은 말할 수 있어요. 제가 이 두 손으로 당신을 구해내겠어요. 그러지 못하면 당신과 함께 멸망의 길을 가겠어요. 당신은 날 사랑했고 자신의 영혼을 내줬어요. 그 보답으로 제가 당신을 위해 죽지 못할 거라고 생각하시나요?"

"아, 내 연인. 당신은 백 번이라도 날 위해 죽을 수 있을 거요. 하지만 아무것도 달라지는 건 없어." 그가 소리쳤다. "심판의 날을 내가 홀로 외로이 기다려야 한다는 것만 다른 점이겠지."

"하나는 알고 둘은 모르시는군요." 그녀가 말했다. "전 호놀룰루의 학교에서 교육받았어요. 무식한 여자가 아니랍니다. 그런 제가 나의 사랑을 구하겠다고 말하고 있는 거예요. 당신이 1센트에 대해 뭐라고 말했죠? 이 세상엔 미국 돈만 있는 게 아녜요. 영국에는 파딩이란 동전이 있죠. 그건 1센트의 반밖에 안 돼요. 아, 그건 호리병을 살 사람의 영혼이 멸망하니 거의 나을 게 없죠. 아마 내 사랑 케이웨이처럼 용감한 사람을 찾기는 어려울 거예요. 하지만 프랑스가 있어요. 거기엔 상팀이란 작은 동전이 있죠. 5상팀이 1센트 정도 돼요. 그보다 더 나은 데는 없을 거예요. 자, 케이웨이. 프랑스령 섬으로 가요. 타히티가 좋겠군요. 최대한 빨리 배를 타고 가요. 4상팀, 3상팀, 2상팀, 1상팀…… 거기서는 네 번을 팔 수 있는 거예요. 우리 둘이 힘을 합쳐서 한번 사람들을 설득해봐요. 내 사랑 케이웨이! 내게 키스해줘요. 걱정일랑 날려버려요. 이제 코쿠아가 당신을 지켜줄 거예요."

"당신은 하나님의 선물이야!" 그는 소리쳤다. "이렇게 사랑스런 당신을 원했다고 해서 하나님이 내게 벌을 내리시지는 않을 거야. 당신 말대로 할게. 어디든 당신 가자는 대로 가지. 당신 손에 내 삶과 구원이 달려 있어."

다음 날 일찍 코쿠아는 거의 준비를 끝내고 있었다. 그녀는 케이웨이가 항해를 떠날 때 가지고 다니곤 했던 궤짝을 꺼냈다. 그녀는 우선 호리병을 한쪽 구석에 집어넣었다. 그리고 가장 부유해 보이는 옷과 집 안에서 제일 훌륭한 장식품들을 챙겼다. "아주 부유한 사람들로 보여야 해요. 안 그러면 누가 우릴 믿고 호리병을 사겠어요?" 준비하는 내내 그녀는 종달새처럼 즐거워했다. 오직 케이웨이를 올려다볼 때만 그녀의 눈에서 눈물이 솟아올랐고, 그에게로 달려가서 키스를 했다.

케이웨이는 마음에서 큰 부담을 덜었다. 이제 자신의 비밀을 함께할 사람이 생긴 것이다. 그리고 자신의 앞에는 희망도 생겼다. 그는 새사람 같았다. 발걸음은 경쾌했고, 숨소리조차 가벼워졌다. 하지만 그의 주위엔 아직 공포가 남아 있었다. 게다가 바람이 휙 불더니 작은 촛불을 끄고 말았다. 다시금 희망이 사그라들었다. 그의 눈에 다시 붉게 이글거리는 지옥 불꽃이 보였다.

섬 사람들에게는 미국으로 여행을 떠난다고 알렸다. 사람들은 이상하게 생각했지만, 누군가 사실을 안다면 이상할 것도 없는 일이었다. 그들은 여객선 홀호를 타고 호놀룰루에 갔고, 우마티아호를 타고 하올레 사람들 사이에 끼여 샌프란시스코에 다다랐다. 샌프란시스코에서는 열대새라는 이름의 편지 운반 범선을 타고 남쪽 섬들 중에서 프랑스령으로는 제일 큰 파핏이라는 곳으로 향했다. 그렇게 무역풍을 등 뒤로 받으면서 화창한 날씨 속에 즐거운 항해를 하고 파핏에 도착했다. 그곳에는 산호초가 보이는 연해와 파도가 부서지는 바닷가가 있었고, 야자나무와 함께 항구도시 모투디가 보였다. 범선이 해안선을 따라 운행하자 푸른 나무들 사이로 해안선을 따라 마을을 이루고 있는 하얀 집들이 보였다. 구름이 산 중턱에 걸쳐 있는 지혜의 섬 타히티였다.

케이웨이와 코쿠아는 일단 집을 얻는 것이 현명한 일이라고 판단했다. 돈이 많다는 것을 과시하기 위해서 집은 영국 영사관 맞은편에 얻었다. 말과 마차도 그런 의도에서 갖췄다. 이 정도는 호리병이 있는 한 식은 죽 먹기였다. 코쿠아는 케이웨이보다 더 대담해서 필요할 때마다 악마에게 20달러나 100달러 등을 받아냈다. 이런 속도로 가다 보니, 그들은 순식간에 마을에서 유명해졌다. 하와이에서 온 이방인들이 타고 다니는 거며, 멋진 홀로쿠스며, 코쿠아의 비싼 레이스며 하는 것들은 순식간에 사람들의 입에 오르내렸다.

그들은 일단 하와이 말과 비슷한 타히티의 언어를 익혔다. 몇몇 철자만 다른 정도였기 때문에 어렵지 않았다. 자유롭게 의사 표시가 가능해지자, 적극적으로 호리병을 팔러 다니기 시작했다. 당신도 짐작하다시피 참 말을 꺼내기가 쉽지 않은 일이었다. 건강과 부의 마르지 않는 원천을 단 4상팀에 팔겠다고 하는 것을 진지하게 받아들이는 사람들은 없었다. 게다가 호리병의 위험 또한 설명해야 했다. 사람들은 하나도 믿을 수 없다며 웃어넘기거나 부정적인 측면에 너무 집착했다. 그들은 위험하다는 생각에 사로잡혀 악마와 관계가 있는 케이웨이와 코쿠아로부터 멀리하려고 했다. 사람들을 설득하는 데 진전이 있기는커녕, 케이웨이와 코쿠아는 이 두 가지 이유로 사람들에게서 따돌림을 당했다. 아이들은 그들을 보면 비명을 지르며 도망쳤는데, 그건 코쿠아에게 견디기 힘든 일이었다. 그들이 지나가면 천주교인들은 십자가를 그어 보였고, 한 사람 한 사람 접촉을 시작한 것이 결국 모두 다 그들과 만나고 싶어 하지 않게 만들었다.

그들은 매우 낙담했다. 하루 종일 헛수고만 한 다음, 그들은 집에서 한숨도 못 자고 뜬눈으로 밤을 새웠다. 둘은 한마디도 하지 않고 하루 종일 걱정만 하거나, 갑자기 울음을 터뜨리는 코쿠아에 의해 암울한 침묵이 깨지곤 했다. 때로 그들은 같이 기도를 하거나, 호리병을 마루에 꺼내놓고 저녁 내내 앉아서 병 속의 그림자가 어떻게 움직이나 쳐다봤다. 그럴 때면, 그들은 두려워서 편히 쉴 수도 없었다. 잠들기까지 오래 걸렸고, 깜빡 졸면 오래지 않아 어둠 속에서 소리 죽여 울고 있는 상대방의 소리에 깨어나곤 했다. 아니면 문득 잠에서 깨어 보면, 다른 한 명은 호리병이 있는 집을 떠나 밖으로 나가서 정원의 바나나무 밑을 걷거나, 달빛을 받으며 해안을 방황하고 있는 것이었다.

코쿠아가 깨어났던 그날 밤이 그랬다. 케이웨이는 나가고 없었다. 그녀는 케이웨이가 누웠던 자리를 만져보았다. 차가웠다. 갑자기 공포가 밀려오는 걸 느꼈다. 그녀는 침대에 일어나 앉았다. 희미한 달빛이 덧문을 통해 들어왔다. 달빛에 비쳐 밝아진 방과 마루에 있는 호리병까지 선명하게 보였다. 바깥엔 바람이 세차게 불어서 길가에 심어진 큰 나무들은 을씨년스런 소리를 내고, 낙엽들은 베란다에서 바스락거렸다. 코쿠아는 그 소리 가운데서 한 가지 이상한 소리를 들을 수 있었다. 짐승 소리 같기도 하고, 남자 소리 같기도 했다. 처량하기 그지없는 그 소리가 죽음처럼 그녀의 영혼을 찔렀다. 그녀는 조용히 일어났다. 가만히 문을 열고 달빛이 비치는 앞마당을 내다봤다. 바나나무 밑에 케이웨이가 웅크리고 있었다. 얼굴이 땅에 닿을 정도로 구부린 채 구슬프게 신음하고 있었다.

코쿠아는 처음에는 달려가서 위로해줘야겠다는 생각을 했다. 하지만 두 번째 든 생각 때문에 그러지 않았다. 케이웨이는 자신의 아내 앞에서 용감한 남자처럼 잘 참았던 것이다. 가장 힘든 시간을 맞이하고 있는 그를 부끄럽게 하는 것은 그녀에게 전혀 필요 없는 일이었다. 그렇게 생각하며 그녀는 다시 집으로 들어왔다.

'제가 정말 경솔하고 나약했어요.' 그녀는 생각했다. '끝이 없는 위험에 맞서 서 있는 건, 내가 아니라 그인데. 영혼 위에 퍼부어지는 저주를 감당하는 건 내가 아닌 그야. 보잘것없고 아무 도움도 못 되는 나를 사랑하기 때문에 그는 지금 지옥불이 점점 다가오는 걸 보고 있지 않은가! 그래, 바람을 맞으며 달빛 아래 지금 그 지옥의 냄새를 맡고 그 연기를 보고 있는 거야. 도대체 내 영혼은 얼마나 무뎌졌길래 내가 마땅히 해야 할 일도 모르고 있었단 말인가. 아니면, 알면서도 애써 외면하고 있었던 것일까? 아냐. 이젠 더 이상 그럴 수 없어. 날 기다리는 친구들이 있는 천국으로 가는 빛나는 계단에 작별을 고하고, 내 마음이 이끄는 길을 가야겠다. 사랑에 답하는 것은 사랑뿐. 케이웨이가 사랑한 만큼, 나도 케이웨이를 사랑해야지. 영혼에는 영혼뿐. 내 영혼을 멸망에 던지리라!'

그녀는 서둘러 움직였다. 옷을 갖춰 입고 준비해둔 상팀 동전들을 집어들었다. 거의 쓰이지 않는 작은 돈이어서 미리 정부 사무실에서 준비해놨던 돈이었다. 길가에 나갔을 때는 바람에 실려 온 구름이 달을 가려 사방을 어둡게 했다. 마을은 쥐 죽은 듯 잠들어 있었고, 나무 사이로 기침 소리가 들릴 때까지 그녀는 어디로 가야 할지도 모른 채 돌아다니고 있었다.

"노인 어른," 코쿠아가 말했다. "추운 밤에 왜 이렇게 나와 계세요?"

노인은 계속 콜록거려 거의 말을 못할 지경이었다. 그렇지만 그녀는 가난한 그 노인이 이 섬사람이 아니라는 걸 한눈에 알 수 있었다.

"제가 부탁하는 일을 좀 해주시겠습니까?" 코쿠아가 말했다. "저도 어른처럼 이방인이지요. 어른께서 하와이에서 온 이 어린 딸을 좀 도와주시렵니까?"

"아," 노인이 말했다. "당신이 여덟 개의 섬에서 왔다는 마녀로군. 이 늙은이의 영혼도 옭아매려고 노리는 건가? 안 되지. 난 이미 당신에 대해 들었어. 내게 사악한 짓을 할 생각은 말아."

"잠시 앉으세요." 코쿠아가 말했다. "저는 그 하와이 사람의 부인입니다. 그 사람은 저를 위해서 자신의 영혼을 저당잡혔죠. 이제 제가 뭘 어떻게 해야 하겠습니까? 제가 그에게 가서 그 호리병을 사겠다고 하면, 그는 분명 거절할 겁니다. 하지만 노인 어른이 들어가 사겠다고 하면, 그는 기꺼이 팔 것입니다. 제가 여기서 기다릴게요. 어른께서는 그 병을 4상팀에 사세요. 제가 3상팀에 다시 사겠습니다. 하나님께서 이 불쌍한 여인네에게 힘을 주시기를!"

"만약 날 속이려 드는 거라면," 노인이 말했다. "하나님이 당신을 살려두지 않을 거야."

"당연히." 코쿠아가 말했다. "그런 거라면 천벌을 받아 마땅하죠. 제가 그렇게 노인 어른을 배신할 것같이 보입니까? 그럼 하나님이 주저 없이 저를 치실 거예요."

"그럼 내게 4상팀을 주고 여기서 기다리게나." 노인이 말했다.

코쿠아는 길에 홀로 서 있으면서 영혼이 쇠잔해갔다. 바람은 나무를 세차게 뒤흔들었고, 그녀는 마치 지옥의 불꽃이 밀려드는 것처럼 느꼈다. 가로등 불빛을 받아 나무 그림자가 길게 늘어서 있었고, 그녀는 그것이 사악한 악마의 날카로운 손톱처럼 느껴졌다. 만약 조금의 기운이라도 있었다면 도망쳐버렸으리라. 숨쉴 기운이라도 있었다면, 비명을 질렀을 것이다. 하지만 그녀는 그 둘 다 할 수 없었다. 마치 놀란 아이처럼 길가에 서서 떨고 있을 뿐이었다.

그때 노인이 돌아오는 것이 보였다. 그의 손에는 호리병이 쥐여 있었다.

"당신이 부탁한 대로 했소." 노인이 말했다. "당신 남편이 어린애처럼 우는 걸 내버려두고 나왔지. 그 사람 오늘은 잠을 잘 잘 거야." 그리고 노인은 병을 앞으로 내밀었다.

"제게 주시기 전에," 코쿠아가 말했다. "악마에게 당신의 기침을 가라앉혀 달라고 소원을 말하세요. 악마의 호의지만 받으세요."

"난 이제 늙었어." 노인이 말했다. "악마의 호의를 받기엔 무덤 문턱에 너무 가까이 왔는걸. 그건 그렇고 뭐지? 왜 호리병을 안 가져가는 거야? 망설여지나?"

"망설이는 거 아녜요." 코쿠아가 소리쳤다. "제 육신이 연약한 것뿐입니다. 잠깐만요. 지금은 제 손이 말을 안 들어요. 내 몸이 그 저주받은 물건을 자꾸 피하려 들어서 그래요. 아주 잠깐이면 돼요!"

노인은 코쿠아를 인자하게 바라봤다. "불쌍하기도 하지." 노인이 말했다. "겁에 질려 있군. 네 영혼이 원하지 않아서 그런 거지. 음…… 호리병은 그냥 내가 갖고 있겠네. 난 이미 늙었어. 더 이상 이 세상에서 행복할 일이라곤 없어. 그리고, 다음 세상도……"

"제게 주세요!" 코쿠아가 단호하게 말했다. "여기 돈 있어요. 노인 어른은 제가 그렇게 비열한 여자라고 생각하셨나요? 제게 호리병을 주세요."

"하나님께서 당신에게 복을 내려주시기를……" 노인이 말했다.

코쿠아는 홀로쿠 아래에 병을 숨기고, 노인에게 작별을 고했다. 그러고는 길을 떠나 정처없이 돌아다녔다. 이제 어느 길이나 그녀에겐 다를 바가 없었다. 다 똑같이 지옥으로 향하는 길이었다. 걷기도 하고 뛰기도 했다. 한밤중이었지만 크게 비명을 질러보기도 했다. 때로 길가에 주저앉아 서럽게 울기도 했다. 지옥에 대해 들었던 모든 것이 그녀에게 다가오기 시작했다. 그녀는 작열하는 불꽃을 보았고, 타는 연기를 맡았으며, 숯불 위에서 살이 오그라드는 것 같았다.

다음 날이 돼서야 어느 정도 평정을 찾고 집으로 돌아올 수 있었다. 노인이 말한 그대로 케이웨이는 어린아이처럼 평화롭게 자고 있었다. 코쿠아는 옆에 서서 그의 얼굴을 바라보았다.

"이제 당신이 잘 차례예요." 코쿠아가 말했다. "잠에서 깨어나면, 이제 당신이 노래하고 웃을 차롑니다. 불쌍한 코쿠아는…… 할 일을 한 것뿐이에요. 이제 불쌍한 코쿠아에겐 더 이상 잠자는 것도, 노래하는 것도, 기뻐하는 것도 없을 거예요. 이 세상에서나 저 세상에서도요."

그녀는 그가 누워 있는 침대에 나란히 누웠다. 극심한 정신적 고통으로 인해 그녀는 곧바로 정신을 잃었다.

오전 느지막이 그녀의 남편은 코쿠아를 깨워 좋은 소식을 알려줬다. 코쿠아가 괴로운 마음을 잘 숨기지 못했음에도 불구하고 그는 코쿠아의 고뇌를 전혀 눈치채지 못했다. 케이웨이는 기쁨에 들뜬 어리석은 사람 같았다. 코쿠아는 입에서 말이 맴돌았지만, 할 수가 없었다. 설령 했다고 해도, 케이웨이는 계속 말하느라고 듣지 못했을 것이다. 그녀는 한 입도 먹지 못했지만, 신경 쓸 사람이 아무도 없었다. 케이웨이는 설거지를 했고, 그를 바라보는 코쿠아는 마치 이상한 꿈을 꾸는 것 같은 기분이었다. 때때로 그녀는 자신의 처지를 잊어버리거나 팔을 꼬집어서 꿈이 아닌가 의심하기도 했다. 남편이 재잘거리는 소리를 들으면서 자신의 암울한 운명을 알고 있어야 한다는 건 끔찍한 일이었다.

그러는 중에도 케이웨이는 계속해서 먹고 마시고 떠들고 있었다. 돌아갈 계획을 세우고, 자신을 구해준 것에 대해 아내에게 감사했다. 아내가 귀여워 어쩔 줄 몰라 하면서, 당신이야말로 진정한 내조를 했다고 말했다. 그는 노인을 비웃으며, 그 멍청이가 호리병을 샀다고 했다.

"똑똑한 노인같이 보였지." 케이웨이가 말했다. "하지만 사람은 외모로 모르는 거야. 왜 그 저주받은 노인네가 호리병을 달라고 했는지 모르겠어."

"여보," 코쿠아가 다소곳이 말했다. "그 노인은 좋은 일을 하려던 걸 거예요."

케이웨이는 마치 화난 사람처럼 크게 비웃었다.

"푸하하하." 케이웨이가 소리쳤다. "단언컨대, 늙은 멍청이에다 부랑자일 뿐이야. 호리병을 4상팀에 팔기도 그렇게 어려웠는데, 3상팀은 불가능하지. 되팔 가능성이 있겠어? 이제 그 병은 타들어가는 냄새가 나기 시작했어······." 부르르 몸을 떨며 그가 말했다. "더 작은 동전이 있다는 걸 모르면서도, 내가 1센트에 그 병을 산 건 사실이야. 자신의 고통에 대해선 생각도 못한 바보였지. 그런 바보를 결코 또 찾진 못할 거야. 누구든 이제 그 병을 가지고 지옥까지 가야겠지."

"여보!" 코쿠아가 말했다. "한 사람이 구원을 얻고자 다른 사람을 영원한 멸망의 길로 가게 하는 건 정말 끔찍하지 않나요? 저는 그걸 생각하면 웃을 수가 없어요. 차라리 슬퍼하며 조신하게 있겠어요. 그리고, 그 병을 갖고 있는 불쌍한 사람을 위해 기도하겠어요."

그녀가 무슨 말을 하는지 감을 잡은 케이웨이는 도리어 더 화를 냈다. "젠장, 그러고 싶으면 당신이나 실컷 슬퍼해." 그가 소리쳤다. "이게 좋은 아내의 마음인가? 당신이 날 조금이라도 생각한다면, 같이 기뻐해야 하는 거 아냐?"

말을 마치자 그는 나가버렸고, 코쿠아는 홀로 남겨졌다.

그녀에게 호리병을 2상팀에 팔 수 있는 기회가 올까? 결코 없을 거야. 그녀는 생각했다. 설사 온다 하더라도, 그녀의 남편은 서둘러서 돌아가려고 하고 있다. 그곳에는 1센트보다 더 작은 동전은 없는 것이다. 그리고 그녀가 희생한 바로 다음 날, 남편은 그녀를 비난하며 혼자 남겨두고 나가버린 것이다.

그녀는 남은 시간을 어떻게 이용해봐야지 하는 생각조차 못하고, 집에 앉아 있었다. 호리병을 꺼내서 숨막힐 듯한 공포로 바라보다가 질색하며 안 보이는 곳에 감췄다.

때때로 케이웨이는 집에 돌아와서 그녀와 함께 바람 쐬러 나가려고 했다.

"여보, 저 아파요." 그녀가 말했다. "지금 제 상태가 말이 아니에요. 미안해요. 지금은 뭘 해도 즐겁지 않을 것 같아요."

그러면 케이웨이는 이전보다 더 격노하는 것이었다. 그녀는 아직도 노인의 일을 생각하는 것 같았고, 그의 생각에도 그녀의 말이 맞는 것 같았기 때문에 자신이 기뻐하는 것이 부끄러워졌던 것이다.

"이게 바로 당신의 본색이군." 그는 소리쳤다. "이게 바로 당신이 날 사랑하는 모습이야. 당신을 사랑한 나머지 빠지게 된 영원한 멸망의 구렁텅이에서 남편이 이제 막 구원을 받았는데, 당신은 뭘 해도 즐겁지 않다? 코쿠아 당신은 도대체 날 어떻게 생각하는 거야?"

그는 다시 화가 나서 뛰쳐나가서는 하루 종일 마을을 방황하고 다녔다. 친구들을 만나서 술을 마시고, 마차를 타고 또 다른 곳으로 옮겨 계속 술을 마셨다. 자신이 술 마시는 동안 아내가 슬퍼하고 있을 거라는 생각에, 케이웨이는 내내 마음이 편하지 않았다. 자신보다 아내가 옳다는 걸 알았기 때문에 그는 더 많은 술을 마실 수밖에 없었다.

어느 날 케이웨이는 한 나이 많은 하올레인과 술을 마시고 있었다. 그는 포경선의 갑판장이기도 했고, 거기서 도망친 후로는 금광의 광부로도 있다가 감옥에도 들어갔던 사람이었다. 저급하고 입이 거친 잔인한 사람이었다. 술을 무척 좋아했고, 다른 사람들을 취하게 하는 것도 즐겼다. 그는 케이웨이의 잔에 거푸 술을 따랐고, 곧 그들은 돈이 바닥났다.

"여! 당신." 갑판장이 말했다. "당신 돈 많다면서. 항상 그렇게 말했잖아. 호리병인지 나부랭이인지가 있다고."

"그럼." 케이웨이가 대답했다. "나, 부자야. 집에 가면 내 아내에게 돈이 있어. 내가 가서 가져오지."

"친구, 그거 별로 안 좋은 생각이야." 갑판장이 말했다. "치마 두른 것들에게는 돈을 맡기지 마라. 그것들은 연기처럼 허망하고 못 믿을 것들이야. 눈 똑바로 뜨고 감시해."

이미 술을 많이 마셔서 흐리멍덩해진 케이웨이의 마음에 이 말이 내려꽂혔다.

'그래. 아내를 의심하면 안 되지만…….' 그는 생각했다. '안 그러면, 내가 저주에서 풀려났는데, 왜 그렇게 낙담해 있겠어. 내가 그렇게 호락호락하게 속아넘어갈 놈이 아니란 걸 보여주겠어. 현장을 잡아내야지.'

마을로 돌아왔을 때, 케이웨이는 갑판장에게 옛 교도소가 있던 구석에서 기다리라고 말했다. 케이웨이는 혼자 걸어가서 자기 집 문앞에 다다랐다. 이미 깜깜한 밤이었다. 집 안에서는 불빛이 새어 나왔지만 아무 소리도 들리지 않았다. 케이웨이는 살금살금 돌아가서는 뒷문을 소리 안 나게 열고, 안을 들여다봤다.

램프를 옆에 둔 채, 코쿠아가 마루에 있었다. 그리고 그녀 앞에는 아랫 부분이 불룩하고 둥글며 병목이 긴, 흰 우윳빛깔의 호리병이 놓여 있었다. 그 병을 바라보면서 코쿠아는 두 손을 꼭 쥐었다.

케이웨이는 오랫동안 움직이지 못하고 마루를 바라보고 있었다. 처음엔 바보처럼 멍해 있었다. 그러다가 자신이 부적당한 값에 잘못 판 바람에, 마치 샌프란시스코에서 그랬던 것처럼, 호리병이 다시 돌아와 있는 건 아닌가, 하는 공포에 휩싸였다. 생각이 거기에 미치자 그는 무릎에 힘이 풀렸다. 해가 뜨면서 강물 위의 안개가 걷히듯 마셨던 술기운이 싹 가시는 걸 느꼈다. 그리고 또 다른 생각이 들었다. 설마 하는 생각이 들면서 그의 볼은 빨갛게 변하고 말았다.

'확인해봐야겠어.' 그는 생각했다.

그는 문을 닫고, 조용히 집을 돌아서 앞쪽으로 간 다음에 마치 지금 돌아오는 것처럼 시끄러운 소리를 내며 집으로 들어섰다. 세상에! 정문을 열고 들어섰을 때, 거기엔 아무 병도 없었다. 그리고 코쿠아는 의자에 앉아 있다가 이제 막 잠에서 깬 듯 일어나는 것이었다.

악마의 호리병

"오늘 하루 종일 기분 좋게 마셨지." 케이웨이가 말했다. "좋은 술친구들과 함께 있었는데, 돈이 떨어져서 들어왔어. 또 진탕 마시러 나가야 해."

그의 얼굴과 목소리는 심각하게 굳어 있었다. 하지만 그걸 알아차리기엔 코쿠아는 너무 심란했다.

"당신 돈이잖아요. 가져가서 쓰세요." 그녀가 말했다. 그녀의 목소리는 떨리고 있었다.

"그럼, 다 내 돈이지." 그렇게 말하며, 케이웨이는 곧장 궤짝으로 가서 돈을 꺼냈다. 그러면서, 호리병을 보관해두었던 방구석을 흘긋 쳐다봤다. 거기엔 아무것도 없었다.

순간 케이웨이는 궤짝이 마치 파도치듯 마루 위에서 흔들리는 것 같았다. 연기가 소용돌이치듯, 집이 늘었다 줄었다 하는 것같이 보였다. 호리병에 사로잡힌 게 바로 그녀였다니. 이제 빠져나갈 길도 없는 것이었다. '설마 했는데…….' 그는 생각했다. '코쿠아가 그 병을 산 거였다니!'

그는 애써 정신을 차리며 일어섰다. 하지만 우물물처럼 차가운 식은땀이 얼굴에서 비 오듯 흐르고 있었다.

"코쿠아, 내가 오늘 얼마나 기분이 엉망이었는지 알지? 그런데, 내 술친구들과 함께 즐겁게 집에 돌아온 거야." 케이웨이는 소리 낮춰 웃었다. "당신만 괜찮다면 조금 더 마시고 싶은데."

그녀는 케이웨이의 무릎을 잠시 꼭 껴안았다. 눈물을 흘리며 그의 무릎에 입 맞춘 후에 말했다. "저는 바라는 거 없어요. 그냥 친절한 말 한마디면 돼요."

"그동안 내가 너무했어. 미안하오. 이제 우리 서로를 너무 나무라지는 않도록 합시다." 그 말과 함께 케이웨이는 밖으로 나갔다.

케이웨이가 밖으로 가지고 나온 돈은 그들이 섬에 도착했을 때 준비했던 상팀 동전뿐이었다. 그가 술 마시고 싶은 생각은 조금도 없었다는 것은 분명했다. 그의 부인이 그를 위해 영혼을 저당잡힌 것이다. 이제 다시 그의 영혼을 아내를 위해 내놓을 차례였다. 그 생각밖에는 아무 생각도 들지 않았다.

옛 교도소 자리가 있는 어귀에는 갑판장이 서 있었다.

"내 아내가 호리병을 갖고 있어." 케이웨이가 말했다. "당신이 날 도와서 그 호리병을 되찾게 해주지 않으면, 더 이상 내게 돈도 없고, 오늘 밤 술도 못 마셔."

"그렇다면, 호리병 얘기가 농담이 아니었단 말야?" 갑판장이 말했다.

"자, 여기 램프가 있어." 케이웨이가 말했다. "내가 지금 농담하는 걸로 보이나?"

"그런 것 같지는 않구만." 갑판장이 말했다. "마치 유령처럼 심각해 보여."

"그럼 됐어." 케이웨이가 말했다. "자, 여기 2상팀이 있어. 이

걸 갖고 들어가서 내 아내에게서 호리병을 사 와. 내가 틀린 게 아니라면, 바로 당신에게 팔 거야. 그 호리병을 내게 가져오면, 1상팀에 내가 다시 사지. 그게 바로 호리병을 거래하는 법칙이야. 팔 땐 더 싸게 해야 한다는 거지. 뭘 해도 좋지만, 내가 시켜서 왔다는 말은 절대 하면 안 돼."

"친구, 자네 진짜 날 놀리는 거 아니지?" 갑판장이 말했다.

"내가 자넬 놀리는 거면, 자네에겐 아무 피해도 없을 거야." 케이웨이가 대답했다.

"알았네, 친구." 갑판장이 말했다.

"만약 날 못믿겠다면," 케이웨이가 말했다. "시험해봐도 좋아. 집에서 나오자마자 자네의 주머니에 돈이 가득하게 해 달라고 소원을 빌어봐. 그리고, 최고급 럼주 한 병도 달라고 하고. 아무거나 원하는 걸 말해봐. 그럼, 그 호리병의 진가를 알 수 있겠지."

"알았어, 친구." 갑판장이 말했다. "시험해보지. 하지만 만약 날 놀리는 거라면, 쇠몽둥이로 북어 패듯 흠씬 두들겨줄 줄 알아."

그래서 고래잡이 다니던 갑판장은 케이웨이의 집으로 향했다. 케이웨이는 계속 서서 기다렸다. 그곳은 코쿠아가 그 전날 밤 기다리던 곳에서 그리 멀지 않은 곳이었다. 하지만 케이웨이는 훨씬 더 굳은 결심으로 주저함이 없었다. 다만 그의 영혼은 절망에 괴로워하고 있었다.

칠흑같이 어두운 길 저쪽에서 노랫소리가 들리기까지는 오랜 시간이 흐른 것 같았다. 갑판장의 목소리였다. 그런데, 좀 이상했다. 갑자기 그는 훨씬 더 취한 것 같았다.

이윽고 갑판장이 비틀거리며 램프 불빛에 보이기 시작했다. 그는 코트에 악마의 호리병을 꽂고 있었고, 또 다른 병 하나를 손에 쥐고 있었다. 케이웨이에게 다가오면서도 그는 계속 그 병을 입에 대고 들이켜고 있었다.

"사 왔군." 케이웨이가 말했다. "그래, 그거야."

"손 저리 치워!" 뒤로 성큼 물러나며 갑판장이 말했다. "한 발자국만 내게 가까이 오면, 네 얼굴을 날려버리겠어. 너 날 미끼로 삼으려고 그랬지? 안 그래?"

"무슨 소리야? 도대체?" 케이웨이가 소리쳤다.

"무슨 소리냐고?" 갑판장이 말했다. "내 말은, 이게 아주 훌륭한 병이란 뜻이지. 내가 이걸 2상팀에 샀다는 게 믿어지지 않아. 하지만 한 가지는 확실하지. 난 너에게 이걸 1상팀에 안 팔 거야."

"안 판다고?" 놀라서 케이웨이가 말했다.

"예, 안 되겠습니다요." 갑판장이 말했다. "원한다면, 럼주는 한 모금 주지."

"여봐." 케이웨이가 말했다. "그 병을 가지고 있는 사람은 지옥에 가게 돼 있어."

"난 어쨌든 지옥에 갈 몸이야." 갑판장이 말했다. "그리고, 지옥에 가지고 가기에 이 병만 한 걸 본 적도 없어. 최고야. 그러니 안 됩니다요." 그가 계속 소리쳤다. "이제 이건 내 거야. 갖고 싶으면 다른 데서 찾아봐."

"진심이야?" 케이웨이가 말했다. "당신을 위해 얘기하는 거야. 제발 간청하겠는데, 내게 팔아."

"네 말은 더 이상 들을 필요도 없어." 갑판장이 말했다. "내가 얼간이인 줄 알았지? 이제 아니란 걸 알았을 거야. 자, 이제 그만. 네가 럼주를 한 모금 들이켜지 않겠다면, 내가 마시지. 자, 건강하라구. 그럼 잘 가!"

그렇게 갑판장은 마을 쪽으로 멀어져갔다. 호리병에 대한 이야기도 그렇게 끝나간다.

케이웨이는 바람처럼 코쿠아에게 달려갔다. 그날 밤 그들의 기쁨은 이루 말할 수 없었다. 그 후로 그들은 밝은 집에서 평생 평화롭게 살았다.

시체 도둑

일 년 내내 매일 밤 장의사, 술집 주인, 페츠, 그리고 나, 이렇게 네 명은 데번햄의 〈조지의 술집〉에 있는 작은 방에 모여 있곤 했다. 때때로 함께하는 사람들이 몇 명 더 있기도 했지만, 우리 넷은 눈이 오나 비가 오나 바람이 부나 늘 앉아 있곤 하던 팔걸이 의자에 어김없이 앉아 있었다.

페츠는 술에 찌들어 사는 늙은 스코틀랜드인이었다. 그는 분명 대학 교육도 받은 것 같았고, 놀고먹으며 살 수 있는 걸로 미루어 땅도 좀 있는 사람이었다. 그는 수십 년 전에 데번햄에 왔다가 아직 젊을 때여서 잠깐 머문다는 것이 그만 눌러앉게 된 경우였다. 낙타천으로 된 그의 파란 겉옷은 교회 첨탑에 못지않는 동네의 명물 같은 것이었다. 〈조지의 술집〉에서 그가 앉는 자리며, 교회에 나가지 않는 것, 그리고 오래된 악명 높은 술주정 등도 데번햄에서는 잘 알려진 것들이었다. 그는 다소 모호한 급진주의적 견해를 가지고 있었고, 때때로 술에 취해 비틀거리면서 탁자를 손바닥으로 치며 떠들기도 했고, 스스로 강조하듯이 잠깐 동안 성적인 방탕에 빠지기도 했었다. 그는 주로 럼주를 마셨다. 매일 밤 다섯 잔을 들이켜는 게 그의 습관이었는데, 언제나 오른손에 술잔을 하나 들고 〈조지의 술집〉에 나타나서는 우울한 분위기로 술에 찌들어 앉아 있는 게 보통이었다. 그는 꽤나 의학 지식에 밝아 보였기 때문에 우리들은 그를 '닥터'라고 불렀다. 우리들은 그가 위기 상황에서 골절을 붙인다거나 탈골을 바로잡을 수 있다는 것을 알고 있었다. 하지만 그에 대해서 우리가 알고 있는 것이라고는 그게 전부였다. 그가 어떤 성격인지 어떤 경력을 가지고 있는지 자세히 아는 사람은 아무도 없었다.

어느 캄캄한 겨울 밤, 아홉 시가 조금 넘은 시각 술집 주인이 자신의 가게에 나타나기 조금 전이었다. 가게에 아픈 사람이 한 명 있었다. 근방에 있는 대단한 음식점을 소유한 사람이었는데, 의회에 가는 길에 갑자기 뇌졸중으로 쓰러진 것이다. 그리고 이 사람보다 더 대단한 런던 주치의에게 급히 왕진을 와달라는 전보가 타전됐다. 이제 막 철도가 새로 개통되었기 때문에 데번햄에서 이런 식으로 런던에 있는 의사를 부른 일은 처음이었다. 따라서 우리들은 모두 이 사건에 그만큼 흥분해 있었다.

"그 사람이 왔대." 파이프에 담배를 채우고 불을 붙인 후, 술집 주인이 말했다.

"그 사람?" 내가 말했다. "누구? 그 의사가 벌써 왔다는 거야?"

"응, 그 사람." 술집 주인이 말했다.

"누구? 이름이 뭔데?"

"닥터 맥펄런." 술집 주인이 말했다.

페츠는 세 번째 잔을 주욱 들이켜고 있었다. 그는 멍청해 보일 정도로 취해서 고개를 잘 가누지 못했고, 몽롱한 듯 주위를 둘러보고 있었다. 그런데 마지막 말에 갑자기 정신이 번쩍 드는 모양이었다. 그는 이름을 두 번 반복해서 불렀다. "맥펄런," 처음에는 작은 목소리로 말하더니, 두 번째는 감정이 북받치는 듯 크게 불렀다. "맥펄런!"

"그래." 술집 주인이 말했다. "그 사람 이름이야. 닥터 울프 맥펄런."

페츠는 그 순간 술이 확 깬 듯했다. 눈을 번쩍 뜬 그는 더 이상 술 취한 목소리가 아니었다. 분명하고 크고 차분한 목소리였고, 진지하고 무게가 있었다. 우리 모두는 이런 갑작스런 변화에 마치 죽었던 사람이 부활한 양 깜짝 놀랐다.

"자, 잠깐…… 다시 한 번. 잘못 들었어." 그가 말했다. "미안하지만 당신 말하는데 집중하지 못했어. 울프 맥펄런이 누구라고?" 그리고, 술집 주인이 하는 말을 다 들은 후에 그가 다시 말했다. "그럴 리가…… 그럴 수는 없어. 그 사람 얼굴을 한번 봐야겠어."

"닥터, 그 사람을 알아?" 장의사가 놀라운 듯 말했다.

"하나님 맙소사, 설마 그 사람은 아니기를!" 그의 대답이었다. "그런 이상한 이름을 가진 사람이 둘일 리는 없는데. 술집 주인, 좀 말해봐. 그 사람 나이가 많아?"

"글쎄," 술집 주인이 말했다. "확실히 젊은 사람은 아니지. 머리는 백발이 다 됐고 말야. 하지만 당신보다는 젊게 보여."

"그래도 그가 나보다 나이가 더 들었을 거야. 한두 살 많은 게 아니지." 탁자를 손바닥으로 한 번 치고 말을 이었다. "내 얼굴이 이렇게 된 건 럼주 때문이야. 럼주와 죄 때문이지. 그 사람은 아마 양심적으로 살았을지도 모르고, 나처럼 소화를 못 시키지는 않나 보지. 잠깐, 양심이라! 내 말을 좀 들어봐. 당신들 내가 나이도 지긋하게 먹고, 선량하고 고상한 신분을 가진 기독교인이라고 생각해본 적이 있어? 그런 생각이 들어? 그렇지 않다는 건 우리 모두 알잖아. 난 절대 아니야. 난 찬송가를 한 번도 불러본 적이 없어. 볼테르가 내 처지였다면 아마 찬송을 했겠지. 내 머리로 그게 되겠어?" 손으로 대머리가 벗겨진 머리를 톡톡 치며 말했다. "난 예전에 두뇌가 명석하고 잘 돌아갔었어. 뭐, 지금도 그리 녹슬진 않았지."

"당신이 이 의사를 안다면," 약간 무거운 침묵이 흐르고 나서, 내가 조심스레 말을 꺼냈다. "술집 주인이 말한 그의 훌륭한 점과는 별도로 당신이 알고 있는 걸 좀 들었으면 좋겠는데."

페츠에게 나는 안중에도 없었다.

"그래." 그가 갑자기 결심을 한 듯 말했다. "그를 꼭 직접 만나 봐야겠어."

또 침묵이 흘렀다. 이층에서 문 닫는 소리가 날카롭게 들리더니, 계단을 내려오는 발걸음 소리가 이어졌다.

"바로 그 의사야." 술집 주인이 소리쳤다. "준비하고 있어. 만날 수 있을 거야."

그들이 술을 마시던 방에서 정문까지는 불과 몇 걸음 떨어져 있었다.

떡갈나무로 만든 널따란 계단은 거의 정문 근처까지 이어져 있었다. 계단 바로 밑에 터키풍의 두꺼운 융단이 깔려 있었고, 거기서부터 문지방까지는 아무것도 없었다. 하지만 이 좁은 공간은 매일 밤 휘황찬란하게 불이 밝혀졌다. 거기에는 계단 위에 있는 등불과 간판을 밝혀주는 바로 밑의 커다란 등불뿐만 아니라, 바의 유리창을 통해 들어오는 따뜻한 빛까지 있었다. 페츠는 계속해서 그 공간으로 걸어갔다. 그리고 우리는 뒤따라가면서 그 둘이 만나는 것을 지켜봤다. 페츠가 말했듯이 '직접 만나는지'를 알고 싶어서였다.

닥터 맥펄런은 민첩하고 활기찼다. 그의 백발은 창백하고 차분한, 하지만 힘이 넘치는 얼굴을 더욱 돋보이게 했다. 그는 최고급 옷감에 순백색의 아마포를 댄 부유한 옷차림에 치렁치렁한 황금 시계줄을 걸치고 있었고, 그에 못지않는 귀한 보석 장식 단추와 안경을 착용하고 있었다. 그는 하얀색 바탕에 라일락 문양이 그려진 넥타이를 넓게 접어서 매고 있었고, 모피로 된 편안한 외출복을 팔에 걸쳐 들고 있었다. 그는 나이에 맞게 중후한 분위기를 풍겼고, 행동 하나하나가 부와 존경을 한 몸에 지니고 있음을 암시했다. 반면에 대머리에다 여드름 자국이 있는 더러운 얼굴에, 낙타천으로 된 빛바랜 파란 옷을 걸친 술고래가 계단 아래에서 그를 만나는 장면을 보는 것은 아주 놀라운 대비였다.

"맥펄런!" 그가 약간 큰 소리로 불렀다. 친구를 부르는 소리라기보다는 무슨 명령을 선포하는 것 같았다.

그 위대한 의사는 네 번째 계단에서 잠시 멈춰 섰다. 낯익은 목소리가 자기를 부르는 것에 놀라는 것 같았고, 어느 정도 그의 위엄에 타격을 준 것 같았다.

"타디 맥펄런!" 페츠가 다시 불렀다.

그 런던 사람은 거의 비틀거리는 것 같았다. 그는 순간적으로 자기 앞에 서 있는 사람을 쳐다봤다. 깜짝 놀라며 뒤를 힐끗 돌아보기도 했다. 그러고는 떨리는 목소리로 낮게 말했다. "페츠, 너구나!"

"그래." 상대방이 말했다. "나야! 너도 내가 죽었다고 생각했겠지? 우리 인연은 참 질긴 것 같아."

"쉿, 조용히!" 의사가 당황하며 급히 말했다. "쉿, 쉿! 정말 이렇게 만날 줄은 상상도 못했어. 자네 그리 좋아 보이지는 않는군. 정말 솔직히 말해서 처음에는 못 알아봤어. 어쨌든 정말 기쁘네. 자넬 이렇게 만나다니 정말 기뻐. 일단 지금은 만나자마자 이별을 해야겠군. 밖에 마차가 기다리고 있고, 기차를 놓치지 않으려면 서둘러야 하거든. 그렇지만, 자네 주소를 알려주게. 내가 꼭 빠른 시일 내에 연락할게. 페츠, 자넬 위해서 우리 자리를 마련해야 하지 않겠나. 자네, 궁색하게 사는 건 아닌가 걱정이군. 어쨌든, 그리운 옛날을 회상하는 의미에서라도 한번 봐야지. 저녁때면 우리 함께 노래도 부르곤 했잖은가."

"궁색?" 페츠가 소리쳤다. "내가 궁색할까 봐 걱정이 된단 말인가? 자네 돈은 그냥 줘도 안 받아. 자네가 내게 줬던 돈은 내가 그날 빗속에 던져버렸어."

닥터 맥펄런은 어느 정도 우월감과 자신감을 가지고 얘기하고 있었다. 하지만, 강력하게 반발하는 페츠의 태도에 다시 혼란 속에 빠진 듯했다.

끔찍하고 추한 표정이 닥터 맥펄런의 존경스런 얼굴에 스쳐갔다. "여보게 친구," 닥터 맥펄런이 말했다. "자네 좋을 대로 하세. 내가 한 말이 자넬 화나게 했군. 결코 고의로 그런 건 아니야. 자, 내 주소를 적어주지. 그렇지만······."

"그런 건 필요 없어. 네가 몸을 숨기고 있는 집 따위는 알 필요도 없어." 상대방이 말을 끊으며 말했다. "네 이름을 듣고 설마 설마 했었지. 무엇보다 하나님이 진짜 계신지 알고 싶었을 뿐이야. 이제 하나님 같은 건 없다는 걸 알았으니 됐어. 사라져 버려!"

그는 아직 계단과 문지방 사이에 놓여 있는 양탄자의 한가운데 서 있었다. 위대한 런던 외과의사는 도망치기 위해 문 쪽으로 발걸음을 옮겼다. 그는 방금 당한 모욕 때문에 주저하고 있는 것이 분명했다. 그의 얼굴은 백지장처럼 창백했고, 그의 안경 너머로 불길한 빛이 보였다. 하지만 그가 아직 맘을 못 정하고 어정쩡하게 서 있는 경황에도 그는 마부가 문 밖에 서서 우리들 몇 명을 지켜보고 있고, 동시에 가게 구석에서 우리 몇 명이 흘긋 쳐다보고 있다는 것을 깨달았다. 많은 증인들이 쳐다보고 있는 걸 알게 되자 그는 즉시 도망치기로 결심했다. 그는 몸을 숙이며 벽 쪽으로 붙어서 뱀처럼 문으로 빠져나갔다. 하지만 시련은 아직 다 끝난 게 아니었다. 그가 페츠의 옆을 지나가려고 할 때, 페츠가 그의 팔을 붙잡고 작지만 고통스러울 정도로 분명하게 이런 말을 했기 때문이다.

"그걸 다시 본 적 있나?"

위대하고 부유한 런던 의사는 괴로운 비명을 질렀다. 그는 페츠를 벽 반대쪽으로 밀어젖히고 두 손으로 머리를 감싼 다음, 마치 현장에서 들킨 범인처럼 문 밖으로 도망쳤다. 우리 중 어느 누구도 움직일 생각을 못했을 때, 마차는 벌써 덜컹덜컹

소리를 내며 기차역으로 향하고 있었다. 마치 꿈꾼 것처럼 지나가버린 일이었지만, 그 꿈은 증거와 자취를 남겨 놓았다. 다음 날 하인이 비싼 금시계가 깨져 있는 것을 문지방에서 발견한 것이다. 하지만, 그날 밤에 우리 모두는 술집 창가에 숨죽이며 서 있었고, 함께 서 있던 페츠는 말짱한 정신에 창백하고 결의에 찬 표정이었다.

"하나님, 맙소사, 페츠." 술집 주인이 항상 하듯이 습관적으로 말했다. "도대체 이게 무슨 일이야? 뭐가 뭔지 하나도 모르겠어. 정말 이상하군."

페츠가 우리 쪽으로 고개를 돌렸다. 그는 우리들의 얼굴을 한 사람 한 사람 쳐다보았다. "비밀을 지킬 수 있다면 얘기하지." 그가 말했다. "저 맥펄런이란 작자랑 같이 있는 건 위험하기 짝이 없는 일이야. 그를 자극했던 사람들은 뒤늦게 후회하겠지만, 다 소용없지."

그리고 세 번째 잔을 다 마시기도 전에, 즉 다섯 잔을 다 채우려면 두 잔을 더 마셔야 하는데도, 그는 우리에게 작별을 고하고 환한 여관의 불빛 아래를 떠나 캄캄한 밖으로 나갔다.

우리 셋은 우리가 앉아 있던 술집 안의 방으로 돌아왔다. 큰 장작불이 있고 네 개의 촛불이 켜져 있는 곳이었다. 방금 일어난 사건에 대해 우리가 상황 파악을 하고 있을 때, 차가운 냉기처럼 우리를 엄습했던 그 처음의 놀라움이 곧 등불처럼 타오르는 호기심으로 변했다. 우리는 늦게까지 앉아 있었다. 내 기억으로는 〈조지의 술집〉에서 그렇게 늦게까지 있었던 적은 없었던 것 같다. 우리들은 헤어지기 전에 상황에 대한 각자의 추측 중 누구 것이 옳은지 한번 알아보자고 했다. 불쌍한 우리 동료의 과거를 추적해보고, 그가 런던의 대단한 의사와 어떤 비밀을 공유하고 있었는가를 파헤치는 것보다 더 중요한 일거리는 우리에게 없었다. 이건 자랑거리는 아니지만, 이런 이야기를 캐내는 일은 그 술집 안에 있던 다른 동료들보다 내가 더 잘했다고 생각한다. 아마 당신에게 다음과 같은, 더럽고 괴이한 일을 말해줄 사람은 이젠 나 말고 아무도 남아 있지 않을 것이다.

젊은 시절의 페츠는 에든버러에서 의학교육을 받았다. 그는 말하자면 재능 있는 학생이었는데, 그 재능은 바로 자신이 들은 것을 금방 깨닫고 바로 실제에 적용하는 능력이었다. 그는 집에서는 거의 공부하지 않았지만, 선생님들 앞에서는 예의 바르고, 선생님들의 말을 주의 깊게 듣는 똑똑한 학생이었다. 선생님들은 그가 강의를 열심히 듣고 기억력이 좋은 학생이라는 걸 금방 알았다.

내가 이런 얘기들을 처음 들었을 때 조금 의아했던 것은, 그 시절에는 그의 주위에 있던 사람들이 그를 많이 찾았고 또 좋아했다는 것이다. 그 당시에는 학교에 속해 있지 않았던 한 해부학 전공의 의사가 있었는데, 지금부터 그를 'K'라고 부르겠다. 그 이름은 그 후에 너무 유명해졌다. 버크*의 사형 집행에 환호했던 군중들이 버크를 고용한 의사도 같이 처벌해야 한다고 소리 높이고 있을 때, K라는 그 사람은 에딘버러의 거리를 변장을 하고 다녔다. K는 그때 가장 인기 있는 사람으로 자신의 유명세를 즐기고 있었다. 그는 부분적으로 그의 재능과 연설 때문에, 또 한편으로는 그의 경쟁자인 대학교수가 능력이 없어서 인기가 있었다. 적어도 학생들은 그의 말을 깊이 신뢰했고, 페츠가 혜성처럼 유명해진 이 사람에게서 배움의 기회를 얻었을 때, 그 자신은 물론 다른 사람들도 성공의 기초를 튼튼히 하게 됐다고 믿었었다.

K는 성공한 선생님이었을 뿐만 아니라, 유쾌한 식도락가이기도 했다. 그는 치밀하게 일처리를 했고 익살맞은 장난을 즐겼다. 페츠는 두 가지 면을 다 즐기고 관심을 가졌다. 그가 2년차가 되었을 때, 그는 자기 반의 둘째 시범조교 또는 조수보조의 자리를 절반 정도 정규직으로 갖게 되었다.

이런 자리에 있는 동안 페츠에게는 특별히 원형 강의실과 다른 일반 강의실을 담당하는 책임이 주어졌다. 그는 건물 구내의 청결 상태에 대해서, 그리고 다른 학생들을 지도하는 것에 대해서 책임이 있었다. 또한 다양한 해부용 시체를 공급받

---

*1820년대에 윌리엄 버크는 한 의사에게 시체를 팔기 위해서 호텔에 머무는 사람들을 16명 연쇄 살인했었다. 유죄 판결을 받은 후 그는 교수형에 처해졌다.

아 나눠주는 것도 그의 의무 중 하나였다. 해부용 시체에 대한 것은 그 당시에는 아주 민감한 문제였는데, 이것이 바로 페츠와 K가 함께 머물게 된 이유였다. 같은 거리에, 그리고 결국 해부실들이 있는 건물에 그들이 함께 머물게 된 것이다.

술을 진탕 마신 다음 날이면 페츠의 손은 아직 떨리고 있었고, 정신은 아직 안개가 낀 것처럼 혼란스러웠다. 페츠는 새벽이 밝아오기 전 깜깜한 겨울밤에, 해부용 시체를 공급하는 지저분하고 절망적인 무면허 업자들에게 이끌려 침대에서 빠져나갔다. 페츠는 나중에 악명을 떨치게 되는 그들에게 지체 없이 문을 열어주곤 했고, 그들이 그 비극적인 시체들을 나르는 걸 도왔다. 그들이 벌인 더러운 일에 대한 값을 지불하고 나면 비극적으로 죽은 시체와 함께, 그들이 멀리 사라질 때까지 혼자 남아 있었던 것이다. 그런 다음 다시 한두 시간의 잠 속으로 빠져들어가 설친 잠을 보충하고, 그날 한 일로 생긴 피로를 풀어주곤 했다.

이미 죽은 자들의 세계에 속해버린 한 생명이 주는 깊은 인상 앞에서 무감각한 반응을 보이는 학생들은 별로 없었다. 하지만 페츠는 다른 학생들처럼 그런 것에 관심을 기울일 만한 여유가 전혀 없었다. 그는 다른 사람의 운명과 성취에는 무관심했다. 그는 자기 자신의 욕망의 노예가 되어버려서 고상한 야망이라고는 거의 찾아볼 수 없었다. 그는 항상 차갑고, 가볍고,

이기적이었으며, 어느 정도의 '신중함'(어떤 사람들은 이걸 그의 도덕성이라고 오해하고 있기도 했다) 덕분에 불필요하게 술에 취하거나 도둑질을 해서 처벌을 받는 일은 없었다.

그 외에도 그는 선생님들과 동료 학생들로부터 지나치게 인정과 존중을 받고 싶어 했는데, 특히 삶의 외형적인 측면에서 사람들의 눈에 띄고 싶어 했다. 그래서 자신의 연구에서 성과를 올리거나, 아니면 매일매일 자신을 고용한 K의 눈에 조금도 트집 잡힐 일을 하지 않으려고 그가 보는 앞에서만 눈치껏 일 처리를 했다. 낮 동안에 일한 것에 대한 보상으로 그는 밤이면 술을 진탕 마시며 불량배같이 쾌락에 탐닉했다. 그리고 그렇게 균형이 이루어졌을 때에야 그가 양심이라고 부르는 기관은 만족을 선언했다.

해부용 시체를 공급하는 것은 그의 선생에게뿐만 아니라 그에게도 끊임없는 골칫거리였다. 학생들로 북적대는 큰 강의에서 해부학자의 원재료는 계속해서 소진되어갔다. 따라서 이를 뒷받침하는 데 꼭 필요한 사업은 그 자체가 꺼림칙할 뿐만 아니라, 관련자 모두에게 위험한 결과를 가져올 수도 있다는 위협을 느끼게 되는 것이었다.

K의 방침은 그 거래를 할 때에는 아무런 질문을 하지 않는 것이었다. "그들이 시체를 가져오고, 우리는 돈을 주면 그만인 거야."

그가 자주 말하곤 했다. "대가를 지불한다는 거지."* 그리고 약간은 세속적으로, 그는 조수들에게 말하곤 했다. "양심에 찔리지 않으려면, 아무것도 물어보지 마." 그들 중 어느 누구도 살인에 의해서 그 해부용 시체들이 제공된다고 대놓고 얘기하는 사람은 전혀 없었다. 누군가가 구체적으로 K에게 이 생각을 말하게 되면, K는 공포에 빠져 비틀거릴 것이다. 하지만 이렇게 무거운 문제에 대해 그가 내보인 가벼운 말은, 그 자체로 사회적으로 통용되는 선한 양식들을 무시한 것이고, 시체를 가져오는 사람들이 어느 정도 불법을 저지르도록 유혹하는 것이기도 했다. 가령 페츠는 시체가 이상할 정도로 신선한 것에 대해 종종 스스로 말하곤 했다. 그는 새벽이 되기 전에 들이닥치는 불한당들의 혐오스럽고 죄책감에 시달리는 모습에 번번이 충격을 받곤 했던 것이다. 그러면 그는 그것들을 다 개인적인 일로 여기면서 너무나도 부도덕하고 명백한 모든 책임을 그 선생의 무방비한 충고 탓으로 돌려버렸다. 요컨대 페츠는 자신의 의무 세 가지를 매우 잘 이해하고 있었다. 첫 번째는 공급된 시체를 받아놓는 것, 두 번째는 돈을 지불하는 것, 마지막은 죄와 연관된 어떤 증거에도 관심을 기울이지 않는 것이다.

  11월의 어느 날 아침, 이 침묵의 방침에 도전하는 심각한 일

---

* 원문에는 "그가 두운을 살려서 'Quid pro quo'라고 자주 말하곤 했다."라고 되어 있다. Quid pro quo는 상대방이 해준 일에 대한 보답으로 제공하는 선물이나 이익을 말한다. 다른 표현으로 하면, "하나를 받았으면 하나를 줘야지."

이 발생했다. 고문하는 것처럼 괴로운 치통 때문에 페츠는 밤새 한잠도 못 자고 있었다. 우리에 갇힌 맹수처럼 방 안을 왔다 갔다 하는가 하면, 폭발 직전의 모습으로 침대에 몸을 던지기도 했다. 마침내 밤에 종종 고통으로 신음할 때처럼 쓰러지듯 간신히 불편한 잠에 빠져들었는데, 화가 난 듯 세네 번 문을 두드리는 소리에 그는 결국 잠에서 깨어나고 말았다.

밝은 달빛이 한 줄기 비치고 있었다. 살을 에는 듯한 추위에 심한 바람이 불고 사방에는 서리가 내려 있었다. 도시는 아직 잠에서 깨어나지 않았지만, 뭐라고 표현할 수 없는 웅성거림이 새로운 하루를 맞이하는 도시의 소음과 함께 온갖 일들의 전조가 되었다. 시체를 가져오는 사람들이 평상시보다 늦게 왔다. 그리고 평상시와 다르게 서둘러 떠나려고 했다. 졸음 때문에 거의 죽을상이 된 페츠는 그들을 위층으로 안내했다. 그들이 아일랜드 말투로 웅성거리고 있었지만, 그에게는 마치 꿈속에서 들리는 것 같았다. 그들이 자신들의 불쌍한 상품을 마대자루에서 꺼낼 때, 그는 벽에 어깨를 기대고 서서 꾸벅꾸벅 졸고 있었다. 그들에게 돈을 지불하기 위해서 머리를 흔들어 정신을 차려야 했다. 그러다 보니 그의 눈이 죽은 사람의 얼굴에 가 멈췄다. 페츠는 두 걸음 다가가서 등불을 들어올렸다.

"세상에!" 페츠가 외쳤다. "이건 제인 갈브레이스 아냐!"

그들은 아무 대답도 하지 않은 채 발을 질질 끌며 문 쪽으로 갔다.

"저 여자 내가 알아요. 확실히." 페츠가 말을 이었다. "어제까지만 해도 멀쩡하게 살아 있었는데. 그런 여자가 죽다니. 이건 말도 안 돼. 당신들이 합법적인 방법으로 이 시신을 가져온다는 건 불가능해."

"확실히 말하지만, 법적으로 문제될 게 없습니다." 그들 중 한 명이 대답했다.

하지만 다른 자들은 페츠를 음울하게 바라보고 있었고, 그 자리에서 돈을 요구했다.

그 상황이 얼마나 위협적이었고 위험했는지는 말할 필요도 없다. 페츠는 무서웠다. 그는 뭐라고 변명을 하면서 얼른 자리를 피한 뒤 돈을 세어 건네주고, 혐오스런 방문객들을 내보냈다. 그들이 가자마자 그는 서둘러 자신이 본 것이 맞는지 확인했다. 그녀가 바로 어제 함께 농담 따먹기를 하던 여자라는 걸 보여주는 수십 가지 특징들을 찾을 수 있었다. 페츠는 공포에 질려 그녀의 몸에서 폭력을 당한 흔적으로 보이는 징후들도 봤다. 정신이 멍해지면서, 그는 자기 방으로 일단 몸을 옮겼다. 거기서 그는 오랫동안 자신이 발견한 것들을 다시 생각해봤다. K가 준 지침의 의미와, 이런 위험한 일에 자신이 연루되었을 때 닥칠 수 있는 위험에 대해 또렷한 정신으로 생각해봤다. 결국 해답이 나오지 않는 복잡한 문제라는 생각에, 자신의 바로 상급자인 학급조교에게 이 문제를 물어보고 조언을 구해야겠다는 생각을 하며 일단 기다리기로 했다.

그 사람이 바로 젊은 의사 울프 맥펄런이었다. 놀기 좋아하는 학생들 중 가장 인기 있는 사람이었고, 똑똑하고 방탕하며, 사악한 일에 극단을 달리는 사람이었다. 그는 외국 여행도 했고 유학도 한 사람이었다. 유쾌한 성격에, 자신감이 넘쳐서 약간은 뻔뻔스런 면도 있었다. 그는 연극이나 오페라에 대해 식견이 있었고, 스케이트를 잘 탔으며, 골프에도 능한 사람이었다. 그는 멋지고 대담한 옷차림을 하곤 했고, 그가 가진 이륜마차와 튼튼해 보이는 말은 그의 멋진 모습을 완벽하게 마무리해 주었다.

그와 페츠는 친한 사이였다. 사실 그들이 친구가 된 것은 함께 일했기 때문이었다. 해부용 시체가 부족할 때, 그 둘은 맥펄런의 마차를 타고 멀리 시골까지 가서 한적한 묘지를 봐둔 후에, 새벽이 되기 전에 해부실의 문으로 획득물을 가져왔었다.

바로 그날 아침, 맥펄런은 평소보다 다소 일찍 도착했다. 페츠가 그의 인기척을 듣고, 계단에서 그를 맞았다. 페츠가 자기 얘기를 한 다음에, 자기를 긴장하게 하는 문제의 시체를 보여줬다. 맥펄런이 그녀의 몸에 있는 흔적들을 검사했다.

"그래." 그가 고개를 끄덕이며 말했다. "의심스러운 일이야."

"그럼, 이제 난 어떻게 해야 하지?" 페츠가 물었다.

"어떻게 하냐고?" 맥펄런이 대답했다. "뭔가 하고 싶은 거야? 한 가지만 얘기하지. 침묵이 금이다."

"다른 누군가가 그녀를 알아볼 수도 있어." 페츠가 반대했다. "그녀는 꽤 유명하단 말야."

"안 그러기를 바라야지." 맥펄런이 말했다. "그리고 만약 누군가가 알아본다면, 음, 일단 넌 모르는 거야. 알겠나? 그걸로 끝이야. 기억할 사실은 이 일이 너무 오래된 일이라는 거야. 흙탕물을 휘저으면 너는 K를 가장 세속적인 문제 속에 끌어들이게 되지. 너 자신도 충격에 휩싸일 거야. 네가 그렇게 되면 나도 마찬가지고. 우리들 모두 어떤 모습으로 보일까? 기독교인의 재판에서 우리를 위해서 증언해줄 악마가 있을까? 내게 있어서 한 가지 확실한 걸 말해줄까? 사실을 말하면 우리들에게 공급되는 모든 해부용 시체는 살해된 사람들이라는 거야."

"맥펄런!" 페츠가 경악했다.

"이거 왜 이래." 상대방이 비웃듯 말했다. "마치 그런 의심은 해본 적도 없다는 반응이잖아!"

"의심하는 것과 이건 달라."

"그래. 의심이 사실로 확인되는 건 별개의 문제지. 맞아. 나도 알아. 너만큼이나 나도 일이 이렇게 된 데 대해 유감으로 생각하고 있어." 맥펄런은 막대기로 시체를 톡톡 건드리며 침착하게 말했다. "내가 생각하는 차선은 모른 척하라는 거야. 알겠어? 난 아무것도 모르는 거야. 너도 원한다면 그렇게 해. 강요하진 않을게. 하지만 누구라도 이런 상황에서는 나처럼 할 거야. 한마디 더 할까? 내 생각으론 이게 바로 K가 우리에게 바라는 일일 거란 거지. 이상한 점은 왜 그가 우리 둘을 그의 조수로 골랐냐 하는 거야. 내가 대답해줄까? 그건 그가 호기심 많고 나약한 늙은 여자들은 원치 않았기 때문이지."

이런 것이 바로 페츠 같은 청년들을 설득하기 위해 사람들이 쓰는 방법이었다. 그는 맥펄런의 말을 따르기로 했다. 불행한 여학생의 몸은 아무렇지도 않게 잘려졌고, 아무도 그녀를 알아보지 못했다.

어느 날 오후, 하루 일이 끝나고 페츠는 사람들이 자주 가는 한 술집에 들렀다가 맥펄런이 낯선 사람과 함께 얘기하고 있는 것을 발견했다. 그자는 키가 작고 창백한 얼굴에 어두운 그림자가 드리운 사람이었는데, 숯처럼 새까만 눈을 가지고 있었다. 멀리서 본 그자의 용모는 지적이고, 품행에서 세련된 느낌을 주었지만, 가까이 가서 확인해본 바로는 조잡하고, 속물이고, 멍청하게 보였다. 그렇지만 그는 맥펄런을 아주 마음대로 가지고 놀고 있었다. 고위관리처럼 명령을 하기도 하고, 약간의 토론이나 시간이 조금 지체되는 것에도 흥분하는가 하면, 노예부리듯 상대방을 깔아뭉개는 무례한 말을 하고 있었다. 어느 누구와도 비교할 수 없을 것 같은 이 무례한 사람이 그 자리에서 페츠를 보자마자 바로 좋아하기 시작했다. 술을 자꾸 권하면서, 페츠의 경력에 대해 지나치다 싶을 정도로 확신에 찬 어조로 칭찬을 했다. 만약 그가 고백한 것의 십분의 일이라도 사실이라면, 그는 혐오스런 불한당일 것이었다. 그리고 페츠의 허영심은 그렇게 경험이 풍부한 남자가 자신에 대해 관심을 가지고 있다는 것으로 인해 고무되었을 것이다.

"난 정말 형편없는 인간이야." 그 낯선 사람이 말했다. "하지만 맥펄런은 아직 어린 녀석에 불과하지. 그래, 타디* 맥펄런. 난 이 녀석을 그렇게 부르지. 타디, 네 친구에게 술 한잔 더 시켜줘." 그는 또 이렇게 말하기도 했다. "타디, 발딱 일어나서 저 문을 닫아라." "타디는 날 안 좋아해." 그가 다시 말했다. "오, 그래. 타디, 그렇지?"

"그 바보 같은 이름으로 좀 안 불러주셨으면 좋겠습니다." 맥펄런이 투덜거렸다.

"이 녀석 말하는 것 좀 보게. 너 저기 칼 갖고 장난치는 놈들이 보이지? 이 녀석도 내 몸에다가 그 짓을 하고 싶은가 보군." 낯선 자가 말했다.

"우리 의사들은 그보다 더 나은 방법이 있습니다." 페츠가 말했다. "우리가 싫어하는 친구가 죽으면 우리는 그를 해부하죠."

---

*타디(Toddy)는 아이들에게나 어울리는 유치한 별명이다.

맥펄런이 날카롭게 쳐다봤다. 이 농담에 뭔가 찔리는 것 같다는 투였다.

그렇게 오후가 갔다. 그 낯선 자의 이름은 그레이였는데, 그는 페츠를 자신들의 저녁 식사에 함께하자고 초대했다. 그는 그 술집 사람들이 깜짝 놀랄 만한 값비싼 만찬을 주문했고, 식사가 다 끝났을 때 맥펄런에게 음식값을 지불하라고 명령했다.

그들은 밤이 깊어서야 헤어졌다. 그레이는 몸을 가눌 수 없을 정도로 취해 있었다. 화가 잔뜩 나서 그런지 맥펄런은 정신이 멀쩡했다. 그는 자신이 원치 않았음에도 강요에 의해 낭비한 돈과, 자신이 감수해야 했던 경멸에 대해 곰곰이 생각했다. 페츠는 여러 종류의 술을 마신 터라 머릿속으로 노랫가락을 중얼거리며, 갈지자 걸음을 걸으며 정신없이 집으로 돌아왔다.

다음 날 맥펄런은 수업을 빠졌다. 페츠는 그가 짜증나는 그레이를 데리고 이 술집 저 술집으로 따라다니고 있을 것을 상상하니 슬며시 웃음이 났다. 수업이 끝나자마자, 그는 이곳저곳으로 어젯밤 함께한 동료들을 찾아 물어물어 돌아다녔다. 그렇지만 어디서도 그들을 찾을 수는 없었다. 그래서 그는 자기 방으로 일찍 돌아와 일찌감치 단잠에 빠져들었다.

새벽 네 시에 그는 익숙한 신호음을 듣고 일어났다. 문으로 내려가서 맥펄런이 자신의 이륜마차와 함께 있는 것을 보고는 깜짝 놀랐다. 그리고 마차 안에는 그가 아주 잘 알고 있는 길고 창백한 배달물이 들어 있었다.

"왜 이 시간에 여기 혼자 있는 거지? 어떻게 혼자 했어?" 페츠가 소리쳤다.

하지만 맥펄런은 거칠게 그의 입을 막았다. 그러고는 일이나 하자고 말했다. 그들이 그 시체를 위층으로 옮겨와 탁자 위에 올려놓았을 때, 맥펄런은 일단 밖으로 나가는 척했다. 그러더니 잠시 멈춰 서서 망설이는 듯하다가 "얼굴은 네가 보는 게 낫겠어"라고 말했다. 어느 정도 거북한 목소리였다.

"네가 봐……." 그가 반복해서 말했다. 페츠는 무슨 일인지 모르겠다는 표정으로 쳐다보기만 했다.

"그렇지만 어디서, 어떻게, 그리고 언제 이걸 가져오게 된 거지?" 페츠가 물었다.

"얼굴을 봐." 그게 그의 답이었다.

페츠는 비틀비틀했다. 이상한 의심이 그를 엄습했다. 그는 젊은 의사와 시체를 번갈아가며 계속 쳐다봤다.

마침내 그는 시키는 대로 일을 시작했다. 그는 눈앞에 어떤 광경이 펼쳐질지 거의 예상하고 있었다. 그렇지만 충격은 잔인할 정도로 컸다.

발가벗겨진 채, 거친 삼베천에 놓여, 고통스런 얼굴로 죽은 그 사람을 보는 것은, 아무 생각이 없는 페츠였음에도 양심을 흔드는 공포 속으로 내몰리기에 충분했다. 그의 영혼에 다시 한 번 메아리친 것은 "인간의 피할 수 없는 운명"*이었다. 그가 알고 있던 두 명이 이 얼음처럼 차가운 탁자 위에 놓여져야만 했던 것이다. 하지만 이건 두 번째로 든 생각이었다. 그의 첫 번째 걱정은 울프였다. 중요한 도전에 전혀 준비되어 있지 않은 상태였기 때문에 그는 자신의 동료를 어떻게 바라봐야 할지 몰랐다. 그는 감히 맥펄런의 눈을 쳐다보지 못했다. 아니 어떤 말을 하거나 소리를 낼 정신조차 없었다.

먼저 다가간 것은 맥펄런이었다. 그는 소리 없이 뒤로 다가와서 자신의 손을 페츠의 어깨에 부드럽지만 단호하게 올려놓았다.

"리처드슨에게 시체의 머리를 줘도 돼." 그가 말했다.

리처드슨은 오래전부터 시체의 머리 부분을 해부해보고 싶어서 안달이었던 학생이었다. 페츠는 아무런 대답도 없었다. 살인자는 계속 말을 이었다. "자, 거래는 거래야. 네 계좌에서 내게 돈을 지불해야지. 기록해놔."

페츠는 두려움에 떨며 말을 했다. "돈을 달라고?" 그가 기어들어가는 소리로 말했다. "뭐에 대해서 돈을 달라는 거야?"

"그럼, 당연히 돈을 줘야지. 무슨 수를 쓰거나 무슨 변명을 대서라도 반드시 그래야 해." 상대방이 대답했다. "감히 공짜로

---

*Cras tibi: 원래 "hodi mihi cras tibi"라는 유명한 구절의 한 부분이다. 영어로 하면, "It's my lot today, yours tomorrow." 옛 비문에 많이 사용되었다. 피할 수 없는 인간의 운명, 즉 '죽음'을 지칭하는 것이다.

이걸 줄 수는 없지. 너도 감히 공짜로 공급받을 수는 없는 거고. 우리 둘 다 안전하려면 그렇게 해야 해. 이건 제인 갈브레이스의 경우와 똑같을 뿐이야. 잘못된 일이 많을수록 더 아무 일도 없었던 것처럼 행동해야겠지. K, 그 늙은이가 돈을 두는 곳이 어디지?"

"저기." 페츠가 구석에 있는 찬장을 가리키며 쉰 목소리로 대답했다.

"그럼, 열쇠를 줘." 상대방이 침착한 목소리로 손을 내밀며 말했다.

순간적으로 망설였지만, 주사위는 던져졌다. 맥펄런은 긴장이 풀어지면서 근육이 씰룩대는 것을 누를 수가 없었다. 그가 손가락 사이에 열쇠를 받아들자 큰 안도의 표정이 순간적으로 지나갔다. 그는 찬장을 열고 한쪽 칸에 있는 펜과 잉크, 장부를 꺼냈다. 그리고 서랍에서 거래에 해당하는 적당한 돈을 꺼냈다.

"자, 다 그런 거야." 맥펄런이 말했다. "내 말을 따라줘서 고마워. 적절한 금액을 지불하는 게 안전의 첫 단계지. 자, 이제 두 번째로, 마무리를 져야지. 네 장부의 지불란에 그 금액을 적어 넣어. 그럼 넌 이제 악마와는 더 이상 상관이 없는 거야."

그 다음 몇 초간은 페츠에게 고뇌의 시간이었다. 하지만 임박한 맥펄런에 대한 공포가 그의 도덕적 걱정을 눌렀다. 현재 맥펄런과 싸우는 것을 피할 수만 있다면, 그 이후의 더한 어려움은 더 이상 두렵지 않았다. 그는 그때까지 계속 갖고 다니던 초를 내려놓고 침착한 동작으로 거래의 날짜, 내용, 그리고 지불한 돈을 기입했다.

"자, 그럼, 이득은 네 주머니에 챙기는 게 공평하겠지. 난 이미 내 몫을 챙겼으니까. 그건 그렇고, 이런 말 하기 뭐하지만, 사람이 갑자기 운이 좋아서 주머니에 돈이 좀 생기게 되면, 그런 경우에 명심해야 할 규칙이 하나 있어. 다른 사람을 위해 돈을 쓰지 말고, 비싼 교과서를 사서도 안 돼. 오래된 빚을 갚아도 안 되고, 돈을 빌리긴 해도, 빌려주는 건 절대 안 돼."

"맥펄런, 네 명령에 따르려면 난 엄청난 위험을 감수해야 해."

"내 명령에 따른다고?" 울프가 소리쳤다. "이거 왜 이래. 내가 바로 옆에서 계속 지켜봤는데 무슨 소리야. 넌 자기방어를 하기 위해 정확하게 필요한 일을 한 거야. 내가 문제에 빠진다고 생각해봐. 넌 어떨 것 같아? 별것 아닌 이 두 번째 일은 첫 번째에서 비롯된 거야. 그레이는 갈브레이스의 연장선상에 있어. 일단 시작한 이상 멈출 수 없어. 한번 시작했으면, 계속해나가야 하는 거야. 그게 진실이야. 사악한 자들은 편히 발 뻗고 잘 수는 없는 거지."

눈앞이 캄캄해지는 끔찍한 느낌과 운명이 자신을 배신했다는 생각이 불행한 한 학생의 영혼을 사로잡았다.

"아, 하나님!" 페츠가 소리쳤다. "하지만 도대체 내가 뭘 했단 말이야? 그리고, 언제 시작을 했다는 거지? 상식적으로 생각해서, 학급조교가 된다는 것이 이런 괴로운 일과 무슨 상관이 있지? 조교 자리는 서비스도 원했던 거야. 서비스가 지금 이 자리에 있을 수도 있었던 거고. 그가 이 일을 했어도 지금 나와 똑같은 문제에 빠져 있을까?"

"불쌍한 친구 같으니라고." 맥펄런이 말했다. "너 그래서 이 험한 세상을 어떻게 살래? 네게 무슨 괴로운 일이 닥쳤다고 그래? 네가 아무 말 안 하고 있으면, 도대체 네게 무슨 괴로운 일이 생길 수 있겠어? 이봐, 우리가 산다는 게 뭔지 알아? 사람은 둘 중 하나야. 사자이거나 양이지. 만약 네가 양이라면, 넌 그레이나 제인 갈브레이스처럼 이 탁자에 눕게 될 거야. 네가 사자라면, 넌 살 것이고. 나나, K나, 세상에 있는 다른 똑똑하고 용기 있는 사람들처럼 말을 몰고 다닐 거야. 일단 처음엔 비틀거리겠지. 하지만 K를 봐! 내 아끼는 친구야. 넌 똑똑해. 용기도 있고. 나도 널 좋아하고 K도 널 좋아해. 넌 처음부터 사냥을 위해 태어난 거야. 한 가지 말해줄까? 내 명예와 삶의 경험을 걸고 장담하건대, 딱 사흘만 지나면, 촌극을 보고 고등학생들이 웃듯이, 넌 이 허수아비 같은 것들을 보고 웃을 거야."

그 말과 함께 날이 밝기 전에, 맥펄런은 밖으로 나가서 좁은 길로 자신의 이륜마차를 몰고 떠났다. 페츠는 혼자 남아서 후회를 하고 있었다. 그는 자신이 얼마나 위험한 일에 연관되어 있는지를 알게 됐다. 말할 수 없이 당황해서, 그는 자신이 이 세상에서 가장 약한 존재인 것 같다고 생각했다. 하나를 양보하고 또 하나를 양보하면서, 그는 맥펄런의 운명을 좌우하는 존재에서 그의 밑에서 시키는 대로 하는 공범으로 바뀌었다는 걸 깨달았다. 그는 어떤 희생을 치르더라도 그때 좀 더 용기를 냈어야 했다. 하지만 그런 일은 일어나지 않았다. 그는 여전히 용기가 없었다. 제인 갈브레이스의 비밀과 장부책에 적어넣은 저주받을 내용은 그의 입을 막아버렸다.

몇 시간이 지났다. 학생들이 오기 시작했다. 불행한 그레이의 신체 부분들은 한 명 한 명에게 분배되었고, 받은 학생 중 아무도 뭐라고 하는 사람이 없었다. 리처드슨은 머리를 받아들고 아주 기뻐했다. 마지막 수업이 끝나는 종이 울리기도 전에, 페츠는 그들이 벌써 얼마나 안전해졌는지를 깨닫고 안도의 기쁨으로 몸을 떨었다.

이틀 동안, 그는 점점 흥미를 더해가며 이 무시무시한 위장의 과정을 계속해서 지켜봤다.

사흘째 되던 날, 맥펄런이 나타났다. 그는 그동안 아팠다고 말했다. 하지만 그는 학생들을 열정적으로 지도하는 힘으로 빠졌던 수업 내용을 보충했다. 특별히 리처드슨에게 꼭 필요한 도움과 충고를 주었기 때문에, 시범조교의 칭찬에 고무된 그

학생은 앞날에 대한 부푼 꿈에 들떠 있었고, 벌써 성공이라는 메달을 손에 쥔 거나 다름없다고 생각했다.

그 주가 다 지나가기도 전에, 맥펄런의 예언은 적중했다. 페츠는 공포를 완전히 극복하고, 자신의 비열함을 잊어버렸다. 그는 자신의 용기를 자랑스럽게 생각하기 시작했고, 마음속으로 그 이야기를 재구성해서, 비뚤어진 자부심으로 이 사건들을 다시 바라보기 시작했다. 그는 공범을 자주 볼 기회는 없었다. 물론 그들은 거래 때나 수업이 있을 때 만났다. K는 명령을 내릴 때, 그 둘에게 같이 내렸다. 때때로 그 둘은 한두 마디 정도 개인적인 말을 나눌 때도 있었다. 맥펄런은 처음부터 끝까지 특별히 친절하고 밝은 모습이었다. 그가 그 둘의 비밀에 대해 어떤 암시라도 받는 것을 싫어하는 것은 분명했다. 페츠가 귓속말로 그에게 소곤댈 때 그는 사자를 뽑았고, 양을 저버렸다고 말했다. 맥펄런은 자신이 평안하다는 걸 알리기 위해 페츠에게 그냥 한번 웃음을 지어 보이면 되었다.

마침내 그 둘을 한 번 더 똘똘 뭉치게 하는 일이 다시 발생했다. K는 또다시 해부용 시체가 부족했다. 학생들은 아우성이었고, 이 선생은 해부용 시체가 항상 제때 공급되는 걸 자랑으로 삼는 사람이었다. 때맞춰 글렌코스의 시골 묘지에 장례가 있다는 소식이 들어왔다. 오랜 세월이 흘러도 거의 바뀌지 않는 곳이었다. 지금처럼 그때도 그곳은 사람들의 인적이 드문 교차로 주변에 있었고, 여섯 그루의 삼나무에 둘러싸여 그 낙엽이 한길 깊이는 쌓여 있는 곳이었다. 주변 언덕에 있는 양떼의 소리, 좌우로 흐르는 작은 시냇물들. 하나는 자갈들이 많아 물 흐르는 소리가 제법 크게 들렸고, 다른 하나는 한 웅덩이에서 다음 웅덩이로 소리 없이 흐르고 있었다. 그리고 꽃이 한창인 거대한 밤나무 고목 사이로 흔들고 지나가는 바람 소리와, 일주일에 한 번 들리는 종소리와 성가대의 소리를 빼고는, 그 시골 교회 주변의 정적을 깨는 것은 아무것도 없었다. 그 당시의 별명으로 부르면, '부활시키는 사람'은 통상 신앙심의 신성한 의무 따위에 신경 쓰는 일은 없었다. 성경과 옛 신앙인들을 멸시하고 신성을 모독하는 것, 하나님 앞에 나왔던 사람들과 순례자들이 닦아놓은 길과, 사랑했던 사람들을 잃은 애절함이 아로새겨진 비명과 헌납품들을 멸시하고 모독하는 것은 그의 거래의 일부였다. 보통 사람들보다 인정이 끈끈하고, 마을 전체가 친척 관계라든가 아는 사이라든가 해서 서로서로 연결되어 있는 시골 이웃들과는 다르게, 죽은 사람에 대한 도의적 존경 따위가 있을 리 없는, 시체 도둑이 쉽고 안전하게 임무를 완수할 수 있는 매력적인 곳이었다. 기쁨의 부활을 기대하며 가족과 친구들에 의해 이제 막 땅속에 묻힌 시체는, 그 사람들이 생각했던 것과는 하늘과 땅 차이만큼이나 다르게 무덤 밖으로 나오는 것이다. 시체들은 등잔불이 켜진 밤에, 공포감이 감도는 삽과 곡괭이에 의해 급하게 부활하는 것이다. 몇 시간에 걸친 작업이 끝나면 관이 억지로 열렸고, 수의는 찢어졌으며, 세마포에 싸인 채 누워 있던, 가족들이 사랑했던 사람들의 시체는 달빛 하나 없는 샛길에서 입을 벌리고 헉헉대고 있는 한 쌍의 사내들 앞에, 마침내 말할 수 없이 치욕스럽게 그 모습을 드러냈다.

두 마리 독수리가 죽어가는 양을 향해 내리덮치는 것처럼, 페츠와 맥펄런은 조용하고 평온한 초원에 있는 무덤 위로, 두 마리 사나운 맹수처럼 달려들었다. 육십 평생을 한 농부의 아내로 살아온 여인이 거기 있었다. 가족들을 위해 음식을 하고 경건한 얘기를 한 것 외에 다른 이야깃거리가 없는 여인이 자신의 묘에서 한밤중에 파내어져 실오라기 하나 걸치지 않은 몸으로, 항상 가장 좋은 옷을 차려입고 가곤 했던 먼 도시로 옮겨지는 것이다. 그녀의 가족은 최후의 심판일까지도 그녀가 없는 빈 무덤을 지키고 있을 것이지만, 그녀의 순결하고 나약한 신체 부위들은 해부학자들의 집요한 호기심 앞에 던져질 것이었다.

어느 날 오후 늦게, 두 사람은 외투를 잘 차려입고 굉장히 많은 술병을 챙겨서, 길을 떠났다. 그날은 차갑고 굵은 빗줄기가 쉬지 않고 퍼붓고 있었다. 굵은 비 사이로 바람이 한 번씩 획 불어왔지만, 비는 그칠 줄 몰랐다. 그들이 그날 밤 지내야 할

곳은 페너퀵만큼 멀리 떨어진 곳이었는데, 술을 마시며 걸어가는 동안에도 그들은 우울하고 조용했다. 그들은 수풀이 우거진 곳에 도구들을 숨겨두기 위해 교회 마당에서 그리 멀지 않은 곳에 한 번 멈춰 섰었다. 그리고 피셔의 트라이스트에 있는 벽난로 가에서, 맥주 한잔과 곁들여서 위스키를 한잔하며 건배를 하려고 또 한 번 멈췄었다. 여행의 마지막 종착역에 도착하자 마차를 세워 말에게 여물을 주고 쉬게 했다. 두 명의 젊은 의사들은 별실에 앉아 최고의 저녁을 먹고, 그 집에서 가장 좋은 포도주를 마셨다. 등잔, 벽난로, 창문을 때리는 빗방울, 그들 앞에 기다리고 있는 춥고 어울리지 않는 일 등 모든 것이 그들의 저녁 식사에 풍미를 돋우었다. 술을 한잔할 때마다 그들의 따뜻한 우정이 점점 커져갔다. 문득 맥펄런은 동료에게 작은 황금 한 조각을 건넸다.

"성의 표시야." 그가 말했다. "정말 빌어먹을 술집이야. 그래도 우리 한번 잘해보자고."

페츠는 그 돈을 집어넣었다. 그리고 자기를 생각해주는 마음에 대한 고마움의 표시로 좋게 말을 건넸다. "당신은 철학자야." 그가 말했다. "당신을 알 때까지 난 정말 멍청했어. 내가 앞으로 번듯한 사람이 된다면 그건 다, 당신과 K, 두 사람 덕이야."

"물론이지. 우리가 자넬 번듯한 사람이 되게 도와줘야지." 맥펄런이 맞장구쳤다. "번듯한 사람이라. 내가 한마디 하지. 그날 밤, 나를 뒤에서 도와줬기 때문에 그렇게 된 거야. 덩치 크고 잘난 척하고 나이는 사십이나 먹었지만, 빌어먹을 그레이의 시체만 보면 구역질을 해댔을 겁쟁이들이 있어. 하지만 넌 아냐. 넌 전혀 겁내지 않았지. 내가 지켜봤어."

"그럼. 내가 왜 겁내겠어." 페츠가 허풍을 떨었다. "그건 내 일도 아니었는데. 내가 가지고 있던 선택의 여지 중 하나가, 맘이 불편한 것 외엔 아무것도 얻은 게 없다는 것이었다면, 다른 한 가지는 당신이 내게 고마워해야 한다는 거였는데 말이야. 안 그래?" 그리고 그는 주머니에 든 금화들을 쨍그랑 소리가 나게 툭 쳤다.

맥펄런은 이 불쾌한 말에 다소 경계심이 생겼다. 그는 어쩌면 이 젊은 동료에게 너무 많은 걸 가르쳤다고 후회하고 있었는지도 모른다. 그렇지만 페츠가 주저리주저리 계속 허풍을 멈추지 않았기 때문에 맥펄런은 얘기에 끼어들 시간이 없었다.

"정말 중요한 일은 겁내지 않는 거지. 지금 당신과 나 사이니까 하는 말인데, 나는 목매달려 죽고 싶지 않아. 그건 실제적인 문제지. 맥펄런, 우리끼리니까 하는 말인데, 나는 태어나면서부터 멸시받으면서 자랐어. 지옥, 하나님, 악마, 옳고 그름, 죄악, 범죄, 그 밖의 온갖 궁금한 것들, 그런 것들이 아이들을 놀라게 할 수는 있겠지. 하지만 당신과 나 같은 사나이라면 그런 것들은 하찮은 것들이지. 자, 그레이를 기억하며 건배!"

그때는 이미 밤이 깊었다. 미리 시켜놓은 대로 이륜마차는 두 개의 등불이 밝혀진 채 문 앞에 옮겨져 있었고, 젊은 두 사람은 돈을 내고 길을 떠나야 했다. 그들은 이미 스코틀랜드 남동부의 피블즈 주로 떠나기로 예정돼 있었다. 그리고 마을의 마지막 집을 지나서 더 이상 인가가 없을 때까지 그 방향으로 말을 몰았다. 그러다가 등불을 끄고 갔던 길을 되밟아 돌아왔다. 그러고는 글렌코스로 가는 샛길로 접어들었다. 그들이 타고 가는 말과 마차 소리, 그리고 끊임없이 퍼부어대는 빗소리 외에는 아무 소리도 들리지 않았다. 칠흑처럼 깜깜했다. 하얀 문이나 벽에 박혀 있는 하얀 돌들이 캄캄한 밤의 좁은 길을 가는 데 길잡이 역할을 했다. 하지만 대부분의 길은 아주 천천히 걸어갔다. 거의 더듬어갔다는 말이 맞을 것이다. 그들은 암울하고 외딴 목적지에 어울리는 캄캄한 길을 주로 골라 갔다. 묘지가 있는 주변을 가로지르는 낮은 숲지대를 통과할 때, 마지막 흐릿한 불빛마저 사라져버려서 그들은 성냥을 붙여서 이륜마차의 등불 중 하나를 다시 켜야만 했다. 그렇게 빗방울이 뚝뚝 떨어지는 나무 사이로 커다란 그림자가 계속 따라오는 가운데, 그들은 불경한 작업을 할 장소에 다다랐다.

페츠와 맥펄런은 둘 다 그런 일에 익숙해져 있었다. 그들은 아주 힘 있게 삽질을 했기 때문에 관 뚜껑에 삽이 철컹 하고 부딪힐 때까지 불과 이십 분 정도밖에는 걸리지 않았다. 그와 동시에 맥펄런은 돌에 손을 다쳐서 그 돌을 머리 위로 아무렇게나 내던졌다. 그들은 거의 어깨가 잠길 정도까지 무덤을 파 내려 갔는데, 그 무덤은 묘지의 높은 지대 중 가장자리 근처에 있었다. 가파른 강둑 바로 옆에 있는 나무에 등잔을 기대어 세워놓으니 작업을 하기가 훨씬 수월했다. 맥펄런이 던졌던 그 돌이 우연히 일을 벌이고 말았다. 유리가 깨지는 쨍그랑 소리가 들렸고, 주위가 어두워졌다. 둔탁한 소리와 쨍그랑 소리가 번갈아 들려서, 등잔이 강둑 아래에 굴러떨어지고 있다는 걸 알 수 있었다. 등잔이 떨어지면서 부딪친 돌 한두 개가 뒤따라 협곡의 심연 속으로 굴러떨어졌다. 그리고 다시 밤의 침묵이 사방을 감쌌다. 그들은 무슨 소리가 더 들리나 싶어서 귀를 기울였다. 하지만 광활한 시골에 넓게 드리워져 바람에 따라 움직이는 구름으로부터 줄곧 쏟아지는 빗소리 외에는 아무것도 들리지 않았다.

그들은 이미 그 끔찍한 작업의 막바지에 와 있었기 때문에 어둠 속에서 그냥 마무리짓는 것이 가장 현명한 일이라고 판단을 내렸다. 관을 발굴해서 깨부쉈다. 수의를 벗긴 후, 빗물이 뚝뚝 떨어지는 마대자루에 시체를 넣고, 둘이 이륜마차까지 옮겼다. 한 사람이 올라타서 자루가 떨어지지 않게 잡았다. 다른 한 사람은 말의 고삐를 잡고, 벽과 수풀을 따라서 피셔의 트라이스트 옆에 있는 넓은 길에 다다를 때까지 더듬어갔다. 이곳에는 희미하게 새어 나오고 있는 불빛이 있었다. 그들은 불빛을 보자 햇빛을 만난 것처럼 좋아했다. 그 길로 말을 몰아 빠른 속력으로 즐겁게 도시로 오는 길로 접어들었다.

그들 둘 다 작업을 하느라고 흠뻑 젖어 있었다. 마차가 깊이 패인 바퀴 자국을 지나가며 튀어오르자, 그들 중간에 기대어 세워놓았던 시체가 이쪽저쪽으로 흔들리기 시작했다. 시체가 닿는 끔찍한 느낌을 받을 때마다 둘은 본능적으로 밀어젖혔다. 당연한 일이지만, 그렇게 시체를 밀치는 것은 그들이 얼마나 신경이 날카로워져 있는지를 말해주는 것이기도 했다. 맥펄런은 그 농부의 아내에 대해 더러운 농담을 했다. 하지만 그의 입에서 나오는 말들은 공허할 뿐이었고, 곧이어 침묵이 이어졌다. 계속해서 그 달갑지 않은 짐은 이쪽저쪽으로 쓰러졌다. 이번엔 시체의 머리 부분이 친한 사람들끼리 기대듯이 그들의 어깨에 놓여졌고, 다음번엔 비에 젖은 세마포의 끝자락이 그들의 얼굴에 얼음처럼 차갑게 나부꼈다. 오싹하는 냉기가 페츠의 영혼을 사로잡기 시작했다. 그는 마대자루를 힐끗 쳐다봤다. 문득 처음 볼 때보다 시체가 더 크다는 생각이 들었다. 시골길을 가는 내내, 가까운 데뿐만 아니라 멀리서도 농가에서 키우는 개들이 그들의 마차를 향해 슬피 짖으며 따라왔다. 그리고 그의 마음에 점점 어떤 초자연적인 기적이 일어난 것 같다는 생각이 커져갔다. 뭐라고 이름 붙여야 할지 모르겠지만 시체에 그 변화가 일어난 것 같았다. 개들이 구슬프게 짖는 것은 그들의 신성모독적인 짐에 대한 두려움 때문일 것이라고 생각했다.

"제발." 말을 뱉어내기 위해 무진장 애쓰며 페츠가 말했다. "제발, 불을 켜!"

아마 맥펄런도 같은 느낌을 받았던 것 같다. 대답은 하지 않았지만, 그는 말을 세워 고삐를 페츠에게 건네고, 마차에서 내렸다. 고개를 숙여서 남아 있는 등잔의 불을 켰다. 그 시각에 오첸클리니로 가는 교차로에도 못 미친 지점이었다. 마치 노아의 홍수가 다시 시작된 것처럼 비는 계속 퍼부었다. 그런 축축하고 깜깜한 밤에 성냥불을 켠다는 것은 절대 쉬운 일이 아니었다. 마침내 탁탁 튀는 파란 불꽃이 심지에 옮겨붙고, 점점 불꽃이 살아나 선명해지면서, 마차 주위로 안개에 싸인 듯한 뿌연 불빛이 넓게 퍼지기 시작했다. 그러자 그 두 젊은 사내는 비로소 서로를 마주 보고, 그들이 가져온 것을 바라볼 수 있게 됐다. 거친 세마포로 둘러싸인 시체는 비에 흠뻑 젖어서 윤곽이 드러나 있었다. 유령 같기도 하고 사람 같기도 한 뭔가가 즉시 그들의 시선을 시체에 고정시켰다.

얼마 동안 맥펄런은 미동도 없이 등불을 들고 서 있었다. 말할 수 없는 공포가 축축하게 젖은 모포처럼 몸을 감쌌고, 페츠의 하얀 얼굴은 더욱 창백해졌다. 의미 없는 무서움과 경험해본 적이 없는 공포가 그의 머릿속에서 점점 커져갔다. 시체를 다시 한 번 쳐다본 다음에 페츠가 입을 열었다. 하지만 그의 동료가 먼저 말을 했다.

"이건 여자가 아니야." 맥퍼런이 쉰 목소리로 말했다.

"우리가 자루에 집어넣을 때는 여자였어." 페츠가 낮은 목소리로 말했다.

"등불을 들고 있어봐." 맥퍼런이 말했다. "얼굴을 확인해봐야겠어."

페츠가 등불을 들고 있는 동안 맥퍼런이 자루를 묶었던 끈을 풀고, 머리 위에서부터 자루를 내렸다. 어둠 속에서 등불이 선명하게 비쳤다. 잘생긴 얼굴에 부드럽게 면도한 볼, 이 두 사람의 꿈속에 종종 보이곤 했던 너무나도 눈에 익은 얼굴이었다. 밤의 정적을 깨는 비명 소리가 울려퍼졌다. 둘 다 자리에서 벌떡 일어나 마차 밖으로 뛰쳐나왔다. 등잔은 떨어져서 깨졌고, 불도 꺼졌다. 말은 이 뜻밖의 경악에 놀라서 에든버러로 한걸음에 내달렸다. 안에 아무도 없이, 죽어서 오래전에 해부된 그레이의 시체만을 싣고서, 마차가 떠났다.

"그렇죠." 상인이 말했다. "짤짤하게 이익을 남기는 경우야 여러 가지죠. 어떤 손님들은 아무것도 모릅니다. 그럴 때면, 내 전문지식 덕분에 한몫 잡는 거죠. 그런데 가끔 전문가인 날 속이려 드는 사람들도 있습니다." 상인은 촛대를 들어올려 손님을 한번 가까이 비춰보고는 말을 이었다. "그런 경우에는, 높은 도덕성으로 이익을 남기게 되는 겁니다."

마크하임은 밝은 햇빛이 비치는 거리에서 이제 막 실내로 들어왔기 때문에, 침침하고 희미한 빛만 비치는 가게에 아직 눈이 적응을 못하고 있었다. 상인이 적나라하게 말하는 데다가 불꽃까지 눈 가까이 비추자, 마크하임은 눈이 부셔 시선을 옆으로 돌렸다.

상인은 기분 나쁘게 흐흐흐 웃었다. "크리스마스에 오셨으니, 그만한 값을 치르셔야겠군요. 저만의 시간을 갖고자 셔터도 내렸고, 오늘은 장사를 안 한다고까지 했는데, 막무가내셨으니까요. 장부책을 정리하며 쉬고 있을 시간에 나를 나오게 했으니, 제 시간에 대한 보상을 하셔야죠? 손님의 오늘 행동은 정말 공짜로 넘어갈 수준이 아닙니다.

전 사리 분별이 정확한 사람이라 남에게 쓸데없는 질문은 하지 않는데, 왜 손님께서는 제 눈을 똑바로 쳐다보지 못하시죠? 그런 분들은 항상 그에 대한 대가를 지불하셨습니다."

상인은 한 번 더 흐흐흐 웃었다. 그러고는, 다소 빈정대는 분위기였지만, 사무적인 말투로 바꿔 말을 계속했다. "자, 그럼, 항상 하는 질문이지만, 어떻게 해서 물건을 갖게 되셨는지 또박또박 설명을 해주시겠습니까? 이번에도, 엄청난 수집가인 삼촌의 장식장에서 가져온 건가요?"

약간 창백한 얼굴에 등이 구부정한 상인이 거의 까치발을 하고 마크하임을 올려다보았다. 금테 안경 너머로 마크하임을 바라보던 상인은 '그럼 그렇지'라고 말하는 듯 고개를 끄떡이며 의심에 가득 찬 눈초리를 보냈다. 마크하임은 상인의 눈길을 일말의 공포와 무한한 동정을 담아서 받아넘기며 말했다.

"이번에는 당신이 틀렸습니다." 마크하임이 말했다. "팔러 온 게 아니라 사러 왔습니다. 이제 더 이상 팔 골동품이 없어요. 삼촌의 장식장엔 구석구석까지 남아 있는 게 없습니다. 뭐 그렇지 않다 하더라도, 주식거래로 돈을 좀 벌었기 때문에, 장식품을 팔기보단 사서 채워 넣어야겠다고 생각하고 있습니다. 어쨌든, 제가 오늘 온 것은 제 개인적인 일 때문입니다. 애인에게 선물할 크리스마스 선물을 좀 사려구요." 미리 준비한 말이 제대로 나오자 마크하임은 점점 더 유창하게 말을 이어갔다. "이렇게 사소한 일로 귀찮게 해드려서 미안합니다. 어제 왔어야 했는데…… 그렇지만, 오늘 저녁 식사 때 애인에게 선물을 해야 합니다. 돈 많은 여자를 얻는다는 건 신경이 많이 쓰이는 일이죠."

잠시 정적이 흘렀다. 상인은 이자의 말을 믿어야 할 것인가 말아야 할 것인가 생각해보고 있는 듯했다. 가게 선반에 놓인 시계들이 내는 재깍재깍하는 초침 소리와 인근 도로의 마차 달리는 소리만이 정적 속에서 어렴풋하게 들렸다. "네, 그래야죠. 무엇보다 손님은 단골이시니까, 말씀하신 대로 결혼을 잘 할 수만 있다면, 제가 감히 어떻게 방해를 할 수 있겠습니까? 자, 여기 애인분을 위한 좋은 물건이 하나 있습니다." 상인이 말을 이었다. "15세기에 만들어진 수제 손거울입니다. 이걸 판 사람의 신상에 대해서는 개인 보호 차원에서 밝힐 수는 없지만, 훌륭한 소장품에서 나온 겁니다. 손님처럼 그분도 대단한 소장가의 조카이자 유일한 상속자죠."

메마르고 날이 선 것처럼 날카로운 목소리로 말하며, 상인은 상체를 굽혀서 그 물건이 놓여 있던 자리에서 그것을 꺼냈다. 마크하임은 전율을 느끼며 숨죽인 채 상인의 뒷모습을 응시했다. 마크하임의 손과 발, 그리고 얼굴에까지 격앙된 감정의 소용돌이가 몰려왔다. 그러나 손거울을 받아들 때에는 이미 격정이 순식간에 사라지고, 손에만 약간의 떨림이 남아 있을 따름이었다.

"손거울이라……." 마크하임이 쉰 목소리로 말했다. 잠시 침묵이 흘렀고, 이윽고 더욱 단호한 목소리로 말을 이었다. "손거울이 크리스마스 선물이라고? 그건 안 되죠."

"뭐라고요?" 상인이 소리쳤다. "손거울이 뭐 어떻다는 겁니까?"

마크하임은 뭔가 야릇한 표정으로 상인을 쳐다보다가 말을 이었다. "제게 왜 안 되냐고 묻고 있는 겁니까? 왜냐고요? 이걸 좀 봐요. 직접 자신을 비춰 보라구요. 어때요! 보고 있으니까 좋습니까? 절대로 아니죠. 길 가는 사람을 붙잡고 물어봐요. 아무도 좋다고 안 할 겁니다."

키 작은 상인은 마크하임이 갑자기 거울을 쑥 들이밀자 뒤로 흠칫 놀라며 물러섰다. 하지만 손에 거울 외에는 다른 것이 없는 걸 보고는 다시 호호호 웃으며 말했다. "손님의 부인이 될 분은 사랑받기 어려운 외모인가 보군요."

"내가 바라는 건 단지 크리스마스 선물입니다." 마크하임이 말했다. "당신이 내게 내민 건 죄와 허물만 떠올리게 하는 이 빌어먹을 손거울이잖소. 거울 보면서 양심껏 살라는 건가요? 그런 뜻입니까? 도대체 생각이 있어요? 한번 말해보시죠. 할 말 있으면 한번 해봐요. 당신 도대체 뭡니까? 내가 말해볼까요? 혹시 자신이 숨은 자선사업가라도 되는 줄 아시나 보죠?"

상인은 상대를 가까이 들여다봤다. 뭔가 이상하게 돌아가고 있었다. 마크하임이 농담을 하고 있는 것 같지는 않았다. 희망에 번득이는 열정 같은 것이 얼굴에 스치는 듯했지만, 웃는 기색이라고는 전혀 없었다.

"도대체 뭘 어쩌자는 겁니까?" 상인이 말했다.

"자선사업가는 아닌가요?" 마크하임은 음울하게 말했다. "그렇군요, 아니군요. 경건한 것도 아니고, 양심적인 것도 아니고, 사랑이라곤 없고, 사랑받지도 못하겠죠. 한번 돈을 집어삼키면 뱉을 줄 모르는, 단지 돈만 아는 돈벌레 같으니라고. 그게 다인가요? 세상에. 설마, 그게 다는 아니겠죠?"

"내가 누군지 말해줘요?" 상인이 날카롭게 말했다. 그러다가 금방 다시 흐흐흐 웃으며, "당신, 애인의 사랑을 얻고 싶은 거 아닌가요? 그녀를 생각하며 술 마시다가 여기 온 거 맞죠?"

"아!" 마크하임이 기묘한 호기심을 보이며 말을 이었다. "혹시 여자를 사랑해본 적이 있어요? 그 얘기를 좀 들어보죠."

"사랑? 내가?" 상인이 소리쳤다. "그럴 시간이 있었을 거 같습니까? 지금 당신하고 이렇게 말도 안 되는 짓거리를 할 시간도 없어요. 어떻게 할 거요? 손거울 사갈 거요, 말 거요?"

"그렇게 서두를 거 없잖소." 마크하임이 대답했다. "이렇게 여기 서서 얘기하는 것도 재밌는데. 인생은 짧고 사람 앞일은 모르는데, 재미있는 일을 마다할 이유가 없지 않나요? 그럼, 그렇고말고. 좀 시시한 것도 놓치긴 아깝지. 그래, 잡을 수 있는 거라면 가느다란 나뭇가지라도 꼭 붙들어야지요. 절벽 끝에 매달린 사람처럼 말입니다. 1킬로미터 높이의 절벽에 매달려 있다고 생각해보세요. 언제 떨어질지 모르는 게 인생이죠. 거기서 떨어진다면, 인간의 몰골이라고는 찾아볼 수 없을 정도로 처참하게 부서지겠지만. 그러니까, 우리는 인생의 매 순간 순간이 절벽인 듯 붙들어야 하는 거겠죠. 자, 그런 의미로 즐겁게 얘기합시다. 툭 터놓고 말예요. 누가 압니까? 우리가 혹시 친구가 될지?"

"딱 한마디만 하겠습니다." 상인이 말했다. "물건을 사든가, 아니면 내 가게에서 나가시오."

"그래요, 알았어요." 마크하임이 말했다. "농담은 그만하죠. 거래를 해야지. 뭔가 다른 걸 좀 보여줘요."

상인은 다시 한 번 몸을 굽혔다. 이번에는 손거울을 다시 선반에 올려놓기 위해서였다. 그의 가는 금발 머리가 얼굴 위로 흘러내리고 있었다. 마크하임은 코트 주머니에 한 손을 넣은 채 조금 다가갔다. 몸을 쭉 편 채, 심호흡을 한 번 했다. 그의 얼굴은 만감이 교차하고 있었다. 공포, 혐오, 단호함, 매혹, 그리고 근육의 경련. 윗입술이 쭈뼛 올라간 사이로 그의 이빨이 보였다.

"이거면 될까요?" 상인이 뭔가를 찾았다. 그리고 그가 다시 일어나려고 했을 때, 마크하임이 상인의 뒤에서 튀어오르듯 덮쳤다. 길고 날카로운 칼이 번쩍거리더니 내리꽂혔다. 상인은 암탉처럼 꿈틀거리더니 관자놀이를 선반에 부딪혔다. 그러고는 바닥에 고깃덩어리처럼 푹 고꾸라졌다.

고요한 상점 안에선 작은 시계 소리만 들려왔다. 오래된 시계에서 나는 소리인 듯 장엄하고 규칙적인 소리도 들렸고, 다른 한편 빠르고 역동적인 시계 소리도 들렸다. 여러 개의 시계에서 나는 재깍거리는 소리가 겹치면서, 난해한 화음을 만들어내는 듯한 가운데, 시간이 흘러가고 있었다. 이런저런 작은 소리들 사이로 보도블록을 터벅터벅 걷고 있는 한 소년의 발소리가 들렸다. 그 소리에 마크하임은 정신이 번쩍 들어 주위를 둘러봤다. 그는 두려움에 떨며 상인을 내려다보았다. 촛대는 계산대 옆에 놓여 있었고, 불꽃은 틈새로 부는 미풍에 적막하게 흔들리고 있었다. 사소한 불꽃의 흔들림에도 방 전체는 소리 없는 분주함으로 가득했고, 마치 파도가 계속 넘실거리는 듯했다. 키 큰 그림자가 규칙적으로 늘었다 줄었다 했고, 부분적으로 보이는 짙은 어둠이 커졌다 작아졌다 하며 숨 쉬고 있었다. 초상화의 얼굴들과 중국 신상들이 시시각각 모양을 달리하는 것 같았고, 물속을 들여다보듯 형상이 흔들렸다. 안쪽 문이 약간 열려 있었다. 손가락처럼 가느다란 틈새로 햇빛이 그림자의 움직임을 보고 있는 듯했다.

공포에 사로잡혀서 주위를 둘러보다가, 마크하임은 다시 희생자를 쳐다보았다. 구부정하게 몸이 굽혀져 있으면서도 어떤 부분은 또 쭉 뻗쳐 있는 것 같기도 했다. 살아 있을 때보다 믿을 수 없을 정도로 작고 초라해 보였다. 상인은 마치 톱밥덩어리처럼 초라하고, 인색하고 볼품없는 모습으로 쓰러져 있었다. 마크하임은 쳐다보는 것이 두려웠다. 허무해 보였다. 상인의 옷에서, 피가 흘러나오기 시작했다. 저대로 둬야 한다. 정교한 관절을 이용해 몸을 움직일 수 있는 힘이 상인에게 남아 있을 리는 없었다. 시체는 발견될 때까지 그냥 놔두면 됐다. 찾을 테면 찾으라지. 그 이후엔……? 이 죽은 시체를 두고, 온 영국 사람들이 애통해할 것인가? 살인자를 세상 끝까지라도 추적하겠다고 나설 것인가? 죽었든 살았든 이 몸뚱이는 그의 적이었다. '머릿속이 캄캄하군. 시간이 조금만 더 있다면 좋을 텐데…….' 그는 생각했다. 시간…… 머릿속에 처음으로 떠오르는 단어였다. 이제 그가 계획한 대로 되었다. 하지만, 희생자에겐 더 이상 의미 없는 시간이란 것이, 살인자에게 즉시 중요하게 다가왔다.

아직 머릿속으로 시간에 대한 생각을 하고 있을 때, 가게 안의 시계들이 하나둘씩 오후 세 시를 알리는 종을 울리기 시작했다. 종소리는 소리도 호흡도 가지가지였다. 어떤 건 성당의 종탑에서 울려나오듯 깊고 중후한 소리가 났고, 어떤 건 왈츠의 전주처럼 높게 울렸다.

적막한 방에서 갑작스레 터져나온 수많은 종소리에 마크하임은 깜짝 놀랐다. 그는 이렇게 넋 놓고 있을 때가 아니라고 생각했다. 촛불을 들고, 주위를 둘러싼 커다란 그림자와 함께 여기저기 돌아다녔다. 우연히 거울에 비친 자신의 모습에 모골이 송연했다. 가게에는 값비싸고 화려한 거울들이 많았다. 어떤 건 장인이 수작업으로 만든 것이고, 어떤 건 베니스나 암스테르담에서 온 것이었다.

마치 거울에 보이는 것이 스파이의 얼굴이라도 되는 것처럼, 그는 자신의 얼굴을 보고 또 보았다. 그는 거울 속에 비친 자신의 눈을 보았고, 또 자신의 몸을 바라봤다. 조심해서 걷고 있는 자신의 발자국 소리도 주위의 정적을 깨고 있었다. 그의 손은 주머니 속에 물건들을 계속해서 집어넣고 있었다. 구역질 날 정도로 반복적인 손놀림 중에도, 그의 마음은 범행계획상의 수많은 허점에 괴로워했다. 알리바이를 만들어놨어야 했는데……. 칼을 사용하지 않는 게 더 나았어. 꼭 죽여야 했을까? 대신에 꼼짝 못하게 묶고, 재갈을 물리는 편이 좀 더 신중한 것 아니었을까. 아니면, 좀 더 대담하게 하녀도 같이 죽였어야 했어……. 다른 방법도 많았을 것이다. 가슴에 사무치는 후회, 걱정, 이제는 어찌해 볼 도리가 없는 것들에 대한 끊임없는 안타까움, 그리고 이제 물 건너간 계획들과 되돌릴 수 없는 과거를 곱씹어보며 마음이 괴로웠다. 무의식중에 몸을 움직이고 있었지만, 쥐 떼가 빈집을 활개치고 다니듯, 공포가 그의 텅 빈 의식을 들쑤시고 다니기 시작했다. 뒤이어 잔인한 공포가 그의 의식 끄트머리까지 정신없이 밀려들기 시작했다. 경찰관의 손이 갑자기 그의 어깨를 턱하니 잡고, 낚싯줄에 걸린 고기처럼 낚아채가는 상상과 함께, 그의 신경이 낚싯바늘에 매달린 고기마냥 꿈틀거리는 느낌이 들었다. 공포에 질린 그의 눈은 피고석, 감옥, 교수대를 지나 검은 관에 가서 꽂혔다.

그는 마치 군대에 포위당하듯, 군중들이 그를 빙 둘러싸고 있는 듯한 공포를 느꼈다. 그럴 리는 없었다. 하지만, 그가 상인과 어떻게 격투했는지에 대한 이런저런 소문들이 벌써 사람들의 귀에 들어가서, 그들의 호기심을 자극했을지 모른다고 생각했다. 그런가 하면, 이웃 사람들이 미동도 없이 귀를 쫑긋 세우고 있는 게 보이는 듯했다. 그중에는 과거의 추억에 만족해하며 크리스마스를 혼자 보내야 하는 외로운 사람들의 모습도 있었고, 행복하게 파티를 하고 있던 가족이 이 잔인한 사건에 대해 듣고 갑자기 일순간 공포에 질려 침묵에 잠기는 모습도 있었다.

젊고 늙고를 떠나서, 여러 계층의 다양한 사람들이 벽난로에 모여 앉아서 그가 어떻게 될지 귀추를 주목하며 그가 매달릴 교수대의 밧줄을 꼬고 있었다.

때때로 자신이 움직이면서 너무 큰 소리를 내고 있는 것 같았다. 받침이 달린 키 큰 보헤미안 스타일의 잔이, 쨍그랑 하고 마치 종소리처럼 큰 소리를 냈다. 그 소리에 깜짝 놀라, 그는 시계를 주워담는 일을 그만둬야겠다고 생각했다. 그와 함께 이번엔, 이 가게가 너무 조용하면 지나가는 사람들이 문득 이상하게 생각하지는 않을까, 하는 또 다른 공포감이 순식간에 자리잡았다. 그는 차라리 더 대담하게 움직이기로 했다. 부산하게 움직이면서 가게 안의 이것저것을 주워담았다. 자신의 사무실에서 바쁘게 움직이는 사무원을 흉내내어 일부러 허세를 부려보기도 했다.

그러나 그는 지금 두 가지 다른 심리상태에 빠져들어 있었다. 마음의 한쪽에서는 아직도 긴장감과 경계를 늦추지 않고 있었지만, 다른 한쪽에서는 꿈틀거리는 광기에 떨고 있었다. 그는 마치 실제 같은 환상에 사로잡혔다. 옆집에 사는 희멀건 얼굴의 사람이나 우연히 길을 지나가는 사람이 경관의 단순한 추측으로 끔찍하게 검거된다. 벽과 덧문을 통해서는 소리 외에 아무것도 지나갈 수 없기에, 그들은 아무것도 알지 못하지만, 어느새 유력한 용의자가 되어 있다. 그런데 이 집 안에는 그 혼자뿐인가? 그는 그렇게 알고 있었다. 그는 미소 띤 얼굴에 나름대로 옷을 차려 입은 하녀가 "나 외출해요"라고 광고라도 하는 것처럼 애인을 만나러 나가는 것도 확인했다. 자기 혼자인 것은 분명했다. 위층도 다 비어 있었다. 만약 사람이 있었다면, 작은 발자국 소리라도 다 들었을 것이다. 그는 말로 설명하기 힘들 정도로 극도로 예민해져 있었다. 집의 방과 구석구석마다 그의 상상력이 미쳤다. 얼굴 없는 존재, 혹은 두 눈을 부라리고 있는 뭔가가 보이는 듯했다가, 이내 그 자신의 그림자였음을 발견했다. 다시 시선이 죽은 상인의 이미지에 머무르자, 그는 상인에 대한 증오와 자신의 범죄의 교활함에 또 한 번 치를 떨었다.

선뜻 눈이 가지는 않았지만, 그는 아직 열려 있는 문 쪽을 흘끗흘끗 쳐다봤다. 열려 있는 문을 바라보는 건 부담스러웠다. 가게가 있는 건물은 상당히 컸고, 새어드는 햇빛으로 방 안에 자욱한 먼지가 보였다. 바깥에도 안개가 껴서 집 안 일층까지 들어오는 빛은 희미했다. 가게에 들어오는 문지방에도 역시 희미한 빛만 비치고 있었다. 어슴푸레한 햇살 사이로, 그림자가 보였던 건 아니었을까?

갑자기 바깥 길에서 유쾌한 기분의 신사 하나가 지팡이를 들고 가게 문을 두드리기 시작했다. 그러더니 마침내 상인의 이름을 불러가며 장난기 어린 말투로 고함을 치며 주먹으로 문을 두드렸다. 마크하임은 공포로 얼음같이 굳어서 죽어 있는 사람을 바라봤다. 아냐. 시체는 그대로였다. 영혼이 떠나가버렸는데, 두드리는 소리며 고함치는 걸 들을 리 없지. 상인은 이제 소란한 세상을 떠난 것이다. 한때는 그도 폭풍우가 치는 난리

속에서라도 누군가가 자기의 이름을 부르면 들을 수 있었겠지. 이제 그의 이름은 허공 속에 흩어져버리고 말았다. 마침내 유쾌한 신사도 두드리는 걸 단념하고 떠났다.

이제 남은 일이 무엇인가에 대해 막연하게나마 생각이 떠올랐다. 그래, 불리한 증언을 할지도 모르는 이웃 사람들을 떠나, 런던 거리의 군중 속에 파묻히고, 밤까지 안전한 피난처이자 순백의 은신처인 침대에 이르기 위해서는 서둘러야 했다. 한 명이 찾아왔다는 건, 언제라도 또 다른 사람이 찾아올 수 있다는 뜻이었다. 다음 사람은 더 끈질기게 들어오려고 할 수도 있었다. 범행을 저질러놓고, 그 수확을 거두지 못한다는 건 너무 어처구니없는 바보짓이다. 마크하임이 관심이 있었던 것은 돈이었다. 돈을 손에 넣기 위해선 열쇠를 찾아야 했다.

그는 아직 그림자가 흔들흔들하는 열려 있는 문을 어깨너머로 흘긋 쳐다보았다. 아직 속이 메스꺼웠지만, 별로 양심의 가책 없이 희생자 쪽으로 몸을 굽혔다. 인간이라는 느낌은 없었다. 밀기울을 적당히 채운 옷 한 벌 같다고 할까? 마루 위에 팔다리가 제멋대로 흩어져 있었고, 몸뚱이는 거의 두 배는 돼 보였다. 여전히 혐오스러웠다. 거무죽죽한 데다 하찮아 보였지만, 만져보면 다른 느낌이 들까 무서웠다. 그는 시체의 어깨를 들어서 몸을 뒤집었다. 시체는 이상하리만큼 가벼웠고, 피부는 부드러웠다. 팔다리는 마치 다 부러진 것처럼 이상한 모양으로 축 처져 있었다. 상인의 얼굴에선 아무 표정도 찾을 수 없었다. 하지만 백지장처럼 창백했고, 한쪽 관자놀이 부근은 피로 지독하게 더럽혀져 있었다. 마크하임은 그걸 보며 얼굴을 찡그렸다.

그는 작은 어촌 마을의 어느 축제가 있었던 때를 떠올렸다. 날이 많이 흐렸고, 바람이 세차게 불고 있었다. 길에는 사람들로 붐볐고, 나팔소리며 북소리, 유랑 가수의 코맹맹이 목소리가 들려오고 있었다. 소년 하나가 군중 틈에 끼여 흥분과 공포 속에서 왔다 갔다 하고 있었다. 사람들이 많은 큰길에 이르러 소년은 그림들을 전시하고 있는 건물을 보게 되었다. 조잡한 색깔에, 엉성하게 꾸며진 곳이었다. 브라운리그가 견습생과 함께 있는 그림도 있었고, 매닝스가 자신을 찾아온 손님을 죽이는 모습도 보였다. 위어는 써덜의 목을 조르고 있었다. 그 외에도 유명한 범죄가 수십 개 보였다. 그 모든 일이 눈에 선했다. 그는 다시 한 번 어린아이로 돌아갔다. 혐오와 반발감에 몸을 떨던 옛날 느낌 그대로, 그 잔인한 그림들을 떠올리고 있다. 쾅쾅거리는 드럼 소리를 생각하면 귀가 아직도 멍멍하다. 그때 들었던 음악의 한 구절이 기억 속에 되살아났다. 처음으로 메스껍다는 느낌이 찾아왔다. 헛구역질이 나고, 갑자기 관절에 힘이 풀렸다. 이러면 안 되는데, 라고 그는 생각했다.

그는 이런 생각에서 도망치기보다 정면으로 맞서기 위해선 더 이기적이어야 한다고 판단했다. 시체의 얼굴을 더 대담하게 쳐다보며, 자신이 저지른 범죄의 잔인성을 생각하고 있었다. 조금 전, 그가 죽이기 전에는, 상인의 얼굴에 갖가지 감정이 교차했었다. 지금은 파리해 보이는 저 입술이 말을 했었고, 육체는 힘차게 움직이고 있었다. 그리고, 금방 종이 울리려는 시계의 추를 시계공이 손가락으로 잡아서 조용히 시키듯, 자신이 저지른 살인으로 그의 생명은 조용히 떠나갔다. 그는 괜히 쓸데없이 공포에 사로잡혔던 것이다. 후회나 양심의 가책 없이 그냥 일어나면 되는 것이다. 범죄 장면을 묘사해놨던 그림들 앞에서는 공포로 전율하며 바라보았는데, 정작 자신이 저지른 범죄 앞에서 그는 오히려 침착했다. 기껏해야 세상에 태어나 다른 사람을 위해 조그마한 일이나마 하며 살 수 있었던 한 사람을, 그런 삶을 살기도 전에 저세상으로 보내버린 데 대한 어슴푸레한 동정만이 느껴질 뿐이었다. 그뿐이었다. 후회? 아니, 그런 건 눈곱만큼도 없었다.

마크하임은 그런 생각들을 지워버리려고 머리를 흔들었다. 상인에게서 열쇠를 찾아 아직 열려 있는 상점의 문 쪽으로 다가갔다. 바깥에는 거세게 비가 내리기 시작했다. 후두둑 지붕 위로 떨어지는 빗소리가 정적을 뒤흔들었다. 물방울이 떨어지는 동굴처럼, 건물 안의 방들은 끊임없이 빗소리가 메아리쳐 들려왔고, 시계가 재각재각하는 소리와 뒤엉켜서 귀에 가득했다. 문에 다다랐을 때, 마크하임은 조심조심 걷고 있는 자신의 발소리에 대꾸라도 하듯 계단 위로 올라가는 듯한 또 다른 발소리를 들은 것 같았다. 문지방에는 아직도 커다란 그림자가 이리저리 흔들렸다. 마음을 단단히 먹은 채, 마크하임은 문을 잡아당겨 열었다.

뿌연 안개 속에 비치는 흐릿한 햇빛은 마루와 계단에 어슴푸레하게 깜빡이고 있었다. 층계참까지 내려가는 중에는 미늘창을 손에 쥔 밝은색 갑옷이 벽에 걸려 있었다. 어두운 색조의 나무 조각들과 액자에 담긴 그림들이 노란색 벽 위에 걸려서 희미한 햇빛을 받고 있었다. 마크하임의 귀에는 집안 전체에 빗소리가 요란하게 들렸다. 그리고 그 소리는 각양각색의 소리로 점차 분명하게 구분되어 들리기 시작했다. 발자국 소리, 한숨 소리, 멀리서 지나가는 큰 부대의 행군 소리, 동전을 세는 짤랑짤랑하는 소리, 몰래 문을 여는 삐걱거리는 소리 등이 지붕 중간의 조그만 원형 유리 덮개 위에 후드득 떨어져서 배수관을 따라 땅으로 쏟아지는 물소리와 뒤섞여 있었다. 이 집에 자기 혼자가 아니라는 느낌이 점점 커지면서 마크하임은 거의 미칠 지경이 되었다. 유령들이 자신의 주위를 배회하고 있는 듯했고, 자기를 에워싼 건 아닌가 하는 생각이 들었다. 그것들이 위층 방에서 움직이고 있는 것 같은 소리가 들렸고, 가게 안에서 죽었던 상인이 두 다리로 우뚝 서는 것 같은 소리가 들렸다. 마크하임이 위층으로 안간힘을 다해 다시 올라가자, 발소리는 그의 앞에서 조용히 사라지고 어느 틈엔가 뒤에서 들리는 듯했다. 차라리 귀머거리였다면 얼마나 고요한 영혼으로 살았을까, 라고 그는 생각했다. 하지만, 다시 바짝 긴장하여 귀 기울이며 자신의 안전을 지켜주는 믿을 만한 파수꾼이자 든든한 버팀목인 청각을 가졌다는 게 얼마나 다행인지, 하고 생각했다. 그는 끊임없이 뒤를 돌아봤다. 그의 눈은 체계적으로 사방을 훑어보고 있었다. 고개를 돌리면, 순간적으로 보였던 것 같은 것들이 사라지고 없었다. 이층까지 가는 스물네 계단은 그대로 스물네 가지의 번뇌였다.

이층에는 세 개의 매복 장소처럼 세 개의 문이 빠끔히 열려 있었다. 온몸의 신경 세포가 막 포탄을 발사한 대포의 포문처럼 진동하고 있었다. 사람들이 모두 자기를 쳐다보는 것 같았다. 결코 다시는 이렇게 괴롭게 시선에 둘러싸일 일이 없을 것 같았다. 그는 집에 가고 싶다는 생각이 들었다. 아무도 없는 공간에서 이불에 푹 파묻혀, 하나님 외에는 누구도 자신을 볼 수 없기를 바랐다. 그런 생각을 하자 조금 주춤하게 됐다. 그는 다른 살인자들에 관한 이야기를 떠올리고 있었다. 이야기 속에서 그들은, 하나님께서 천벌을 내리시는 것에 대한 공포에 떨고 있었다. 최소한 그에겐 먼 얘기였다. 그는 냉담하고 변하지 않는 자연의 법칙이 더 두려웠다. 그 자연법칙 때문에, 그가 살인을 했다는 빌어먹을 증거는 계속 남아 있게 되는 것이다. 하지만, 문득 미신적이고 강력한 공포가 밀려들면서, 자연이 고의로 스스로의 법칙을 깨면서, 자신의 범죄를 만천하에 드러낼 수도 있다는 생각이 들었고, 그 생각이 수십 배 더 무서웠다. 그는 원인과 결과 사이에 정해진 규칙이 있는 익숙한 게임을 했다. 패배에 분해하며 장기판을 뒤집어엎는 폭군처럼, 만약 자연이 스스로 지켜오던 규칙을 깨어버리려 한다면? 많은 역사가들의 말마따나 다른 해보다 이상할 정도로 일찍 찾아온 겨울이 나폴레옹에게 종말을 몰고 온 것처럼 그도 그렇게 될 것인가? 마크하임도 마찬가지가 될 수 있을 것이다. 두꺼운 벽이 점차 투명해지면서 마치 유리로 된 벌통에서 벌들이 뭘 하는지 보이듯, 그의 행동도 낱낱이 드러날 것인가? 발 밑의 단단한 판자가 흡사 모래늪처럼 꺼져 들어가서 그가 꼼짝 못하고 죽게 될 수도 있을 것이다. 그래, 그를 파멸시키는 데는 더 그럴듯한 방법이 있겠지. 예를 들면, 집이 무너져서 희생자의 옆에 꼼짝 없이 갇혀버린다든지, 옆집이 불에 휩싸이는 바람에 소방관들이 불을 끄기 위해 이 집으로 들어와 사방에서 그를 에워쌀 수도 있을 것이다. 이 모든 생각이 공포심을 유발시켰다. 그리고 소위 하나님의 손이 죄에 대해 벌하시는 것이 바로 이러한 것들이 아닐까, 하는 생각이 들었다. 하지만 하나님에 대해서라면 차라리 맘이 편했다. 자신의 행동은 분명 예외적인 경우고,

그런 행동을 한 이유도 마찬가지다. 하나님은 그런 걸 아시기 때문에 자신을 다른 사람들과 똑같이 대하지는 않으실 것이라 생각했다. 인간 세상에선 자신의 행동이 죄이지만, 하나님께서 보시기에는 자신의 행동이 정당할 것이라 확신했다.

문을 닫고 안전하게 응접실로 돌아오자 긴박감에서 조금 풀려난 것을 깨달았다. 방에는 물건들이 많이 널려 있었고, 카펫도 깔려 있지 않았다. 포장 상자들이 흩어져 있고 어울리지 않는 가구들이 눈에 띄었다. 마크하임은 여러 개의 전신거울들을 통해 다양한 각도에서 자신의 모습을 보았다. 거울 속의 자신은 무대 위의 배우 같았다. 그림들은 벽을 향해 세워져 있었다. 틀에 넣어져 있는 그림도 있었고, 그렇지 않은 것들도 있었다. 우아한 셰라턴 식의 장식장과 상감 세공을 한 궤짝, 아주 오래된 침대, 벽에 걸어놓는 융단 등이 보였다. 창문들이 열려 있었지만 천만다행히도 이웃들이 볼 수 없게 아래쪽 덧문은 닫힌 채였다. 마크하임은 궤짝 앞의 포장 상자를 치우고, 맞는 열쇠를 찾기 시작했다. 열쇠가 많아 시간이 오래 걸렸다. 무엇보다도 캐비닛 안에 아무것도 없을지도 모르는데, 시간은 점점 빨리 가고 있었다. 남은 열쇠가 몇 개 남지 않자, 그는 조금 진정할 수 있었다. 그는 곁눈질로 계속 문을 바라보았다. 포위당한 군대의 지휘관이 자신의 요새가 얼마나 철통 같은가를 확인하고 기뻐하듯, 때때로 얼굴을 돌려 확인하기까지 했다. 사실 그는 평안했다. 거리에 쏟아지는 빗소리는 자연스럽고 유쾌하게 들렸다. 동시에 한편에서는 찬송가를 연주하는 피아노 소리가 들렸다. 아이들의 소리는 하늘 높이 퍼지고 있었다. 참 포근하고 편안한 선율이었다. 아이들의 목소리는 또 얼마나 싱그러운가! 열쇠를 골라내던 마크하임은 빙그레 미소 지으며 그 소리에 귀를 기울이고 있었다. 그의 마음은 소리에 화답하는 생각과 이미지로 가득했다. 즐겁게 교회에 가는 아이들, 우렁차게 울리는 오르간. 들판에서 뛰어노는 아이들, 시냇가에는 멱 감는 사람들도 있다. 공터에는 어슬렁거리는 사람들이 보이고, 구름이 높게 떠 있는 바람 부는 하늘 아래엔 연 날리는 아이들이 있다. 찬송가의 또 다른 운율이 들려왔다. 다시 교회가 있고, 나른한 어느 여름의 일요일이다. 목사의 품위 있는 목소리를 상상하자 그의 얼굴엔 약간 웃음이 번졌다. 예쁘게 색칠된 16세기의 무덤, 교회 단상 위에 걸린 흐릿한 글씨의 십계명이 보였다.

그는 잠깐 생각 없이 부산하게 움직이다가 깜짝 놀라 일어났다. 몸이 얼음같이 얼어붙는 것 같았고, 반대로 불처럼 뜨거워지는 것 같기도 했다. 피가 거꾸로 솟는 느낌이 들었다. 그는 공포에 잠겨 움직일 수 없었다. 발자국 소리가 천천히 계속해서 계단을 오르고 있었던 것이다. 이윽고 손잡이를 돌리는 소리가 나고, 자물쇠가 열렸다. 그리고 문이 열렸다.

마크하임은 두려움으로 숨이 막혀왔다. 도대체 누굴까? 죽은 상인의 영혼이 돌아온 걸까? 아니면, 경시청의 간부 또는 우연한 기회에 본 증인이 나를 교수대에 넘기기 위해 오는 것일까? 그러나 문틈으로 비친 얼굴은 방을 한번 둘러보고는 마크하임을 바라보았다. 마치 친구를 만난 듯, 고개를 끄떡이며 미소를 짓더니 들어오지 않고 몸을 돌려 문을 닫았다. 마크하임은 크게 안도의 한숨을 쉬었다. 그 소리에 방문자가 다시 돌아왔다.

"날 불렀나?" 방문자는 유쾌한 목소리로 인사를 건네며 방으로 들어와서는 등 뒤로 문을 닫았다.

마크하임은 선 채로 뚫어져라 그를 쳐다보았다. 아마 눈에 뭔가가 씐 것일지도 모른다. 하지만 방문자는 가게의 촛불에 흐느적거렸던 중국 신상의 그림자처럼 어른거려 형태를 종잡을 수 없었다. 바로 그때, 그는 이자가 누군지를 짐작할 수 있을 것 같았다. 그리고 그자가 자신과 닮은 점이 있다고 생각했다. 공포가 꿈틀거리며 엄습하는 것처럼, 계속해서 그의 마음속에 '넌 죄를 졌어'라는 소리가 들려왔다. 사람이나 하나님과는 상관없는 소리였다.

그자는 이렇다 할 만큼 특별한 말을 하는 것은 아니었는데도 어딘지 이상한 분위기를 풍기고 있었다. 미소를 띤 채 서서 마크하임을 쳐다보며 말을 이었다. "내가 보기엔 돈을 찾고 있는 것 같은데." 매일 어디서나 들을 수 있는 공손한 말투였다.

마크하임은 대답하지 않았다.

"한 가지 경고할 게 있어." 그자가 말했다. "하녀가 평상시보다 일찍 애인과 헤어졌기 때문에 금방 이곳에 도착할 거야. 만약 마크하임 씨가 이 집에서 발견된다면, 그다음은 말할 필요도 없겠지."

"내 이름을 어떻게 알지?" 살인자가 놀라서 말했다.

방문객은 미소를 지었다. "내가 얼마나 오랫동안 너를 좋아했는데. 널 계속 지켜보고 있었어. 혹시 도울 건 없나 하고 말야."

"너, 도대체 뭐지?" 마크하임이 외쳤다. "악마?"

"내가 누군지는 상관없잖아? 난 단지 널 돕고 싶을 뿐이야." 상대방이 말했다.

"아냐, 분명히 상관있어." 마크하임이 말했다. "네게 도움을 받는다고? 어림없는 소리. 적어도 네 도움은 필요 없어. 넌 날 아직 몰라. 세상에! 넌 날 알 수가 없어."

"난 널 알아." 방문객은 단호하다기보다는 비열한 쪽에 가까운 말투로 말했다. "난 너의 영혼까지도 알지."

"날 안다고?" 마크하임이 외쳤다. "날 아는 자는 아무도 없어. 난 이제 사람들의 조롱거리가 되어버렸어. 부끄러운 삶이지. 하지만, 나도 어릴 땐 착한 아이였어. 다들 그렇겠지만 말야. 사람들이 성장하면서 하나둘씩 쓰게 되는 가면들이 그들의 본성을 뒤덮고, 결국 그들을 완전히 질식시키기도 해서 그렇지, 원래부터 그렇게 나쁜 사람들은 없어. 악한들에게 납치돼서 마대자루에 갇히는 경우처럼, 모든 사람들은 자신들이 원치 않았던 삶에 꼼짝없이 붙잡혀 살고 있는 거지. 만약 자신이 살고 싶은 대로 살 수 있다면(그렇다면 그들이 똑같은 가면을 쓰고 있는 게 아니라, 자신만의 얼굴을 하고 있다는 걸 알 수 있겠지만), 그들 모두는 영웅이나 성자처럼 살고 있을 거야. 지금의 내가 대부분의 사람들보다 더 사악한 건 맞아. 난 더 두꺼운 가면을 쓰고 있는 것이니까. 하지만, 난 내 스스로에게 그리고 하나님에게도 떳떳한 이유가 있어. 시간이 좀 더 있다면, 그걸 네게 말하겠지만 말야."

"내게?" 방문객이 물었다.

"다른 사람들보다는 네게 먼저 말해야겠지." 살인자가 말했다. "넌 똑똑하잖아. 네가 실제로 존재하는 걸 보니, 넌 사람의 마음도 읽을 수 있을 거란 생각이 드는데. 그런데도 넌 내 행동을 가지고 날 판단하는 건가? 생각해봐. 내 행동으로? 난 거인이 사는 땅에서 태어나고 자랐어. 그 거인은 내가 어머니 뱃속에서 나오자마자 내 손목을 끌고 다니기 시작했지. 그 거인이 바로 환경이란 족쇄야. 그런데 넌 지금 내 행동으로 날 판단하고 있어! 넌 내면까지는 볼 수 없다는 건가? 내가 악한 것을 혐오한다는 걸 이해 못해? 내 내면에는, 그동안 너무 자주 무시당했지만, 어떤 고의적인 궤변에도 오염되지 않은, 깨끗한 양심이 있다는 걸 모르겠어? 분명 인류에게 보편적인, 죄에 연약한 존재라는 점을 내게서 읽어내지 못하겠어?"

"감정을 풍부하게 담아서, 아주 진지하게 표현하는군." 방문객이 대답했다. "하지만 그건 나와 아무 상관없어. 네가 말한 일관성이라는 점은 내 영역 밖이지. 네가 어떤 충동으로 그렇게 잘못된 길로 빠졌는지는 내 관심사가 아니야. 네가 선한 방향으로 가는 게 아니라면 다 똑같지. 그런데, 어쩌지? 이제 시간이 없어. 하녀가 지나가는 사람들 쳐다보랴, 건물 벽에 그려진 그림들을 바라보랴 늦어지고 있지만, 계속해서 이리로 다가오고 있거든. 그리고, 기억해! 성탄절 거리를 따라서 교수대 또한 계속해서 네게로 다가오고 있다는 것을. 자, 어때? 내가 도와줄까? 내게 물어봐. 돈이 어디 있는지 가르쳐주지."

"대가가 뭐지?" 마크하임이 말했다.

"그냥 성탄절 선물인 셈치고 널 돕겠다는 거야." 상대가 대답했다.

마크하임은 자신이 지지 않는다는 생각을 하면서 쓰디쓴 웃음을 지었다. "아냐." 그가 말했다. "네 도움은 아무것도 받지 않을 거야. 내가 목이 말라 죽어가고 있을 때 네가 물 주전자를 들고 내 입술에 갖다 댄다 해도, 난 용감하게 그걸 거부할 거야. 넌 날 못 믿을지도 몰라. 하지만 내 자신을 악마에게 맡기는 일은 절대 할 수 없어."

"난 마지막 죽는 자리에서 회개하는 것에 대해 아무 탓할 생각이 없어." 방문객이 말했다.

"네가 그렇게 회개하는 게 효과가 없다고 믿기 때문이겠지." 마크하임이 말했다.

"아니, 그런 뜻이 아니야." 상대방이 말했다. "난 그냥 다른 각도에서 바라본다는 거지. 삶을 마칠 때가 되면, 난 더 이상 그 사람에 대해 흥미가 없어. 그 사람은 날 위해 살았고, 종교라는 색종이에 검은색을 칠한 거지. 아니면 너처럼 힘없이 욕망에 순종해서 밀밭에 독보리를 뿌렸다고나 할까? 이제 그가 자신의 마지막에 이르러 한 가지 더 내게 부역을 하는 거야. 그게 회개야. 미소를 머금고 죽는 거지. 그렇게 해서 나를 따르는 많은 소심한 것들에게 확신과 희망을 주는 거야. 난 그렇게 까다로운 주인은 아니야. 한번 해봐. 내 도움을 받아. 지금까지 네가 했던 것처럼 네 인생을 즐기며 살아. 더 여유롭게, 두 손을 쫙 펴고 내가 주는 걸 받아들여. 밤이 오고 막이 내릴 때면 내가 알려주지. 그럼 넌 남부럽지 않은 평안함 속에 가는 거야. 네 양심과 항상 싸우는 것보다 이게 훨씬 편할 거야. 게다가 마지막에 하나님 품으로 돌아가는 건 그리 어려운 일이 아니야. 난 방금 전 그런 마지막 회개를 하는 사람에게서 떠나왔어. 그 사람의 마지막 말을 듣고 신실하게 슬피 우는 사람들이 방 안 가득했지. 그 사람의 얼굴은 그 이전까지 자비라고는 모르는 차가운 모습이었지만, 마지막의 그는 미소를 지으면서 희망으로 가득 찼지."

"넌, 지금 내가 그런 자들과 똑같을 거라고 생각하는 건가?" 마크하임이 물었다. "내가 죄를 짓고 또 짓기 위해서 살다가, 마지막에는 천국에 슬그머니 미끄러져 들어가려 한다고 생각하는 건가? 그런 생각을 하니 화가 나는군. 이게 바로 네가 경험한 인간이란 존재야? 아니면 내 손이 피에 붉게 물들어 있을 때 네가 날 찾아와서 날 그렇게 비열한 존재로 가정하는 거야? 내가 저지른 살인이 내게 마지막 남아 있는 일말의 선까지도 말려버릴 정도로 그렇게 불경한 일인가?"

"살인은 내게 뭐 특별할 것도 없는 일이지." 상대가 말했다. "모든 죄가 다 살인이야. 마치 인생은 다 전쟁과 같다는 것처럼. 난 너희 인간들을 알아. 굶주린 채, 뗏목에 의지해서 표류하고 있는 선원들과 같지. 굶주림에 반쯤 정신이 나가 빵조각 하나라도 눈에 불을 켜고 서로 뺏으려고 하지. 난 그들의 그런 행동 너머에 있는 죄를 따라가는 거야. 난 그 모든 것의 마지막은 죽음이란 걸 알지. 내 눈에는 무도회에 가는 문제로 어머니와 싸우고 나가는 예쁜 처녀나 너 같은 살인자나 똑같이 손에 피가 흥건하게 보여. 내가 죄를 따라다니냐? 흠, 난 덕도 같이 추구하지. 덕과 죄는 그야말로 종이 한 장 차이야. 그 둘은 모두 죽음의 천사가 수확하러 다니면서 쓰는 낫이야. 내가 사는 이유인 악은 행동에 달려 있는 게 아니라 성품에 달려 있지. 내게 중요한 건 나쁜 인간인지 아닌지야. 그 결과에 불과한 나쁜 행동은 중요한 게 아니야.

우리가 거센 강물을 타고 내려가듯 그런 악행을 계속 쫓아가기만 하면, 그런 악행마저도 드물지만 좋은 결과를 가져오기도 한다는 걸 알게 될 거야. 내가 너를 도와 도망칠 수 있게 해주려는 건, 네가 상인을 죽였기 때문이 아니야. 그건 바로 네가 마크하임이기 때문이지."

"네게 내 속마음을 다 말하지." 마크하임이 말했다. "네가 지금 본 것이 내 마지막 범죄야. 오늘 일을 통해서 난 많은 교훈을 얻었어. 이 범죄 자체도 하나의 중요한 교훈이지. 지금까지 난 내가 원치 않았음에도 여기에 이르고 말았지. 가난이 날 타락시켜 이렇게 만들었고, 노예로 부렸어. 세상엔 이런 유혹을 물리칠 만한 굳건한 미덕이 있다는 걸 잘 알아. 비록 난 그러지 못했지만 말야. 내겐 작은 즐거움도 사막의 오아시스 같았거든. 하지만 오늘 일을 통해서, 난 삶의 새로운 의미와 풍요로움을 함께 쥐게 됐어. 바로 능력과 내 자신에 대한 새로운 다짐이지. 무엇보다도 이 세상에서 자유롭게 사는 사람이 되고 싶어. 아, 내 자신이 변하고 있는 것 같아. 이제 이 손은 선의 도구이고,

내 마음에는 평화가 있어. 과거의 일들이 날 지탱해주는군. 내가 안식일 저녁이면 꿈꿔왔던 일들 말야. 교회의 오르간 소리, 성경을 읽으며 눈물을 흘리는 미래의 나의 모습이 보여. 순진한 아이가 되어 어머니랑 같이 얘기하는 거야. 그게 바로 내 삶이야. 지난 몇 년간 방황했지만, 이제야 내 운명의 종착역이 어디인지를 알겠어."

"넌 이 돈을 주식거래에 써야 하잖아. 안 그래?" 방문객이 일깨워줬다. "내가 알기로는, 이미 수천을 주식시장에서 잃었잖아?"

"그래." 마크하임이 말했다. "하지만 이번에는 확실한 계획이 있어."

"이번에도 마찬가지야. 넌 잃을 거야." 방문객이 조용히 대답했다.

"그래, 하지만 난 반을 남겨둘 거야!" 마크하임이 소리쳤다.

"넌 그것마저도 잃을 거야." 상대방이 말했다.

마크하임의 이마에서 땀이 솟아오르기 시작했다. "그래? 그게 뭐 어떻다고?" 그가 소리쳤다. "잃게 되면 잃는 거지. 난 다시 가난에 빠지는 거고. 끝까지 최악의 경우가 계속된다면, 난 결국 모든 것을 잃겠지. 선과 악이 내 안에서 서로 자기 쪽으로 오라고 잡아당기며 경쟁을 할 거야. 난 어느 한쪽만 좋아하는 게 아냐. 둘 다 좋아. 난 위대한 업적을 남기거나, 유혹을 물리

치거나, 하나님을 위해 순교한다든가 하는 생각도 해. 내가 살인과 같은 범죄에 빠지더라도, 난 가난한 사람들을 불쌍히 여기기도 해. 나 자신보다 가난의 유혹에 대해 더 잘 아는 사람이 있을까? 난 그들을 불쌍히 여기고 도와줄 거야. 난 사랑의 고귀함을 믿어.

난 순수하고 밝게 사는 사람을 사랑해. 난 진심으로 선한 것과 진실한 것을 사랑해. 나의 악이 내 인생을 좌우하고, 나의 덕은 아무것도 할 수 없는 나무토막마냥 내 마음속에 팔짱만 낀 채 가만히 있을 수 있을까? 그럴 수는 없지. 나의 덕 역시 내 행동을 이끌어낼 거야."

그러나 방문객은 고개를 저었다. "네가 이 세상에 있은 지 삼십육 년이 되었지. 부유할 때도 있었고, 가난할 때도 있었어. 네 성격도 시시각각 변했고. 하지만, 난 네가 지속적으로 타락해가는 걸 볼 수 있었지. 십오 년 전에 넌 도둑질이란 건 상상도 할 수 없었어. 삼 년 전에는 네가 살인자가 되리라는 걸 믿을 수 없었지. 네게 아직도 남아 있는 범죄가 있나? 네가 저지를 수 있는 잔인하고 비열한 범죄가 더 남아 있어? 지금부터 오 년 후, 그 대답을 알 수 있겠지? 계속 아래로 아래로, 넌 끝없는 타락의 길을 걸어왔어. 그리고 죽음 외에 어떤 것도 널 멈추게 할 수는 없지."

"그래, 사실이야." 마크하임이 쉰 목소리로 말했다. "지금까지 어느 정도 악이 이끄는 대로 살아왔어. 하지만 다른 사람들도 마찬가지야. 성자라 하더라도 이 지구상에 사는 이상 누구도 악에서 자유롭지 못해. 성스럽지 않은 곳에 오래 있으면서, 점차 환경의 영향을 받게 되는 거야."

"단순한 질문을 하나 하지." 상대방이 말했다. "한번 대답해 봐. 그에 따라 네 영혼이 어떻게 될지 알려주지. 넌 지금까지 타락한 많은 것들에 둘러싸여 살아왔지. 네가 타락한 건 이상할 게 없어. 누구라도 그랬을 테니까. 사람들은 다 똑같지. 이걸 인정하고 대답해봐. 네 속에 아주 조금이라도 부패하지 않은 면이 남아 있나? 네 맘속에 높은 도덕성이 티끌만큼이라도 남아 있냐는 말이야. 네 도덕적 기준은 완전히 무너져버린 거 아니었어?"

"조금이라도?" 마크하임이 고뇌에 차서 되풀이했다. 그러고는 절망적으로 말했다. "맞아, 조금도 없어. 난 완전히 타락했어."

"그렇다면," 방문객이 말했다. "네가 지금 어떤 존재인지에 대해 이제 만족해봐. 넌 결코 변하지 않기 때문이지. 네가 방금 무대에서 한 대사는 이제 돌이킬 수 없이 확정된 거야."

마크하임은 아무 말도 못하고 한동안 서 있었다. 침묵을 깨고 말을 다시 시작한 건 방문객이었다. "자, 이제 그걸 알았다면," 그가 말했다. "이제 돈이 어디 있는지 보여줄까?"

"그렇다면, 하나님의 은혜는?" 마크하임이 부르짖었다.

"그건 네게 새로울 것도 없잖아?" 상대방이 받아쳤다. "이삼 년 전, 네가 부흥회 장소에 있었던 걸 내가 못 봤을 것 같아? 가장 크게 찬송가를 불렀던 게 바로 너였다는 것까지도 알고 있어."

"맞아, 사실이야!" 마크하임이 말했다. "그리고 이제 내가 마지막으로 뭘 해야 할지 분명히 알았어. 이런 교훈을 가르쳐준 네가 진심으로 고마워. 이제야 내 눈이 열렸어. 마침내 내가 어떤 존재인지를 제대로 바라보게 됐고."

이 순간 날카로운 현관 벨소리가 집 안 가득 울렸다. 방문객은 이것이 바로 자신이 기다리고 있던 신호라고 생각하며, 즉시 표정을 바꿨다.

"하녀야." 그가 소리쳤다. "이제 돌아온 거지. 내가 미리 네게 경고했었잖아. 이제 네 앞에는 한 번 더 어려운 과제가 놓이게 된 거야. 그녀의 주인이 지금 아프다고 말해. 반드시 안심시켜서 집 안에 들어오게 해야 해. 심각한 표정보다는 확신에 찬 어조로 말해야 해. 웃지는 마. 지나친 과장은 금물이니까. 넌 분명히 성공할 거야! 일단 하녀가 들어오고 문을 닫고 나면, 네가 상인에게 썼던 것과 똑같은 방법으로 그녀를 제거하는 거야. 그럼 넌 마지막 위험을 벗어나는 거지. 그런 다음 저녁 내내, 아니, 필요하면 밤 늦게까지도, 넌 안전하게 이 집의 보물들을 전리품으로 챙기는 거야. 이것이 바로 네게 위험이란 가면을 쓰고 다가온 도움이지. 자, 일어나!" 그가 외쳤다. "일어나, 친구! 네 생명이 양팔저울 위에 올려져 있어. 일어나, 행동으로 옮겨!"

마크하임은 계속 그의 조언자를 바라봤다. "내가 만약 악한 행동 때문에 심판을 받는다면," 그가 말했다. "거기엔 아직 자유의 문이 하나 열려 있어. 그건 내가 행동을 그만둘 수 있다는 거지. 만약 내 삶이 악한 것이라면, 난 그걸 포기할 거야. 네 말대로, 내가 갖가지 작은 유혹에 따라 행동했더라도, 난 한 가지 결정적인 태도로 스스로를 그 모든 것으로부터 떼어낼 수 있어. 선한 것에 대한 내 사랑은, 저주받아 황무지처럼 되었지. 그래, 그건 그러라고 해. 하지만 난 아직 악을 증오하는 마음은 남아 있어. 네게는 짜증나고 실망스런 일이겠지만, 그 때문에 내가 힘과 용기를 이끌어내는 걸 넌 보게 될 거야."

방문객은 놀랍고도 아름답게 외양이 바뀌었다. 선이 악에 대해 승리하면서 방문자의 모습은 밝고 부드럽게 바뀌었다. 또한 점차 어슴푸레해지면서 윤곽이 희미해졌다. 하지만 마크하임은 그러한 변화를 보기 위해 멈추거나, 그 변화를 이해하려고 하지 않았다. 그는 문을 열고 생각에 잠겨서 아래층으로 아주 천천히 내려왔다. 그의 어두웠던 지난날이 한 장면 한 장면 그의 눈앞을 지나갔다. 그는 그걸 있는 그대로 바라봤다. 마치 악몽처럼 추하고 괴로웠다. 뒤죽박죽 계속되는 실패의 장면들이었다. 자신이 방금 본 것과 같은 삶은 그에게 더 이상 유혹이 되지 못했다. 하지만 정반대편에서 그는 자신의 영혼을 정박할 조용한 안식처를 바라보았다. 그는 잠시 층계 위에서 멈춰 서서 가게를 돌아봤다. 촛불이 아직 시체 곁에서 타고 있었다. 이상한 침묵이 흘렀다. 가만히 서서 바라보는 가운데 상인에 대한 생각이 그의 마음에 가득 밀려왔다. 이때 다시 초인종 소리가 참을성 없게 계속 울렸다.

그는 어색한 미소를 지으며 하녀를 문지방에서 맞이했다.

"차라리 경찰서로 가는 게 나을 겁니다." 그가 말했다. "내가 당신의 주인을 죽였으니까요."

R. L. 스티븐슨의 생애

원유경

세명대 교수, 『당나귀와 떠난 여행』 역자

로버트 루이스 스티븐슨Robert Louis Stevenson은 40여 년의 짧은 인생을 낭만적 모험과 여행으로 보낸 한 인간으로서 많은 이들의 사랑을 받아왔다. 스티븐슨은 1850년 11월 13일 스코틀랜드의 에든버러에서 등대와 항만 건설로 유명한 토목기술자 집안의 토마스 스티븐슨과 유명 가문의 후손인 마가렛 이자벨라 밸포어의 외아들로 태어났다. 스티븐슨은 어릴 때부터 천식과 기관지염 등 호흡기 질환을 심하게 앓아 온화한 풍토를 찾아 자주 이사를 해야 했다. 그는 어린 시절 에든버러의 뉴타운에 위치한 하워드 플레이스 8번지에서 지내다가, 기침 때문에 멀리 파이프Fife 언덕이 보이는 헤리엇 로우Heriot Row 17번지로 이사하게 되었다. 이곳은 올드타운과 뉴타운을 잇는 노스 브리지North Bridge 쪽에 위치하여 스티븐슨은 어린 시절 웨이벌리 역을 통과하는 기차들의 연기를 보며 낯선 곳을 향해 모험을 떠나는 여행가의 꿈을 키웠다고 한다.

스티븐슨은 어린 시절 에든버러 근교 펜틀랜드 힐스Pentland Hills에 위치한 외조부의 목사관을 자주 방문하였으며, 1867년부터는 펜틀랜드 힐스의 동쪽 끝에 있는 스완스턴Swanston 마을의 별장에서 여름을 지내곤 하였다. 스티븐슨은 건강 때문에 날씨가 험한 스코틀랜드를 떠나야 했지만, 그의 소설의 주요 무대는 스코틀랜드의 지형이었으며, 훗날 마지막으로 정착한 사모아에서도 고향 에든버러를 그리워하곤 했다.

모험소설가로 알려진 스티븐슨이 사실은 어린 시절부터 병약하여 상상의 세계에 머물어야 했다는 것은 아이로니컬하다. 그러나 그는 건강을 위해 더욱 신체를 단련했다. 그는 걷기, 달리기, 승마, 항해 등의 스포츠에 열광했고, 잠수복을 입고 바닷속에 뛰어들기도 했으며 험한 파도를 건너 벨 록Bell Rock과 같은 무인도로 여행을 가기도 하고, 당시 처음 소개된 스포츠인 카누를 즐겨 에든버러 근교의 포스Fourth 강을 따라 퀸즈 페리Queens Ferry의 호즈 인Hawes Inn까지 카누를 타곤 했다. 그리고 1876년에는 유럽의 내륙으로 카누 여행을 떠나기도 했다.

스티븐슨은 작가가 되려는 희망을 품고 있었으나 집안의 전통에 따라 등대 기술자가 되라는 부친의 강권에 못이겨 열일곱 살에 에든버러 대학에 입학하여 건축공학을 공부하게 되었다. 스티븐슨은 친구들과 러더포드Rutherford라는 퍼브(선술집)에 모여 술과

담배를 즐기며 부르주아 계층의 위선을 비판하고, 인습타파적이고 반항적인 의견을 자유로이 토론하곤 하였으며, 실제 하층민과 창녀들을 찾아가 만나기도 하였다. 1871년 스티븐슨이 부친에게 가업을 이을 생각이 없음을 분명히 밝히자, 이에 분노한 부친이 대안으로 법학 공부를 강요하여 스티븐슨은 다시 에든버러 대학에서 법을 공부하기 시작하였다. 종교적으로 엄격하고 점잖은 중산층인 부친은 스티븐슨이 빨간 넥타이에 푸른 벨벳 재킷 같은 특이한 차림으로 친구들과 어울려 술집에 드나드는 것을 못마땅하게 여겨 부자간의 갈등이 심화되기 시작하였다. 이에 번민하던 스티븐슨은 억압적 분위기를 피해 배낭을 하나 멘 채 잉글랜드 남부로 여행을 가기도 하였다. 드디어 1875년 7월 16일 스티븐슨은 법률 공부를 마치고 법관으로 자격을 갖추게 되었다. 그러나 이는 스티븐슨에게 변호사로 개업하는 것을 의미하는 것이 아니라, 법률 공부를 마치면 1000파운드와 자유를 주겠다는 부친과의 약속을 이행한 것에 불과했다. 이제 그는 극작가, 시인, 평론가이자 저널리스트인 W. E. 헨리Henley도 만나, 조금씩 발표해오던 작품 활동에 박차를 가하게 된다.

프 랑 스   여 행

스티븐슨은 1874년부터 1879년 사이에 파리 근교의 푸른 요정의 숲과 같은 퐁텐블뢰 숲에 머무르면서 화가 밀레Millet가 살았던 바비종Barbizon 마을의 카페에 앉아 포도주를 마시며 예술가들과 대화하거나 산책하기도 하면서 이곳의 일상을 묘사하곤 했다. 이 시기 스티븐슨은 자신을 문학적 방랑자, 유배를 떠난 예술가로 생각해 스코틀랜드, 캠브리지, 런던, 프랑스, 독일 등지를 여행하며 글을 발표했다.

스티븐슨은 1876년 여름 바비종 근처 마을에서 37세의 미국 여성 패니 오스본Fanny Osbourne을 만나게 된다. 미국 캘리포니아 출신의 패니는 사이가 좋지 않던 남편을 잠시 떠나 딸과 아들을 데리고 파리에서 미술 공부를 하다가 잠시 이곳으로 내려와 있었다. 스티븐슨은 첫눈에 패니에게 반하게 되었고, 패니는 처음에는 스티븐슨이 너무 지나치게 감성적이라고 생각하였으나 차차 그에게 끌리게 된 것으로 보인다.

스티븐슨이 패니와 만나던 3년간 그는 7년 연상의 친구인 월터 심슨 경Sir Walter Simpson과 함께 1872년 브뤼셀과 함부르그 여행을, 1874년에는 헤브리데즈 섬의 요트 항해를, 1875년에는 루웽 계곡의 도보 여행을, 그리고 1876년에는 앤트워프Antwerp에서 파리의 북쪽 퐁토즈Pontoise까지 200마일 카누 여행을 하는 등 수많은 모험을 즐겼다. 한편 카누 여행을 위해 벨기에로 기차를 타고 가는 도중에는 긴 머리에 인디언 모자를 쓴 스티븐슨은 눈에 띄어 마약

반 경관들의 검문을 자주 당했다고 한다.

    1878년 패니가 남편의 강요로 미국 캘리포니아로 돌아가게 되자, 모데스틴Modestine이라는 당나귀 한 마리를 끌고 길도 나지 않은 오지, 프랑스의 세벤느Cevennes로 여행을 떠나게 된다. 이 세벤느 여행은 1878년 8월 28일 프랑스 남부 르 퓌Le Puy로 내려간 스티븐슨이 9월 22일 르 모나스티에Le Monastier를 출발하여 당나귀를 끌고 120마일이나 되는 험준한 산길을 걸어 10월 3일에 생 장 뒤 가르Saint-Jean du Gard에 도착하기까지의 과정을 기록한 것이다. 스티븐슨은 엄격하고 보수적인 부친과의 갈등을 피해 여행을 떠나기도 했지만 패니에 대한 그리움을 잊고 자신의 진정한 자아를 찾는다는 생각으로 혼자 이 힘든 여행길에 올랐다. 1879년에 발표된 이 세벤느 여행기는 여행기 장르를 개척한 선구적 작품으로 알려져 있다. 이 여행은 세간의 주목을 받아, 많은 사람들이 세벤느에 와서 스티븐슨의 여행을 그대로 따라 하곤 하였다. 1903년에 J. A. 해머튼, 1920년대에는 로버트 스키너, 1960년대에는 앤드류 애반즈가 스티븐슨이 갔던 길을 그대로 따라 갔으며, 1985년에는 리처드 홈즈Richard Holmes가 스티븐슨의 궤적을 따라 여행한 후 『발자국: 낭만적 전기작가의 모험Footsteps: Adventures of a Romantic Biographer』을 출판하기도 하였다. 1978년에는 스티븐슨의 세벤느 여행 100주년 기념행사가 열려 세계의 많은 RLS(로버트 루이스 스티븐슨의 약칭) 애호가

들이 몰려와 당나귀를 끌고 스티븐슨의 여행을 다시 재연하기도 하였다.

미 국　여 행

1879년 8월 7일 스티븐슨은 부모에게 알리지 않은 채 글래스고우에서 배를 타고 미국으로 떠난다. 대양을 가로지르는 스티븐슨의 첫 미국 여행이 시작된 것이다. 친구들은 스티븐슨의 미국 여행을 만류했으나, 그는 결국 북유럽의 이민들을 가득 태운 선박의 싸구려 객실에 승선하고 만다. 이 여행은 전적으로 패니를 찾아가기 위한 것이었다. 이를 알게 된 부모는 심한 천식으로 고생하는 외아들이 이미 결혼을 한 12살 연상의 미국 여성을 찾아 경비도 없이 미국행 배를 탔다는 사실에 충격을 받는다. 뉴욕에 도착한 스티븐슨은 심한 비가 내리는 가운데 싸구려 여인숙에서 하룻밤을 보낸 후 다음 날인 1879년 8월 18일 밤 기차를 타고 대륙 횡단을 시작한다. 그는 온갖 이민 선박에서 모여든 승객들로 북적이는 불편한 기차를 타고 시카고, 오마하 등의 도시에서 몇 번씩 기차를 갈아타야 했으며 네브라스카 주에서는 더러운 기차의 지붕에 올라탄 상태로 캘리포니아 주의 샌프란시스코에 도착했다고 한다. 여기서 다시 그는 기차를 타고 드디어 몬트레이의 한 해변 마을에 도착하게 된다. 이 미국 여행은 『어설픈 이주민*The Amateur Emigrant*』에 수

록되었다. 기차 안에서 보낸 편지들을 보면 네 사람이 한 세면대를 함께 쓰고, 지저분한 공간에서 먹지도 자지도 못해 병에 시달리며 여행을 했던 것으로 보인다.

패니는 아직 이혼 전이고 스티븐슨에 대한 마음의 결정을 내리기 전이어서 스티븐슨은 패니 근처를 맴돌며 변경지대를 여행하곤 하였는데, 계속 경제적 곤란을 겪으면서 폐렴, 오한 등에 시달려 스코틀랜드에서 친구들이 그를 귀국시킬 방법을 모색하기 시작하였다. 그러나 패니가 이혼을 하고 스티븐슨을 데려다 간호하기 시작하면서 결국 두 사람은 결혼하게 되었다. 결혼 무렵에도 스티븐슨은 언제 죽음을 맞을지 모르는 환자였으나, 단호하고 적극적인 성격의 패니는 그의 건강을 돌보는 헌신적인 아내가 된다.

결혼 후 스티븐슨은 안개가 많은 샌프란시스코를 벗어나 나파 밸리Napa Valley로 이주하여 한 폐광 마을의 버려진 오두막에 거주하게 된다. 스티븐슨은 이때의 곤궁하고 원시적이며 열정적이었던 생활을 『실버라도의 거주자*The Silverado Squatters*』에 기록하였다. 스티븐슨 부부는 실버라도에서 6주간의 즐거운 신혼생활을 계속하였는데, 샘물을 파서 우물을 만들고 가죽으로 문의 경첩도 직접 만들어 달고 정원에 나무를 심으며 행복하고 건강한 생활을 하였던 것으로 보인다.

귀 향

1880년 7월 스티븐슨은 화해를 청하는 부친의 편지를 받고 고국으로 돌아가게 된다. 스티븐슨이 글래스고우에서 미국으로 떠난 지 꼭 1년 만의 일이었다. 스코틀랜드의 하일랜드 지방에서 스티븐슨은 스코틀랜드의 역사와 지형에 대한 관심을 새롭게 갖게 되었으나 다시 건강이 악화되어 스위스의 다보스로 휴양을 떠나게 된다. 그러나 환자밖에 없는 다보스에 싫증이 난 스티븐슨은 프랑스에 잠시 거주한 후 다시 1881년 5월 스코틀랜드의 피틀로크리Pitlochry로 이주하지만, 험한 기후로 인해 다시 8월 에든버러의 북쪽 브래마Braemar의 한 오두막으로 이주하게 된다. 스티븐슨은 여기서 공포를 일으키는 초자연적 작품들을 썼으며, 패니의 13살 짜리 아들 로이드Lloyd와 함께 총천연색으로 꼼꼼히 지도를 그리다가 『보물섬Treasure Island』의 집필을 시작하게 된다. 스티븐슨은 다시 호흡기 질환으로 다보스, 에든버러, 킹유시Kingussie로 옮겨다니다가 프랑스 남부로 재이주하게 되는데, 이로써 스티븐슨은 스코틀랜드로 다시는 돌아가지 못하게 되었다.

프랑스의 마르세유 근교에서 지내던 스티븐슨과 패니는 이곳에 성홍열이 유행하자 위에레Hyeres-les-Palmiers로 이주하여 샬레라 솔리튀드Charlet La Solitude라는, 동화처럼 아름다운 집에서 지내게 된다. 스티븐슨은 이 저택을 아꼈으나 1884년 여름 이곳에 콜

레라가 유행하자, 다시 부모와 왕래가 편한 잉글랜드 남부 본머스 Bournemouth로 옮겨가게 된다.

그는 본머스에서 부모가 구입해준 저택을, 부친과 숙부들이 건축한 등대 이름을 따서, 스커리보어Skerryvore라고 짓고 이곳에서 1884년부터 3년간 지내게 된다. 여기서도 그는 병이 악화되어 의사가 패니에게 임종을 준비하라고 말할 때가 여러 번 있었지만, 그의 창작활동은 왕성하여 『납치Kidnapped』, 『지킬박사와 하이드 씨DR. Jekyll & MR.Hyde』 등을 발표하였고, 근처에서 지내던 헨리 제임스Henry James와 평생의 우정을 쌓게 되었다. 스티븐슨은 평생 편지를 즐겨 썼는데 헨리 제임스는 스티븐슨의 편지를 서간문학의 최고의 걸작으로 간주하였다.

두 번째 미국 여행

1887년 5월 8일 부친의 죽음은 스티븐슨의 인생에 큰 변화를 가져왔다. 그는 부친의 유산인 3000파운드로 여행 경비를 마련하고, 모친에게 동행하자고 설득한 후 드디어 1887년 6월 미국으로 떠나게 된다. 그는 그해 10월에 미국 북동부 아디론댁 산Adirondack Mountains의 사라낙 호수Saranac Lake에 정착하였으며, 이곳은 불을 피워도 실내에 살얼음이 얼 정도로 추운 곳이었으나 스티븐슨은 건강을 유지하며 『발란트래의 주인Master of Ballantrae』을 집필하기 시작하였다.

남 태 평 양 항 해

사라낙에서 조용한 삶을 영위하며 건강을 회복하자 스티븐슨은 여러 달 동안 꿈꾸어왔던 항해를 실행에 옮기기 시작한다. 패니의 아들 로이드는 스티븐슨을 돈키호테에 비유한 바 있는데, 스티븐슨은 평생 이상과 낭만적 모험을 추구한 인물이었다. 비록 좌절과 절망이 따르기는 했지만, 그는 자신의 이상을 꾸준히 추구하였다. 그는 병마에 시달리면서도 살아남는 방법을 바다에서 체득했던 것으로 보인다. 바다에서 그는 정신적이고 육체적인 건강을 회복하였던 것이다. 그는 가족들과 샌프란시스코에서 2000파운드에 구입한 캐스코Casco라는 요트를 타고 남태평양에서 호주, 뉴질랜드, 하와이, 프랑스령 폴리네시아, 뉴 칼레도니아, 마셜제도, 쿡섬, 미국령 사모아, 서부 사모아 등에 이르기까지 40개 이상의 섬을 방문했다고 알려져 있다.

남태평양에서의 새로운 체험은 점차 깊어지는 스코틀랜드에 대한 추억과 향수로부터 긴장과 균형을 유지하도록 해 스티븐슨 후기작의 상상력의 바탕을 이루게 된다. 바다 여행의 첫 기항지는 마르키사스Marquesas의 누카이아Nukahia라는 섬의 아나호 베이Anaho Bay로 이곳 원주민들과 사귀면서 스티븐슨은 그들의 삶을 이해하게 된다. 그는 원주민들의 문화를 그들의 시각에서 이해하면서, 그 문화가 사라져가는 것을 안타깝게 생각하였다. 섬의 원주민들은 스티븐슨을 부유한 백인으로 간주하고 신기해하면서 그를 오나Ona: owner라고 불렀다. 그는 한 편지에서 식인종이었던 원주민들의 문화를 이해하고 오히려 이들 문화가 백인의 문화보다 더 나을 수 있다고 주장한 바 있다. 스티븐슨은 1888년 9월 타히티Tahiti로 이주하였고 다시 1889년 1월에 호놀룰루Honolulu에 도착하였다. 와이키키에서 그는 하와이의 왕인 킹 칼라쿠아King Kalakaua를 소개받아 친하게 지내며 정치에도 관심을 갖게 되어 남태평양의 정치적 현황을 다각적으로 이해하게 된다. 1892년 그가 발표한 『역사의 각주: 사모아 섬의 8년에 걸친 분쟁A Footnote to History: Eight years of Trouble in Samoa』은 폴리네시아 역사와 사회를 공부하는 학생들에게 남태평양 역사의 고전으로 평가되기도 한다. 남태평양을 다룬 작품으로 그 외에 『남태평양에서In the South Seas』, 「악마의 호리병The Bottle Imp」, 「팔리사 해변The Beach of Falesa」와 함께 「썰물The Ebb-Tide」, 『구조선The Wrecker』 등을 들 수 있다.

1889년 5월 『발란트래의 주인The Master of Ballantrae』을 완성한 스티븐슨은 나병환자들의 요양소인 몰로카이Molokai 섬을 방문하여 7일간 지내게 된다. 이곳의 여행은 스티븐슨에게 많은 충격을 주었던 것으로 보인다. 스티븐슨은 한 편지에서 처음에는 환자들의 흉한 모습에, 나중에는 그들의 밝고 행복한 표정에 충격을 받았다고 고백하고, 후에 시드니에 체재하고 있을 때 평생 나병환자들을 위해 헌신한 다미엔 신부Father Damien의 도덕성에 관한 문제가 제기되자 이에 격분해, 『다미엔 신부*Father Damien: An Open Letter to the Reverend Dr. Hyde of Honolulu*』를 1890년 5월 24일 『오스트렐리안 스타*Australian Star*』 지에 발표하여 인습적인 성직자들의 위선을 신랄하게 공격하기도 했다.

  1889년 6월 24일 스티븐슨은 다시 상선 이퀘이터Equator 호를 타고 섬을 항해하기 시작한다. 스티븐슨은 먼저 길버트제도the Gilbert Islands의 아페마마Apemama에 도착하여 잠시 체재한 후, 12월 아페마마를 떠나 사모아의 수도 아피아Apia에 도착하였으며, 다시 1890년 2월 초 시드니로 항해를 시작한다.

사 모 아   정 착

  시드니로 떠나기 전 스티븐슨은 아피아에 정착할 계획을 세우고 농지를 구입하였는데, 패니 역시 스스로 개척민을 자처하며 열대지방에서 농사짓는 일에 기꺼이 동참하였다. 스티븐슨은 강, 폭포, 계곡, 절벽, 50마리의 소 떼 등이 있는 315에이커의 땅을 구입한 후 이를 바일리마Vailima로 불렀다. 시드니에서 잠시 스코틀랜드로의 귀향을 계획하였으나 스티븐슨은 병이 악화되어 이를 포기한다. 스티븐슨은 회복이 되지 않은 상태로 모험을 위해 배를 탔는데, 배를 타자 2주 만에 암벽을 탈 정도로 건강을 회복하였다고 한다. 10월에 사모아로 돌아온 스티븐슨은 바일리마에서 대가족을 이끌며 하인, 가신을 거느린 일종의 봉건 지주와도 같은 생활을 시작하였다.

스티븐슨 가족은 스코틀랜드의 헤리엇 로우와 스커리보어에서 가구를 들여오고 파티를 주최하여 근처 각 계층의 인물들을 모두 초대하기도 했다. 섬의 원주민들 사이에서 그는 부유한 소유주로 간주되었으며, 스티븐슨과 이들은 마치 하일랜드의 족장이 부족사회를 돌보는 듯한 관계를 유지하였다. 이곳에서 그는 '이야기하는 백인'을 의미하는 투시탈라Tusitala라는 호칭으로 불리기도 했다. 당시 사모아 섬은 1879년 이래 독일, 미국, 영국 세 열강의 영향력 아래 놓여 있었는데 스티븐슨은 이 세 열강을 모두 불신하며, 이들이 각각 꼭두각시 왕들을 지지하여 사모아 섬을 분열시킴으로써 이들 문화의 위엄과 사회적 조화를 깨뜨리고 있다고 우려하였다. 스티븐슨은 미국의 하와이 합방을 계속 반대하였으며, 중립적인 자치 정부를 수립하고 원주민들의 자유로운 선거권을 부여한다는 명분 아래, 사모아 섬에 간섭을 일삼음으로서 내분을 심화시킬 뿐 아니라 원주민들에게 무기를 팔고 또 몰수한 후 다시 되파는 독일, 미국, 영국의 탐욕과 위선을 비판하였다.

이와 같은 스티븐슨의 원주민들에 대한 배려는 그가 죽은 후 그의 소원대로 산 정상에 묻히는 것으로 이어졌다. 원주민 추장들이 모여 감사의 표시로 직접 험한 산길을 헤치고 산 정상에 그의 묘지를 만들어주었던 것이다. 사모아의 저택 바일리마에서 패니는 개척자로서의 적극적 삶을 영위하였으며 스티븐슨 역시 길을 내고 농사를 짓는 등의 육체적 노동을 하였다. 사망 2년 전까지 스티븐슨은 남태평양을 배경으로 한 작품 이외에도 고향 스코틀랜드를 배경으로 한 『납치』의 속편 『데이빗 밸포어 David Balfour』를 완성하고, 유작으로 미완성의 『허미스턴의 웨어 Weir of Hermiston』를 남겼는데, 이 작품은 스코틀랜드의 변경 지역을 무대로 작가의 상상력이 펼쳐진 우수한 작품이다.

스티븐슨은 1893년 5월 17일 일몰 무렵에 쓰러져 의식을 회복하지 못한 채 저녁 8시 10분에 사망하였다. 그를 투시탈라로 숭배하던 40인의 추장이 바일리마에서 바에아 산 Mount Vaea 정상에 이르기까지 길을 내어 묘지를 완성하였으며, 관에 캐스코 Casco 호의 붉은 기장을 덮어주었다. 후에 그의 묘비에는 스티븐슨의 시 「진혼곡 Requiem」의 몇 구절이 새겨진 청동판이 부착되었다.

여기 자신의 집에 그가 누웠다.
선원이 바다를 떠나 집에 왔도다.
사냥꾼이 산을 떠나 집에 왔도다.

Here he lies where he longed to be;

Home is the sailor, home from the sea,

And the hunter home from the hill.

    당시 스티븐슨의 죽음은 유럽과 미국에 큰 여파를 일으켰으며, 헨리 제임스는 그의 죽음을 믿을 수 없다면서 안타깝게 여겼다. 이 무렵 이미 스티븐슨은 작품을 떠나 전설적 인물이 되어 있었다. 스티븐슨은 사후 여러 평가를 받게 되었지만, 어쨌든 그는 그를 따르는 사람들에게 낙천적 성격으로 지병을 극복한 영웅적 인물로 간주되었다. 후세에 스티븐슨은 '삶의 모순과 죽음의 불가피성을 지혜롭게 수용한' 예술가이자 모험과 여행을 즐겼던 매력적인 한 인간으로 남게 되었다.

로버트 루이스 스티븐슨 작품연보

1878   An Inland Voyage
1878   Edinburgh: Picturesque Notes
1879   Travels with a Donkey in the Cévennes
1881   Viginibus Puerisque and other Papers
1882   Familiar Studies of Men and Books
1882   New Arabian Nights
1883   Treasure Island
1884   The Silverado Squatters
1885   A Child's Garden of Verses
1885   More New Arabian Nights: The Dynamiter (패니와 공저)
1885   Prince Otto
1886   Strange Case of Dr. Jekyll and Mr. Hyde
1886   Kidnapped
1887   The Merry Men and Other Tales and Fables
1887   Memories and Portraits
1887   Underwoods
1888   The Black Arrow: A Tale of Two Roses
1889   The Master of Ballantrae
1889   The Wrong Box
1890   Ballads
1890   Father Damien: An Open Letter to the Reverend Doctor Hyde of Honolulu from Robert Louis Stevenson
1892   A Footnote to History: Eight Years of Trouble in Samoa
1892   Three Plays by W.E. Henley and R.L. Stevenson (W.E. Henley와 공저)
1892   The Wrecker (Lloyd Osbourne과 공저)
1892   Across the Plains With Other Memories and Essays
1893   Island Nights' Entertainments
1893   Catriona (미국에서는 David Balfour로 출판)
1895   The Amateur Emigrant
1895   Songs of Travel and other Verses
1896   Weir of Hermiston: An Unfinished Romance
1896   In the South Seas (S. Colvin 편집)
1898   St. Ives: Being The Adventures of a French Prisoner in England
1899   Letters of Robert Louis Stevenson to His Family and Friends (S. Colvin 편집)

옮긴이의 말

R. L. 스티븐슨이 「지킬 박사와 하이드 씨Dr. Jekyll & Mr. Hyde」를 쓸 당시에는 아마도 성인 독자들을 고려하고 쓴 것이 아닐까란 생각을 합니다. 만화나 영화를 통해 우리에게 익숙한 희화화된 주인공들과 대강의 줄거리와는 달리, 작품 속에는 꽤 철학적인 내용과 다소 잔인하다고 할 수도 있는 묘사까지 있으니까요. 이 점은 우리나라에 「지킬 박사와 하이드 씨」가 성인을 위한 번역보다 아동용으로 더 많이 나와 있고, 다소간 삭제와 편집이 된 번역이 많다는 점을 생각하면 아이로니컬하다고 할 수 있겠죠.

19세기 말에 태어난 작품 「지킬 박사와 하이드 씨에 관한 기묘한 사건」(The Strange Case of Dr. Jekyll and Mr. Hyde – 책의 원제목)은 그 제목만큼이나 특이한 생명력을 가지고 지난 한 세기 이상을 살아왔습니다. 정작 스티븐슨은 자신이 쓴 책들이 오랫동안 살아남으리라고는 기대하지 않았음에도, 그의 책들은 백 년이 넘는 세월 동안 세계 여러 나라의 말로 번역되어 수많은 사람들의 사랑을 받아온 것이죠. 또한 책은 읽지 않았더라도 그 주인공들에 대해서는 한두 번 들어본 사람들이 많다는 점도 재미있는 점입니다.

「지킬 박사와 하이드 씨」의 시대적 배경은 19세기 영국이지만, 작품의 주제인 선과 악은 인류에게 시대를 초월해서 도전을 주는 문제입니다. 선과 악은 성경의 첫 장인 창세기부터 마지막 장인 요한계시록에 이르기까지 끊임없이 언급되는 내용이자 현대 할리우드 영화에서도 줄기차게 다루어지는 소재입니다. 바로 이러한 점들이 스티븐슨의 「지킬 박사와 하이드 씨」를 세계적으로 꼽히는 명작으로 만든 것이겠죠.

이 책에는 또한 스티븐슨의 단편소설 「악마의 호리병」, 「마크하임」, 그리고 「시체 도둑」을 함께 수록했습니다. 이 단편들이 독자 여러분들에게 스티븐슨의 매력을 느끼게 하는 데 일조를 하지 않을까 하는 생각을 해봅니다.

책의 번역을 처음부터 끝까지 도와 준 Jack Patrick Healy에게 고마움을 전하고, 이 책에 대해 그와 나누었던 즐거운 대화들을 기억합니다. 조금이라도 더 나은 표현을 찾기 위해 토론하는 가운데, 영어와 국어의 미묘한 차이에서 색다른 재미를 발견하곤 했습니다. 또한 이 작품들이 더 나은 문장으로 거듭날 수 있도록 많은 도움을 준 전수정 님과 새움의 이대식 대표님을 비롯한 새움 가족들에게 고마움을 전합니다.

전형준

옮긴이 전형준

연세대, 한국과학기술원(KAIST) 석사, 뉴욕 주립대 커뮤니케이션 석사 과정을 마친 뒤 미주리 주립 대학에서 저널리즘 박사 과정을 수료했다. 이 책은 미국 현지에서 현지인의 느낌 그대로를 살리며 번역한 작품이다.

새움 클래식 001
지킬 박사와 하이드 씨

초판 1쇄 발행 | 2013년 4월 16일

지은이 로버트 루이스 스티븐슨
옮긴이 전형준 **발행인** 이대식

편집주간 김세권 **기획** 최하나 **편집** 김화영 나은심
마케팅 임재홍 윤여민 **디자인** 모리스

주소 서울시 종로구 평창길 329(우편번호 110-848)
문의전화 02-394-1037(편집) 02-394-1047(마케팅)
팩스 0505-115-1037(02-394-1029)
홈페이지 www.saeumbook.co.kr
전자우편 saeum98@hanmail.net

발행처 (주)새움출판사
출판등록 1998년 8월 28일(제10-1633호)

ⓒ로버트 루이스 스티븐슨, 2013
ISBN 978-89-93964-51-6 04840

이 책은 저작권법에 따라 보호받는 저작물이므로 무단전재와 무단복제를 금지하며,
내용의 전부 또는 일부를 이용하려면 반드시 저작권자와 새움출판사의
서면동의를 받아야 합니다.

• 잘못된 책은 바꾸어 드립니다.
• 책값은 뒤표지에 있습니다.